古典文學研究輯刊

六 編

曾 永 義 主編

第10冊

《全明傳奇》夢關目運用研究

林 和 君 著

國家圖書館出版品預行編目資料

《全明傳奇》夢關目運用研究／林和君 著 -- 初版 -- 新北市：
花木蘭文化出版社，2012〔民 101〕
目 2+194 面；19×26 公分
（古典文學研究輯刊　六編；第 10 冊）
ISBN：978-986-254-954-4（精裝）
1. 明代傳奇 2. 戲曲評論
820.8　　101014843

古典文學研究輯刊
六 編 第 十 冊　　ISBN：978-986-254-954-4

《全明傳奇》夢關目運用研究

作　　者　林和君
主　　編　曾永義
總 編 輯　杜潔祥
出　　版　花木蘭文化出版社
發 行 所　花木蘭文化出版社
發 行 人　高小娟
聯絡地址　新北市永和區中正路五九五號七樓
電話：02-2923-1455 ／傳眞：02-2923-1452
網　　址　http://www.huamulan.tw 信箱 sut81518@gmail.com
印　　刷　普羅文化出版廣告事業
初　　版　2012 年 9 月
定　　價　六編 18 冊（精裝）新台幣 30,000 元

《全明傳奇》夢關目運用研究

林和君　著

作者簡介

林和君（1983～），成功大學中國文學系碩士。2009年初赴南京大學求學半年，返臺後師事於高美華教授門下，並加入南臺灣唯一的學生票房成大國劇社學習崑曲，同時鑽研戲曲的案頭與場上。曾參與2011年　高美華教授主持「韻雅情深——宋詞古唱在成大」宋詞古唱傳承計畫，親炙　李勉教授考定的古詞雅韻。「戲園者，普天下人之大學堂也。」迄今秉守對戲曲的鍾情，於成功大學中國文學系繼續攻讀博士學位。

提　要

關目一名　自古典戲曲發展之始，便一直受到曲家們的關注與討論，今日的學者們仍然繼續研究關目的內容與義涵。關目一般被視為「關鍵情節」，但這僅是從劇本的文學性討論；如果從戲曲的表演性討論，關目便涉及了排場的基礎，也就是場上表演因素——情節、腳色，乃至於音樂套式的安排。

本文首先整理歷來曲家、學者所提出的關目理論：由元代鍾嗣成《錄鬼簿》提出「關目」以來，經歷明代李贄、王驥德、馮夢龍等人，以及清代李漁《閒情偶寄》系統性的討論，乃至今日學者們從敘事的審美角度、演出的表演角度探索關目的名義。然而，從種種論述與劇本來看，當以兼顧表演性的「排場基礎」為其定義。

其次，在前人對於夢戲的研究基礎之上，本文以夢境表演段落為主題，整理《全明傳奇》當中涉及夢境演出的「夢關目」，釐清夢關目的分類與表現形式，並分別由情節、腳色與套式排場進行分析，進而瞭解夢關目的發展情形。在分析與整理夢關目的過程當中可以發現：隨著關目理論的逐步發展，傳奇的表演手法與內容也愈漸豐富，其運用手法與場面的調配也越來越多，並且發展出相應的表演程式。由夢關目此一主題的研究，可知關目理論和傳奇體製同步發展的重要關聯，而對於以排場基礎為前提的關目之研究，也就是對傳奇內涵的研究。

目次

第一章　緒　論

第一節　研究問題：關目理論的成形

「關目」乃是戲曲理論之中的專有名詞，「關目」一名，最早見於《新校元刊雜劇三十種》之總題，三十種之中十八個劇本即以「關目」爲名，例如：《新刊關目閨怨佳人拜月亭》、《新編關目晉文公火燒介子推》、《古杭新刊的本關目風月紫雲亭》、《新刊的本薛仁貴衣錦還鄉關目全》等。然而，這是《元刊雜劇三十種》才有的現象，因爲這些劇本裡只抄錄了曲子與少數關鍵的賓白，代表著此處「關目」僅指這些劇本的「型態與特點」，與後世曲白俱完整載錄的劇本形式不同。所以，後世曲白俱全的劇本自然不再使用「關目」標名。〔註 1〕

開始將「關目」用於戲曲情節批評理論的記載，首見於元代鍾嗣成（西元 1279～1360 年）《錄鬼簿》，「前輩已死名公才人」中記載李壽卿雜劇《辜負呂無雙》之下曰：「與《遠波亭》關目同。」〔註 2〕此語當爲說明這兩本雜劇情節的相似，不過僅用於說明「情節」，尙未達到評論的意義。隨後，賈仲明（西元 1343～1422 年）《錄鬼簿續編》中多處使用「關目」作爲評論，以形容劇本的風格與特色，例如評王伯成《貶夜郎》爲「關目風騷」，評王仲文《不認屍》曰「關目嘉」，評武漢臣《老生兒》曰「關目眞」，評鄭廷玉《因

〔註 1〕許子漢：〈戲曲「關目」義涵之探討〉，《東華人文學報》第 2 期，2000 年 7 月，頁 129。

〔註 2〕《中國古典戲曲論著集成》（北京：中國戲劇出版社，西元 1959 年 7 月初版）卷二，頁 111。

禍致福》為「關目冷」等等，〔註3〕而每種形容詞、動詞的評語，各自代表劇本情節的風格，比如「關目『眞』」意謂內容符合生活眞實，情節安排合理；「關目『奇、冷』」即謂題材新穎、結構奇巧；而「關目『風騷、輝光』」即是讚頌情節結構神韻飛揚、生香活色。〔註4〕賈仲明已將關目視為評斷劇本風格的一個標準用語，不過也僅止於整本情節的觀察，而且以情節為主要概念。賈仲明的這些評語，已可視其為對戲曲結構、「布關串目」的訴求，已具備相當的劇作觀念，〔註5〕也是現存所見中國古典劇作家首次以「關目」作為評賞準則的論述。

後來，關目便漸漸地成為評騭劇作與審美的準則之一。徐渭《南詞敘錄》嘗以關目情節的理念評斷《琵琶記》的高明之處，李贄《焚書》當中更出現了以「關目」來審視劇作好壞的評論，不過主要用意在於整本情節是否前後相應、是否將緩急衝折處理妥當。自李贄之後，「關目」便出現在湯顯祖、徐復祚、馮夢龍、呂天成等一眾曲家劇作家的討論之中，臧懋循更列其為作曲三難之一，〔註6〕視其為正式的劇作劇評準則之一。關目的發展及其與劇作創作評鑒的關係，隨著明傳奇的進展腳步，至明代已可見出關目之於傳奇創作的重要性。

必須注意的是：有學者主張關目的影響作用起於元雜劇，也就是說元代已經有關目論的理念存在，〔註7〕而明清曲家在運用關目一名時，時時與「情節」混淆，亦即在古典戲曲曲家們的標準認定當中，關目並沒有一個明確的用義，隨著曲家各自的體認不同，對於關目的理解和運用也就不同。〔註8〕而

〔註3〕增補本《錄鬼簿》，收錄賈仲明八十餘首【凌波仙】挽曲。見王綱：《校訂錄鬼簿三種》（河南：中州古籍出版社，西元1991年），頁123～238。

〔註4〕陸林：《元代戲劇學研究》（合肥：安徽文藝出版社，西元1999年9月初版），附編第一章〈明代前期元劇研究〉，頁362。

〔註5〕顏天佑：〈試論賈仲明的八十首〈凌波仙〉挽曲〉，《元雜劇八論》（臺北：文史哲出版社，西元1996年8月初版），頁230。

〔註6〕臧懋循：《元曲選》（北京：中華書局，西元1958年10月初版），頁4。三難為：「情詞隱稱、關目緊湊、音律諧諧」，其「關目緊湊」之難為：「宇內貴賤妍媸、幽明離合之故，奚啻千百其狀，而塡詞者必須人習其方言，事肖其本色，境無旁溢，語無外假，此則關目緊湊之難。」

〔註7〕陸林：《元代戲劇學研究》，頁364曰：「關目論對元雜劇的情節敘事性和結構技巧性的審美特徵的探討，是元雜劇研究一個歷史性的突破。」

〔註8〕高禎臨：《明傳奇戲劇情節研究》（臺北：文津出版社，西元2005年5月初版），頁43～44曰：「元代直至明初能見的戲曲情節理論述所慣用批評術語為「關目」一詞，關目一語在古典文學中的使用並不完全專指情節之意，即使運用

明清曲家對於「關目」的理念，與現今學者之間是否也有所差異，這便決定了明傳奇在本質與戲曲理論重視場上表演的程度。因此，釐清古今關目理論的發展與變遷，瞭解關目的眞正內涵，將是本論文研究的第一個出發點。

其次，關目論的進展與傳奇體製的發展息息相關。在郭英德所稱「傳奇文學體制的定型約完成於嘉靖中後期（西元 1546～1566 年），它標志著文人傳奇的眞正成熟。」〔註 9〕大抵在梁辰魚《浣紗記》的創作完成（嘉靖廿二年，西元 1543 年）以後，明傳奇眞正通過了「崑曲化」的發展，漸漸的成爲了一種具備固定形式的文人創作。這段期間，明傳奇增加了一定數量的襲用關目，全本關目也建立了二生一旦的類型，單場關目的調整亦於此時展開。〔註 10〕這意味著：關目的發展，也正反映著明傳奇的發展程度；隨著全本關目與單場關目的建立、調整與確立，也讓曲家們更進一步的摸索、創建，繼而完成明傳奇的整體規制。至萬曆十四、五年間（西元 1586～1587 年），即是明代文人傳奇崛起期結束、邁入傳奇勃興期的時刻，此際，傳奇的體製完成之後，便將展開全新的創作理念，以及理論的探討和建立。湯顯祖的《紫釵記》於此改編完成，明傳奇的創作發展得更爲純熟、精緻；同時也因爲格式的完成，音律、批評、創作等各項理論也隨著完足豐富起來——「湯沈之爭」便發生在此時期，兩派曲家分別由聲律、文詞的主從價値，熾烈的討論傳奇的格律問題。隨後，繼起的馮夢龍陸續的完成了《墨憨齋定本傳奇》的改編、創作，爾後輩出的眾曲家們也跟著馮夢龍一同投入曲論的討論與批評，逐步地建立古典戲曲的理論。在輝煌的創作盛風未減之時，理論的體系也亦步亦趨的在完成當中，準備達到一個作品、理論相輔相成的高峰。關目方面，全本關目的情節發展在此達到最豐富的時期，單場關目也在「情節性關目」與「表演性關目」的逐步融合下，呈現了更豐富的樣貌；而且這樣的發展仍然在往後持續下去。〔註 11〕傳奇興盛期結束以前，腳色、套式、關目仍舊在持續進行發展，而湯顯祖《牡丹亭》的完成，可謂明傳奇發展史上的一個小收煞——它既是明傳奇之精華大成，兼且自臨川以下，晚明劇壇受到湯氏劇作很大的

於古典戲曲評論之中，仍可能隨著作者不同的切入角度即行文所需賦予了質近實異的內涵。」

〔註 9〕郭英德：《明清文人傳奇研究》（臺北：文津出版社，西元 1991 年 1 月初版），頁 7。

〔註 10〕許子漢：《明傳奇排場三要素發展歷程之研究》，頁 235～236。

〔註 11〕許子漢：《明傳奇排場三要素發展歷程之研究》，頁 236～237。

影響，諸如阮大鋮、吳炳，此後的明傳奇可說大都不出湯顯祖或是沈璟二人之藩籬。〔註12〕

入清以後，古典戲曲的搬演理論正式完成，兼且明傳奇的盛行繁榮也繼續傳入清代，並不因改朝換代而停滯。同時，關目理論的討論也尚未停息，李漁的關目論建基於他全備的搬演創作理論之中，使得關目論趨於全面而成熟，有了明確的因應方針；而梁廷枏提出的關目論與別不同，但是卻點出了關目在排場搬演的重要含意。

本論文的研究要題「夢關目」，乃是關目運用中的一個主題，意指明傳奇當中運用夢境情節的表演段落，旨在分析夢關目的表演內容和運用狀況，討論夢關目在情節、腳色與排場之間的關係，以期瞭解夢關目之於明傳奇的互動相映關係與運用意義。

第二節　文獻回顧與研究範圍

一、劇本作品

明傳奇劇本創作的總數，迄今已無法確知。以下回顧二十世紀以來各學者專家搜錄的明傳奇劇本總目概況：

（一）王國維《曲錄》（西元1908年）

書中共分爲七個部類：宋金雜劇院本、雜劇、傳奇、雜劇傳奇總集、曲譜、曲韻、曲目，總共收錄戲曲作品、論著集目三千多種，「爲書六卷，三千有奇」，〔註13〕除了劇名、作者以外，也儘可能地註明版本、劇目異名、出處與作者的生平簡述，利用前代文獻對戲曲劇目進行總結整理，擁有極高的學術價值。

（二）董康《曲海總目提要》（西元1928年）

收錄清代中葉如《傳奇彙考》、《樂府考略》等戲曲著作匯總而成，「凡得曲六百九十種」，〔註14〕其中明人傳奇有二百六十九種，載有作家小傳與作品本事摘要；北嬰（杜穎陶）《曲海總目提要補編》對《曲海總目提要》提出了

〔註12〕張敬：《明清傳奇導論》（臺北：華正書局，西元1986年10月初版），頁49。
〔註13〕《王國維遺書》（上海：上海古籍書店，西元1983年9月1版），卷十六，〈典錄・序〉，頁2。
〔註14〕董康：《曲海總目提要》（北京：人民文學出版社，西元1959年），〈序〉，頁2。

精到的研究，重新檢視了《曲海》所依據的《樂府考略》、《傳奇彙考》的底本來源，以及《曲海》收錄的作品內容。《曲海‧序》稱作品計有六百九十種，北嬰重新考證，實爲六百八十四種。〔註 15〕北嬰增補了七十二篇提要，兩書相加共有劇目七百五十六種。

（三）周貽白《中國戲曲劇目初探》（西元 1930～1940 年）

此爲周貽白生前未曾發表的遺作，約成書於西元 1930、1940 年間，〔註 16〕後來收錄於《周貽白小說戲曲論集》出版。書中分宋元南戲、元代雜劇、明代傳奇雜劇、清代傳奇雜劇、皮黃劇五個部類，共收劇目四千六百三十二種，其中明傳奇共收六百一十九種，在戲曲目錄而言，收錄相當完備；其劇目搜羅自《今樂考證》、《曲錄》等書，載錄了劇目、作者、存佚狀況、版本與本事簡述，而且「先傳奇，後雜劇，其名目之異同，或作者不載名氏，或只著別號者，皆加注明。」〔註 17〕

（四）傅惜華《中國古典戲曲總錄》（西元 1957 年）

其書「專門著錄宋金元明清五代之南北戲曲家作品，包括：『雜劇』、『戲文』、『院本』、『傳奇』等古典劇本」，〔註 18〕共有元代雜劇、明代雜劇、明代傳奇、清代雜劇、清代傳奇五類全目，其中《明代傳奇全目》載錄明代傳奇共九百五十種，並列舉作品的名目、版本、存佚、作家小傳與現存地點。〔註 19〕該書體例堪稱完善，並且附有引用書籍、作家名號、雜劇傳奇名目的索引，檢索應用相當方便。

（五）莊一拂編《古典戲曲存目匯考》（西元 1979 年）

全書收錄各類劇目共四千七百五十種，其中傳奇作品有二千五百九十種，比起姚燮《今樂考證》、王國維《曲錄》二書的規模「遠在一倍以上」。其中明代傳奇作品計一千多種，並且根據作者自身所見，扼要摘錄劇作的本

〔註 15〕北嬰：《曲海總目提要補編》（北京：人民文學出版社，西元 1959 年 5 月第 1 版），〈序〉，頁 1～11。

〔註 16〕苗懷明：《二十世紀戲曲文獻學述略》（北京：中華書局，西元 2005 年 6 月 1 版），頁 248。

〔註 17〕沈燮元編：《周貽白小說戲曲論集》（濟南：齊魯書社，西元 1986 年 11 月 1 版），〈中國戲曲劇目初探〉，頁 157～158。

〔註 18〕傅惜華：《明代傳奇全目》（北京：人民文學出版社，西元 1959 年 12 月第 1 版），〈例言〉，頁 1；亦附於總錄其他書目的〈例言〉。

〔註 19〕傅惜華：《明代傳奇全目》，〈說明〉，頁 1。

事。〔註20〕

（六）郭英德《明清傳奇綜錄》（西元 1997 年）

搜集了現有完整存本的明清傳奇劇目，共達一千一百二十二種，主要收錄明成化初年（西元 1465 年）至清宣統三年（西元 1911 年）年間的明清兩代作品，蔚爲大觀。但據郭英德估計，明清傳奇的作品總數應該至少在二千七百種以上，現存劇本還不到總數的 50%。〔註21〕

以上是明傳奇劇本的劇目名稱、版本收存與情節本事的重要目錄概述，其他尚有羅錦堂《中國戲曲總目彙編》（西元 1966 年香港萬有圖書公司）、李修生《古本戲曲劇目提要》（西元 1997 年河北教育出版社）等書。然而上述各書僅屬目錄之作，並未收錄劇作。

在明傳奇劇作搜錄方面，則有《全明傳奇》、《汲古閣六十種曲》與《古本戲曲叢刊》三套選集可供尋見。林侑蒔〔註22〕編輯《全明傳奇》收錄上起宋元戲文、下逮明清傳奇共二百七十四種作品，是至今所見彙集數量最豐富的明傳奇劇本作品集錄。

其次是明代毛晉輯錄的《汲古閣六十種曲》，〔註23〕選錄作品以明代崑腔南劇爲主，可謂收錄明代崑劇最齊全的選本。因此不論劇作年代或聲腔劇種爲何，其選本基本已經符合明傳奇劇作「崑曲化」的本位定義。

第三則是二十世紀大陸學者合力編著的《古本戲曲叢刊》，古典戲曲文獻的作品總集迄今仍以《古本戲曲叢刊》的規模最大，成就與影響也最高。該叢書自西元 1954 年陸續成書以來，彙集二十世紀前半期中國大陸地區各個公私收藏機構的戲曲菁華——除了廣爲聞知的北京圖書館、上海圖書館，同時也包括了早期不爲學者所注意的溫州圖書館、四川圖書館等一般機構，更囊括了鄭振鐸、傅惜華等名家的私人收藏。此外，該叢刊的編輯——鄭振鐸、杜穎陶、傅惜華、周貽白等人，俱是當時戲曲研究的名家，因此而造就了《古本戲曲叢刊》的高度價值。《古本戲曲叢刊》至今出版一、二、三、四、五、

〔註20〕莊一拂：《古典戲曲存目彙考》（上海：上海古籍出版社，西元 1982 年 12 月第 1 版），〈例言〉，頁 1。

〔註21〕郭英德：《明清傳奇綜錄》（石家庄：河北教育出版社，西元 1997 年 7 月 1 版），頁 8～19。

〔註22〕即林鋒雄，現任國立臺北大學民俗藝術研究所專任教授。

〔註23〕（明清）毛晉撰，黃竹三、馮俊杰主編，劉孝嚴校審：《六十種曲評注》（長春：吉林人民出版社，西元 2001 年 9 月 1 版）。

九集，只計六集，分別收錄元明雜劇、戲文、明清傳奇等作品總數七百七十二種。該叢刊自主持編輯的鄭振鐸先生意外過世後，導致編輯進度停宕而未能全數完成。〔註 24〕其中第二、三集共收明代至清初傳奇二百種，堪稱今日可見之傳奇劇作的收錄大成。

此外，尚有王秋桂出版於西元 1984 年與西元 1987 年的《善本戲曲叢刊》六輯，輯錄明清兩代的重要曲譜與劇作選輯，而從中得見散齣的劇作與佚曲，包括《南九宮十三調曲譜》、《納書楹曲譜》、《審音見鑒古錄》、《綴白裘》新集等，同時更搜羅了海外收藏的孤本珍本，補鑒曲學、劇作文獻之遺，例如西班牙所藏《風月錦囊》、日本所藏《新刻點板樂府南音》日集月集各一卷，與《八能奏錦》等。據王秋桂的整理，目前有全本流傳的明代傳奇大約僅有二百多種；〔註 25〕而這些散見於海內外的珍貴戲曲書籍，更補充了《古本戲曲叢刊》之不足，有助於戲曲研究的發展。〔註 26〕

由上述的目錄概況可知，明代傳奇作品總數有兩千餘種，今日可見的劇目還不及一半；而現存可見的劇作以《全明傳奇》搜羅最全。此外，近二十年來明傳奇的重要輯佚著作有：第一，王安祈據王秋桂《善本戲曲叢刊》所輯錄的〈明傳奇鉤沉集目〉，〔註 27〕共輯得九十一種佚文劇目；第二，吳書蔭發表的〈明傳奇佚曲目鉤沉〉，〔註 28〕自明清戲曲選集中輯得明代傳奇佚曲一百二十六種。以現存的劇目與原來的劇作數量相比，戲曲劇作的輯佚工作仍有很大的進行空間。

明代傳奇經歷了所謂「崑曲化」的階段，如果將明傳奇的內涵定義爲「崑曲劇種」，排除崑山腔以外的曲種，那麼所謂「明傳奇」的確切範圍，應當爲明代梁辰魚《浣紗記》劇作完成以後，〔註 29〕大約在明嘉靖中葉年間，〔註 30〕

〔註 24〕苗懷明：《二十世紀戲曲文獻學述略》（北京：中華書局，西元 2005 年 6 月 1 版），頁 76～77。

〔註 25〕王秋桂：《善本戲曲叢刊》（臺北：臺灣學生書局，西元 1984 年 7 月初版）第一輯，〈出版說明〉，頁 1。

〔註 26〕苗懷明：《二十世紀戲曲文獻學述略》，頁 142～143。

〔註 27〕見王安祈《明代戲曲五論》（臺北：大安出版社，西元 1990 年 5 月 1 版），〈附錄〉，頁 203～226。

〔註 28〕吳書蔭：〈明傳奇佚曲目鉤沉〉，見李修生：《古本戲曲劇目提要》（北京：文化藝術出版社，西元 1997 年 12 月 1 版），〈附錄一〉，頁 805～814。

〔註 29〕見曾永義：〈論說「戲曲劇種」，《曾永義學術論文自選集》（北京：中華書局，西元 2007 年 7 月第 1 版），頁 175 曰：「因爲《浣紗記》『二化』之外又加上『崑腔化』，而且從此『蔚爲大國』，所謂『傳奇』才算眞正的完成。」

而這段時期也正是南戲、傳奇發展的重要分水嶺；自《浣紗記》崑劇一出，明傳奇體製也才正式成立。茲引曾永義對於「傳奇」劇種之述爲結：

> 明人在呂天成《曲品》之後才用作明人長篇戲曲的指稱，但因其以崑山水磨調作新舊傳奇的分野，「新傳奇」則與戲文在體製格律上有諸多差異，而且作家輩出，作品如林，因此就戲曲發展史的觀點，戲曲體製劇種所謂「傳奇」，至此方才眞正成立。也就是說，南戲是經過北曲化、文士化和崑腔化才蛻變爲傳奇的。也因爲「崑腔化」是「傳奇」的必備條件之一，所以若就「腔調劇種」而言，「傳奇」自然係屬「崑劇」之一。〔註 31〕

因此，所謂成熟的明傳奇作品，應指「明代嘉靖中葉後文人撰寫的崑劇劇作」。本文以林侑蒔編《全明傳奇》的劇作爲底本，《全明傳奇》囊括了元明以來明傳奇的早期劇本面貌，之後經歷了明代嘉靖中葉——《浣紗記》完成以降的成熟過程，下逮明清的完成階段，兼且文本數量尚稱豐足，對於研究劇作關目而言，足供反映相當程度的發展經過。

二、前人之研究

戲曲研究論著浩然龐雜、成果可觀，對於夢境主題的戲曲作品研究亦時有散論；然而臺灣以夢戲爲研究主題進行撰著的學者，以陳貞吟、廖藤葉兩先生爲要。

（一）陳貞吟

陳貞吟先生的碩士論文《明傳奇夢運用之研究》，〔註 32〕以毛晉《六十種曲》爲研究資料，解析出現在明傳奇當中的夢境主題類型，以及夢境對於情節的作用，並且討論場上夢境的搬演方式——夢的出現方式、入夢與出夢的表演手法等等。可謂臺灣最早以「夢」作爲戲曲研究主題的論著。其後，陳貞吟先生在《文學評論》發表〈明傳奇中夢的運用〉兩篇文章，〔註 33〕繼續

〔註 30〕徐朔方：《晚明曲家年譜》第一卷《梁辰魚年譜》載，《浣紗記》完成於嘉靖廿二年（西元 1543 年）。

〔註 31〕曾永義：〈論說「戲曲劇種」〉，《曾永義學術論文自選集》，頁 182～183。

〔註 32〕輔仁大學中國文學研究所碩士論文，1979 年 5 月。

〔註 33〕陳貞吟：〈明傳奇中夢的運用（上）〉，《文學評論》（臺北：巨流圖書，西元 1980 年 5 月 1 版）第六集，頁 219～307；與陳貞吟：〈論明傳奇中夢的運用（下）〉，《文學評論》（臺北：黎明文化，西元 1983 年 4 月初版）第七集，頁 309～342。

針對明傳奇中夢境的情節搬演提出討論，對於夢境搬演的場面處理有更精微的分析。

陳貞吟先生可謂臺灣首開戲曲夢境主題研究的先行者，除了對於夢境情節的整理，更提出了場上搬演的重要手法：例如場上的替身、以「內鳴鑼鼓介」作爲場面轉換等等方式，〔註 34〕關注重點擴及劇本情節以及場上表演兩方面，並不侷促於劇本的文學性矣。吹毛求疵的是，陳貞吟先生以毛晉審校選訂的《六十種曲》作爲研究資料，相較於現今可見的其他明傳奇總集，《六十種曲》的作品量相對較少，並且經過毛晉的挑選與修改，戲曲的夢境主題研究至此實可再圖拓展。

（二）廖藤葉

廖藤葉先生著作《中國夢戲研究》，〔註 35〕搜羅作品範圍廣泛，劇本對象擴及元明清三代的戲文雜劇傳奇，將情節涉及夢境的夢戲劇作一一挑揀整理，並且勘理出元明清三代夢戲索引表，幾盡文本搜整之全功，更有助於後進研究的資料檢索；除了文本整理以外，書中也涉及夢境情節的作用、夢戲創作的心理與書寫背景、夢戲的場上表演動作，以及因應夢戲而塑造的舞臺人物等各方面的討論，就「夢戲」一題而言，該著作對於劇作的整理與研究經已堪稱完整而詳密，並且將劇本內容外延至創作背景與創作心理的範疇。

廖藤葉先生以一人之力處理如此龐大的劇作內容，難免疏漏，例如《琵琶記．描容》的夢境表現方式以書中所定標準，應爲「夢者未參與演出」，並非書中所撰的「口敘」；〔註 36〕《雙鳳齊鳴記》第六齣，夢境內容爲「趙雲」指點李全鎗法，並非「周倉」〔註 37〕；《鸚鵡墓貞文記》第三齣〈衷詢〉，夢見觀音送子者爲沈佺之父，而非沈佺母親等等。〔註 38〕此外，兩位學者俱以劇作情節爲立論出發，而兼及部分的表演層面——例如腳色人物、上下場科介，或是與創作相關的各種條件因素——例如將祈夢、禳夢用於劇作情節之中，或是將相關的神靈人物塑造於舞臺之上，或是夢境題材對於劇作家的意義等等，然而，眞正決定戲曲的關鍵特質——排場則未及處理。

〔註 34〕詳見陳貞吟：〈論明傳奇中夢的運用（下）〉，《文學評論》第七集，頁 309～342。
〔註 35〕廖藤葉：《中國夢戲研究》（臺北：學思出版社，西元 2000 年 3 月初版）。
〔註 36〕廖藤葉：〈附錄二：明代夢戲表〉，《中國夢戲研究》，頁 341。
〔註 37〕廖藤葉：〈附錄二：明代夢戲表〉，《中國夢戲研究》，頁 347。
〔註 38〕廖藤葉：〈附錄二：明代夢戲表〉，《中國夢戲研究》，頁 349。

依許子漢先生所述之關目意義爲：

> 關目是組成排場的核心要素，因爲它對該場的演出內容做了最基本的規範，套式、賓白、科諢、舞台布置的運用必須與關目配合，而腳色人物與穿關則幾乎已大致被限定了，所以所有的組成要素都是從關目出發的，其重要性當然不言可喻。〔註39〕

在戲曲「合歌舞以代言演故事」〔註40〕的藝術本質反映之下，戲曲的演出應當包含有「音樂、腳色、情節」三個最基本的要素，僅就情節立論並不足以反映戲曲於場上搬演的重要性。因此，本論文當由排場之基礎「關目」立論，將傳奇中運用夢境的表演段落定名爲「夢關目」，就其內容分類與表演形式進行勘整，除了夢境對於情節產生的影響作用以外，並且從情節、腳色、排場進行分析，瞭解戲曲中夢關目在劇本情節與舞臺搬演兩方面的內容、作爲與運用。

第三節　研究方法

一、文本分析與歸納

本文以林侑蒔編集的《全明傳奇》爲其底本，從各個劇作中整理出夢境的表演段落，亦即夢關目，共有一百七十九段。爾後，爲了進行文本時間上的直式分析，筆者援引許子漢整理明傳奇的年代分期，將《全明傳奇》夢關目劇作分爲五期，進行第一步的整理。而年代無法確知的劇作，則列入「未知年代」置存，供作輔證。

此外，夢關目的運用不限於某些特定題材的劇作之中（也不限於非夢戲不可），因此筆者又以劇作主題將運用夢關目的劇作分類，並且參考郭英德在明清傳奇劇目整理與研究的成果，共歸列爲五種題材，建立主題上的橫式分析。至此建立夢關目外緣因素的整理。

其次，就夢關目的表演內容進行分析。本文以情節與表演兩大要項爲綱

〔註39〕許子漢：《明傳奇排場三要素發展歷程之研究》，頁28。

〔註40〕舉凡「演員合歌舞以代言演故事」者，俱爲戲曲雛型小戲之屬，而戲曲藝術完成大戲乃是「搬演曲折引人入勝的故事，以詩歌爲本質，密切融合音樂與舞蹈，加上雜技，而以說唱文學的敘述方式，通過演員妝扮，運用代言體，在狹隘的劇場上所表現出來供觀眾欣賞的綜合文學和藝術。」見曾永義：《戲曲本質與腔調新探》（臺北：國家出版社，西元2007年7月初版），頁24。

領，將夢關目分別釐析爲五種情節的運用類型，以及三種表演的表現形式。此部分參考廖藤葉在夢戲整理列表的表演手法分類，並且與情節運用的分類兩者結合，建立夢關目內緣因素的歸納分析，完整呈現夢關目的表演義涵與特色，再與時間年代的分期相對照，以見出夢關目在表演內容上的發展過程，完成一個更完備的主題研究分析。

二、戲劇與戲曲理論

本論文將在回顧整理古典戲曲的關目理論之後，釐清關目在戲曲當中的意義、作用與地位，並且以此定義分析夢關目的義涵、特色與演進。除此之外，爲了凸顯夢關目在劇本的戲劇性、以及舞臺的表演性兩大層面的作用，又分別自戲劇、戲曲援引理論說明，玆述如下：

（一）戲劇衝突論

許守白曰：「劇情雖千變萬化，然大別不外悲歡離合四字。」〔註41〕王季烈亦稱：「悲歡離合，謂之劇情」，〔註 42〕賅要的點明戲曲的大略情節主題。然若檢索歷代古典曲家關於情節的著論，大多著重在故事主題的新奇、情節主線與分支的排置以及全劇的結構安排——例如元代賈仲明曰「關目奇」，明代湯顯祖說「關目交錯，情緻紆迴，而妙在千絲一縷毫無零亂之病」〔註43〕、陳繼儒說「妙在悲歡離合起伏照應，線索在手，弄調如意」，〔註44〕以及清代李漁所稱的「立主腦、密針線、減頭緒，脫窠臼」諸論，但是甚少明確地論述情節內容本身對於全劇的作用與影響。相對來說，西方戲劇學家以「衝突」（conflict）闡示戲劇情節的安排與優劣標準，特別點明情節與故事的直接作用關係，在「悲歡離合」之中更加深究情節內容對於全劇的影響。中國古典戲曲雖爲一門表演與文學兼具的藝術，但是既然稱爲「戲」，尤其是所謂大戲，故事情節仍然是劇作的表現主軸之一；除了古典曲論在情節、關目的結構脈

〔註41〕許之衡：《曲律易知》，《樂府叢書》（臺北：郁氏印獎會，西元 1979 年 7 月初版）之三，頁 98。

〔註42〕王季烈：《螾廬曲談》，王雲五編：《人人文庫》（臺北：臺灣商務印書館，西元 1971 年 7 月 1 版）147 冊，頁 23。

〔註43〕秦學人、侯袊卿編：《中國古典編劇理論資料匯編》（北京：中國戲劇出版社，西元 1984 年 4 月 1 版），頁 78 引。

〔註44〕〔明〕陳繼儒：《鼎鐫陳眉公先生批評幽閨記》（明師檢堂刻本，北京圖書館藏），引自李昌集：《中國古代曲學史》（上海：華東師範大學出版社，西元 2007 年 12 月第二版），頁 507。

絡上的佈置，若要明確的錙銖細較情節本身之於全劇的作用，以及古典戲曲又如何在表演的訴求之下與情節本身配合運用，不妨可以藉由西方戲劇的衝突論來凸顯情節本身的作用、影響而開始談起。

衝突意謂兩種相對力量的對立，是推動戲劇前進的主要推力，而戲劇性的產生，亦取決於衝突成分的多寡優劣——「無阻礙無戲劇、無奮鬥無戲劇、無衝突無戲劇。」（no obstacle, no drama; no struggle, no drama; no conflict, no drama）法國戲劇理論家布倫泰爾（Ferdinand Brunetiere）將黑格爾的衝突說加以發展，並且實際用於戲劇之中，布倫泰爾謂衝突爲：

> 是人的意志與不可思議的力量，或自然的勢力相衝突的一種表現。它是利用舞臺把我們的生活顯示出來，這裡面表現着人與命運的衝突，與社會法律的衝突，與死亡的衝突，與自身的各種衝突，如與野心、私慾、偏見、愚行、惡意等等的衝突。……只有由意志衝突所引起的鬥爭性才能產生戲劇。〔註 45〕

衝突即產生於劇中人追求目標的各種意志要素，此一意志受到阻撓，使得人與情節中事件產生對抗、抗爭，戲劇便在此間之中產生，〔註 46〕亦即戲劇性的來源。〔註 47〕因此，在西方戲劇而言，「衝突是戲劇的要素，如果一齣戲想要被列爲偉大戲劇之列，它必須要有在主題與情節兩方面都值得重視的衝突。」〔註 48〕有鑒於中國古典曲論對於故事與情節作用未有系統性的整理，爲了凸顯夢關目類型與情節之間的作用關係，此處將援引西方的戲劇衝突論以補述不足之處。

姚一葦將衝突分三種〔註 49〕：第一種是人物與其自身的衝突（自身的），劇中人受到事件的影響，或是在事件發生當下爲了作出決定，因而產生的種種內心情緒、猶疑，甚至是苦惱、掙扎，例如希臘悲劇《伊底帕斯王》主人公伊底帕斯得知他弒父娶母的舉止，表現而出的痛苦、悲憤，或是像莎劇《馬

〔註 45〕鄧綏寧：《西洋戲劇思想》（臺北：正中書局，西元 1982 年 12 月 4 版），頁 49。

〔註 46〕姚一葦：《戲劇原理》（臺北：書林出版社，西元 2004 年 2 月二版），頁 31。

〔註 47〕顧乃春：〈戲劇：幾個基本面向的認知〉，《美育》第 165 期，2008 年 9 月，頁 28～36；頁 29 曰：「戲劇內在要素是甚，自古以來各家從不同的角度有過不同的說法，要之，就是要有『戲劇性』與『行動性』。『戲劇性』來自衝突、危機及懸念等要素，是吸引觀眾的焦點……」。

〔註 48〕李慕白（Paul M. Lee）、William Nickerson 譯著，《西洋戲劇欣賞（The Enjoyment of Western Drama）》（臺北：幼獅文化，西元 1986 年 4 月 5 版），頁 40。

〔註 49〕姚一葦：《戲劇原理》，頁 61。

克白（Macbeth）》中的馬克白在得知巫女預言自己將身爲國王、猶豫是否該行刺國王鄧肯（Duncan），以及馬克白夫人（Lady Macbeth）痛下殺手、恐懼於鬼魂血手幻影之中的驚慌淒厲。第二種是人物與人物之間的衝突（社會的），亦即劇中人彼此之間的互動、關係而產生的衝突事件，例如《伊底帕斯王》中伊底帕斯與母親之間的亂倫，《馬克白》中馬克白殺害班科（Banquo）、導致班科之子瑪爾孔（Malcolm）報殺父之仇的仇恨。第三種是人物與自然、外力之間的衝突（自然的），也就是劇中人受到外力的宰制，因對抗外力而產生的事件，例如《伊底帕斯王》中的弒父娶母預言，主宰了伊底帕斯的命運，而全劇的故事核心也在於伊底帕斯反抗預言的過程與結果，在《馬克白》中即爲三位巫婆預言馬克白將登上王位，而引發馬克白刺殺班科、鄧肯國王的一連串情節。〔註50〕

戲曲亦可借用衝突論的分析，例如元雜劇《趙氏孤兒》即可將其情節的衝突分析爲：

1. 第一種衝突：爲了保護趙氏孤兒，決定慷慨赴死的公孫杵臼、忍痛犧牲親兒以扶養趙氏孤兒成人的程嬰。
2. 第二種衝突：屠岸賈與趙氏孤兒之間的敵對關係，以及對趙氏孤兒有養育之恩、並且曉以眞相大義的程嬰。
3. 第三種衝突：趙氏宗族滅門之仇恨。〔註51〕

又以明傳奇《牡丹亭》爲例，同樣可以將其分析爲：

1. 第一種衝突：杜麗娘見到園中春光後產生的傷春自憐之情、柳夢梅對杜麗娘容顏寫眞的愛慕。
2. 第二種衝突：柳夢梅與杜麗娘之間的相識、相戀過程，杜寶與柳、杜二人的對立。
3. 第三種衝突：柳夢梅與杜麗娘命中註定的姻緣之分。〔註52〕

一齣戲之中不一定兼具三種衝突，但衝突乃是戲劇性「悲歡離合」的來

〔註50〕故事內容見（希臘）索發克里斯（Sophcles）著，胡耀恆、胡宗文譯：《伊底帕斯王（Oedipus the King）》（臺北：桂冠出版社，西元2004年2月2版二刷）；以及（英）莎士比亞（William Shakespeare）梁實秋譯：《莎士比亞叢書之四大悲劇》（臺北：遠東圖書，西元1999年2月初版）。

〔註51〕故事內容見（元）紀君祥《趙氏孤兒大報仇》，曾永義等選注：《戲曲選粹》（臺北：國家出版社，西元2003年11月初版），頁153～196。

〔註52〕故事內容見（明）湯顯祖著，徐朔方、楊笑梅校注：《牡丹亭》（北京：人民文學出版社，西元1963年4月1版）。

源，亦即戲劇情節高潮之處，或是推動情節發展的樞紐；如果夢境的發生或是其內容造就情節的高潮或發展，也就符合了所謂「關鍵情節」的定義，凸顯夢關目在情節安排上對於劇作故事的影響和作用。然而，關目除了情節的考究以外，更有腳色人物、科介念唱等排場基礎的內涵，方能貼切古典戲曲「合歌舞以演故事」的特色。因此，在瞭解情節本身之於劇作的作用——亦即高潮、製造衝突的源起以後，尚須再考究古典戲曲與西方戲劇有別不同的藝術本質與形制：「排場」。

（二）傳奇分場說

許之衡《曲律易知．論排場》開章首言：

> 作傳奇第一須知排場，若不明排場，鮮不笑柄百出者。惟排場千變萬化，似不易以筆墨罄，且向來論曲之書，未論及此；然此爲最要關鍵，不宜以其繁難而秘之也。〔註 53〕

許之衡將所謂排場分爲歡樂類、悲哀類、遊覽類、行動類、訴情類、過場短劇類、急遽短劇類、文靜短劇類、武裝短劇類，說明不同的套式如何被應用在不同的感情需求之中，例如【山坡羊】乃用於悲哀、先悲後喜之情，〔註 54〕【神仗兒】、【滴溜子】適用於急遽過場；〔註 55〕書中又舉《長生殿》爲例，分析其宮調用韻之精良，將排場與曲律的關係、套則詳釋精益，更提出了許多重要的曲套觀念。

王季烈亦專著〈論劇情與排場〉一章，同樣關注古典戲曲的情節、排場的關係，王季烈曰：

> 悲歡離合，謂之劇情；演劇者之上下動作，謂之排場。欲作傳奇，此二事最須留意。〔註 56〕

王季烈也針對配合情節所需的曲情，將傳奇的套數分類爲歡樂、游覽、悲哀、幽怨、行動、訴情六門，並且又有普通、武劇、過場短劇、文靜短劇四類同時因應劇情的穿插布置，每種套數必須依照情節與演出的性質而運用，例如南仙呂之第一、二、三、五套適於訴情，【縷縷金】與【四邊靜】適用於過場

〔註 53〕許守白：《曲律易知．論排場》，《樂府叢書》（臺北：郁氏印獎會，西元 1979 年 7 月初版）之三，頁 97。

〔註 54〕許守白：《曲律易知》，頁 105。

〔註 55〕許守白：《曲律易知》，頁 126。

〔註 56〕王季烈：《螾廬曲談》，王雲五編：《人人文庫》（臺北：臺灣商務印書館，西元 1971 年 7 月 1 版）147 冊，頁 23。

短劇……等等，並謂：「作傳奇者，情節奇矣，詞藻麗矣，不合宮調，則不能付之歌喉；宮調合矣，音節諧矣，不講排場，則不能演之氍毹。」〔註 57〕以傳奇來說，古典戲曲除了故事情節與曲詞念白的文學性之外，尚有宮調聯套的音樂性、腳色排演的表演性兩類藝術性質，三者兼及，始得搬演於場上，這便是中國戲曲與西方戲劇的不同之處，同時也是戲曲藝術獨萃出眾的核心特質。

綜要言之，排場建基於劇情、曲情、腳色三個基礎之上；而劇情取決於關目，曲情依存於套數，因此排場亦可說是建基於關目、套數、腳色三個基礎之上。〔註 58〕然而「排場既如是繁難，又劇情無定」，如何尋索出排場與情節的應用關係，便是徹底瞭解身爲「體製劇種」〔註 59〕的傳奇藝術面貌的重要關竅。

第四節　研究大綱

本論文研究章節及其要點大略如下：

第二章〈關目論的發展與夢關目的定義〉，本章節將由古今曲家學者的關目理論開始著手整理，瞭解歷來對於「關目」一名的定義，並且釐定本論文所指稱的關目內涵。其次，說明本論文的研究主題「夢關目」的定義，確立本論文研究的核心問題。

第三章〈夢關目分類與分期整理〉，乃將《全明傳奇》當中運用夢關目的劇作，及其出現夢關目的齣目揀定而出，並且依循年代的時序分期，按照本論文訂立的分類綱領——夢關目的內容類型與表現形式，以此二軸將夢關目釐析彙整，確立綱目，先行建立本論文所欲處理的文本綱領。

第四章〈夢關目運用內容類型分析〉，以訂定的五種內容類型、三種表現形式將夢關目分類，瞭解夢關目應用的情節、腳色與表演手法；同時，爲了瞭解夢關目中夢境對於情節的影響與作用，在本章節中也並行援用前述戲劇衝突論，突顯夢關目情節之於全本劇情發展的重要性，確認其情節作用，說

〔註 57〕王季烈：《螾廬曲談》，頁 26。

〔註 58〕曾永義：〈說“排場”〉，《曾永義學術論文自選集》（北京：中華書局，西元 2008 年 7 月 1 版），頁 77。

〔註 59〕體製劇種爲戲曲劇種的分類之一，乃就體製規律不同而區分，例如「詞曲系（曲牌）」與「詩讚系（板腔）」之分、北曲雜劇與南曲戲文之分。詳見曾永義：〈論說“戲曲劇種”〉，《曾永義學術論文自選集》，頁 163～193。

明夢關目在劇作當中產生的情節關鍵、聯絡、交代等作用，並且討論在各個夢關目中的腳色人物與程式表演，進而配合下一章節的論述運用。

第五章〈夢關目場面布置分析〉，蓋戲曲藝術除了文學性的劇本情節之外，在本質而言，還有更為重要的舞臺性的場面表演——亦即囊括場上一切表演要素的排場。本章節將引用傳奇分場說，分析各個夢關目的分場布置，說明分場之於夢關目的各個內涵：情節、腳色、宮套的調度與影響，瞭解夢關目在全本劇作當中之於表演的作用與意義。

第六章〈結論：夢關目的發展〉，經過上述章節對於夢關目的內容運用、表演意義的分析之後，於此處整合出夢關目在《全明傳奇》當中的發展概貌，同時點出關目隨著明傳奇體製的完成、創作的興盛，而趨於成熟、豐富的互動相映關係；以及夢關目在發展的過程中，各式關目如何與各種表演要素搭配，甚至脫出特定關目的固定沿用手法，進行更多樣式的配合，使表演性愈漸增長。藉由研究關目的運用與發展，而可得知傳奇劇作的發展完備的經歷。

第二章　關目論的發展與夢關目的定義

古典戲曲理論的發展，與戲曲體製的發展息息相關。古典戲曲在元代萌芽以來，隨著劇作家對劇作的批評品鑒，戲曲理論也自此發端；元代尚處於搬演理論的草創時期，至於明代以逮清初，則是搬演理論大量發展的時期，而且探討範圍全面、更具有深度，此時期即是古典搬演理論代表性成果的結成，〔註1〕而關目論也隨著搬演理論的發展漸趨完整。因此，在討論明傳奇夢關目的運用、類型與發展之前，必須先針對來關目的內涵、發展論述有明確的掌握與瞭解。本章首先大略回顧古典戲曲的關目論發展，確認關目的定義演變與內涵，以釐清本論文所欲延循運用的研究方法與角度。其次，確立本論文所稱「夢關目」的內涵與意義，並且與前人研究所述的夢戲加以區分。

第一節　關目立論的發展

一、諸家關目之說

關目爲戲曲文學體製的專有名詞，「關」謂「關鍵」，「目」爲眼睛，意指全本故事中「最關鍵重要的情節」。〔註2〕「關目」一詞最早見於《元刊雜劇三十種》總題，當時指稱劇中緊要、關鍵的部分；〔註3〕其中十八種於劇前冠

〔註1〕譚帆、陸煒：《中國古典戲劇理論史》（上海：華東師範大學出版社，西元2005年12月1版），頁205。

〔註2〕李惠綿：《戲曲批評概念史考論增訂本》（臺北：國家出版社，西元2009年11月初版），頁258。

〔註3〕見許子漢：〈戲曲「關目」義涵之探討〉，《東華人文學報》第2期（西元2000年7月），頁125～142。

名「新編（新刊）關目」，例如《新編關目晉文公火燒介子推》、《新刊關目蕭何月夜追韓信》〔註4〕等，表示該劇情節為創新編撰，因此「關目」亦即「情節」也。王國維曰：「元劇關目之拙劣，固不待言。此由當日未嘗重視此事，故往往互相蹈襲，或草草為之。」〔註5〕此語指出元雜劇時期的劇本創作，由於受限於文體的形式，在情節上未達成熟的境界。但是「然如武漢臣之《老生兒》，關漢卿之《救風塵》，其布置結構，亦極意匠慘淡之致，寧較後世之傳奇，有優無劣也。」〔註6〕雖然當時的劇作家們尚未普遍意識到情節發展的重要觀念，但是有的作品卻已在創作的腳步中使劇情的結構、情節獲得成熟的表現。〔註7〕

以下將簡述元明清曲家與當代學者各家對於關目的說法，以明瞭關目理論的大致發展和觀點。

（一）元代曲家

1. 鍾嗣成（西元1279～1360年）

鍾嗣成，字繼先，號醜齋，可考劇作有雜劇七種。〔註8〕其《錄鬼簿》著錄李壽卿雜劇《辜負呂無雙》注謂：「與《遠波亭》關目同。」〔註9〕乃指兩本雜劇情節相同。此處的「關目」，仍直接指謂「情節」。而鍾嗣成亦無其他

〔註4〕見徐沁君校：《新校元刊雜劇三十種》（北京：中華書局出版，西元1980年12月1版），共有：《新刊關目閨怨佳人拜月亭》、《新刊關目詐妮子調風月》、《新刊關目好酒趙元遇上皇》、《新編關目看錢奴買冤家債主》、《新刊關目馬丹陽三度任風子》、《新刊關目漢高皇濯足氣英布》、《大都新編關目公孫汗衫記》、《新刊關目張鼎智勘魔合羅》、《古杭新刊關目的本李太白貶夜郎》、《新編關目晉文公火燒介子推》、《大都新刊關目的本東窗事犯》、《古杭新刊關目霍光鬼諫》、《新刊關目嚴子陵垂釣七里灘》、《古杭新刊關目輔成王周公攝政》、《新刊關目蕭何月夜追韓信》、《新刊關目陳季卿悟道竹葉舟》、《新刊關目諸葛亮博望燒屯》、《新編足本關目張千替殺妻》十八種。

〔註5〕王國維：《宋元戲曲史》（上海：上海古籍出版社，西元2008年5月1版），第十二章〈元劇之文章〉，頁88。

〔註6〕王國維：《宋元戲曲史》，頁88。

〔註7〕呂效平：《戲曲本質論》（南京：南京大學出版社，西元2005年3月1版），頁41曰：「元雜劇中，雖有一些極富戲劇性的作品，但是，故事情節的戲劇性，並不是元雜劇一個必然的要求。」

〔註8〕《寄情韓翊章臺柳》、《譏貨賂魯褒錢神論》、《宴瑤池王母蟠桃會》、《韓信泜水斬陳餘》、《漢高祖詐遊雲夢》、《孝諫鄭莊公》、《馮驩焚券》。見《中國古典戲曲論著集成》（北京：中國戲劇出版社，西元1959年7月初版）第二冊，頁87。

〔註9〕《中國古典戲曲論著集成》第二冊，頁111。

更深入的關目論述。

2. 賈仲明（西元 1343～1242 年）

賈仲明，一作仲名，別號雲水散人、雲水翁。其作《錄鬼簿續編》乃是在賈仲明增補本《錄鬼簿》後發現，內容記敘元明間曲家的簡略事蹟與著作曲目；〔註 10〕而增補本《錄鬼簿》為登載其上的曲家們各自編寫〈凌波仙〉曲弔挽，這些挽詞當中也包含了部分的劇作批評。其中評述王伯成《貶夜郎》「關目風騷」、武漢臣《老生兒》「關目真」、陳寧甫《兩無功》「關目奇」、費唐臣《漢章賢》「關目輝光」、鄭廷玉《因禍致福》「關目冷」等等，〔註 11〕分別以「風騷」、「真」、「奇」、「輝光」、「冷」等形容來稱述劇作情節的真實性、趣味性，以及結構上的獨到巧妙或是特點，關目在此處的運用已然更進一步，而用於凸顯戲劇性的美學風格與特色。

（二）明代曲家

1. 朱有燉（西元 1397～1439 年）

朱有燉，明太祖第五子周定王朱橚長子，襲封周王，諡憲，人稱周憲王，號誠齋，別號全陽子、全陽翁、全陽道人、老狂生、錦窠老師。曾以「關目」之名來評述劇作，在《誠齋雜劇》的《貞姬身後團圓夢．傳奇自引》中說明：

> 中間關目詳細，詞語整齊，且能曲盡貞姬之態度，所謂「詩人之賦麗以則」也，覩之者鑒茲。〔註 12〕

另一則是《繼母大賢．傳奇自引》所述：

> 予觀近代文人才士若喬夢符、馬致遠、宮大用、王實甫之輩，皆其天材俊逸，文學富前瞻，故作傳奇清新可喜；又其關目詳細，用韻穩當，音律和暢，對偶整齊，韻少重複，為識者珍。……偶觀前人無名氏《繼母大賢》傳奇，甚非老作，以其材不富瞻，故用韻重複，句語塵俗，關目不明，引事不當，每聞人歌詠搬演，不覺失聲大笑。〔註 13〕

〔註 10〕《中國古典戲曲論著集成》第二冊，頁 277～278。

〔註 11〕詳見〔元〕鍾嗣成、賈仲明著，浦漢明校：《新校錄鬼簿正續編》（成都：巴蜀書社，西元 1996 年 10 月 1 版）。

〔註 12〕吳毓華：《中國古代戲曲序跋集》（北京：中國戲劇出版社，西元 1990 年 8 月 1 版），頁 37。錄自明宣德間原刊本《誠齋雜劇》。

〔註 13〕吳毓華：《中國古代戲曲序跋集》，頁 38。

由朱有燉所謂「關目詳細」與「關目不明」二語來看，可知此處「關目」當指劇作的「情節」處理的程度，評斷情節是細膩豐富、抑或粗淺疏漏；其次，朱有燉將關目與用韻、詞語、引事等等一同引用，可知朱有燉已將其視爲劇作的評鑒與創作標準的要點之一，已經意識到關目在評騭上的重要。朱有燉與賈仲明同樣把關目作爲衡量情節藝術高低的範疇，〔註 14〕但是還停留在劇本的敘事文學性質。

2. 李贄（西元 1527～1602 年）

李贄，號卓吾，又號宏甫，別署溫陵居士、百泉居士等，除了思想方面，他也提出了獨到的戲曲論見；例如「童心說」、「化工說」影響了後世曲家們的理論與見解，並且開創了「評點」的批評形式，藉著對劇作的具體評點來表達戲曲主張。〔註 15〕李贄的戲曲理論主要見於〈童心說〉、〈雜說〉二文，以及對《西廂記》、《琵琶記》、《幽閨記》、《玉合記》與《紅拂記》等的評論。〔註 16〕在他對於諸劇的評論中亦能見到關目的運用，例如批評《幽閨記》曰：

> 此劇關目極好，說得好，曲亦好，眞元人手筆也。首似散漫，終至奇絕，以配西廂，不妨相追逐也……詳試讀之，當使人有兄兄妹妹、義夫節婦之思焉。蘭比崔重名，尤爲閒雅，事出無奈，猶必對天盟誓，願終始不相背負，可謂貞正之極矣。興福投竄林莽，知恩報恩，自是常理，而卒結以良緣，許之歸妹，興福爲妹丈，世隆爲妻兄，無德不酬，無恩不答。天地之報施善人，又何其巧與。〔註 17〕

此處所評，乃因《幽閨記》的人物與情節設計，符合「使人有兄兄妹妹、義夫節婦」之旨要，以及「無德不酬、無恩不答」與「天地之報施善人」的巧妙安排。又批評《紅拂記》曰：

> 此記關目好，曲好，白好，事好。樂昌破境重合，紅拂智眼無雙，

〔註 14〕李惠綿：《戲曲批評概念史考論增訂本》，頁 377。

〔註 15〕俞爲民、孫蓉蓉：《中國古代戲曲理論史通論》（臺北：華正出版社，西元 1998 年 5 月版），頁 221 曰：「評點這種文學批評形式雖在李贄之前就已產生，但祇見於詩文，將這種形式用之於戲曲批評，則肇始於李贄。」

〔註 16〕俞爲民、孫蓉蓉：《中國古代戲曲理論史通論》，頁 212～231。頁 222 轉引明汪本鈳曰：「第寢至今日，坊間一切戲劇淫謔刻本批點，動曰卓吾先生，爾食輩翕然艷之。」

〔註 17〕俞爲民、孫蓉蓉編：《歷代曲話彙編》（合肥：黃山書社，西元 2009 年 3 月 1 版）明代編第一集，引《焚書》卷四，頁 541～542。

蚪髯棄家入海，越公並遣雙妓，皆可師可法，可敬可羨。熟謂傳奇不可以興，不可以觀，不可以羣，不可以怨乎？飲食宴樂之間，起義動慨多矣。〔註 18〕

李贄將關目與曲、白（說）、事等諸項要素一同作爲評析標準，關目名居爲首，曲、白分別指曲詞念白，事則爲題材用事，關目當指戲曲情節。〔註 19〕又如批評《幽閨記》第八齣〈少不知愁〉爲：「此齣似淡，亦無關目，然亦自少不得。」〔註 20〕此乃該齣情節爲旦角王瑞蘭於冬日賞雪觀梅，自述不解愁苦之情，全劇篇幅僅有二曲，短小而平淡，僅用作交代人物情節，所以李贄以此評之；又批評第二十六齣〈皇華悲劇〉爲「此齣關目妙極，全在不說出。」並且屢屢眉批「關目好、關目妙絕」，〔註 21〕因爲本齣情節爲王尚書與夫人在孟津奇遇，使劇情出現轉折，而在情節的安排中開啓全劇情節的高潮，所以稱之爲妙。而像是「少關目」〔註 22〕一類的評語，則代表此處情節平淡無奇、安排不善，無法與故事接綴。由此可知，李贄相當著重情節的穿插鋪排與急緩轉折的處理，已經蘊含了情節節構的觀念。李贄所謂「關目」，亦即「情節」，然而已經具有結構安排的意義。

李贄雖然尚未建立完整而系統的關目論述，但已經有意識的將戲曲情節結構的觀念，引入於戲曲劇作評析、評斷優劣的標準之中，更視關目爲情節創作上的一個要點。

3. 湯顯祖（西元 1550～1616 年）

湯顯祖，字義仍，號海若、清遠道人，晚年號若士、繭翁。湯顯祖除了戲曲創作的成就，也有相關的戲曲理論評點，並且涉及戲曲情節的寫作技巧，此類論述多見於他對《焚香記》、《種玉記》等劇作的評點。〔註 23〕其中論及關目者，例如《異夢記》總評曰：

〔註 18〕俞爲民、孫蓉蓉編：《歷代曲話彙編》明代編第一集，引《焚書》卷四，頁 542。

〔註 19〕李惠綿：《戲曲批評概念史考論增訂本》，頁 380。

〔註 20〕（明）李贄批點：《李卓吾批評幽閨記》卷上，林侑蒔編：《全明傳奇》（臺北：天一出版社）179 冊，頁 21～22。

〔註 21〕（明）李贄批點：《李卓吾批評幽閨記》卷下，林侑蒔編：《全明傳奇》179 冊，頁 21～28。

〔註 22〕（明）李贄批點：《李卓吾批評幽閨記》卷上，林侑蒔編：《全明傳奇》151 冊，第五齣眉批，頁 13；卷下第二十六齣眉批，頁 14。

〔註 23〕高禎臨：《明傳奇戲劇情節研究》（臺北：文津出版社，西元 2005 年 5 月初版），頁 46～47。

……而有吳學士復送雲容於范夫人處，李中丞復向范夫人說瓊瓊親事，遂覺關目交錯，情致紆迴，而妙在千絲一縷毫無零亂之病。至後又有入宮一折，如山盡處轉一坡巒，正與輦眞選女照應。〔註24〕

此段分析《異夢記》的重要情節，在於女主角顧雲容與男主角王奇俊有異夢之緣，兩人彼此思慕，但是兩人的訂情之物被同邑張曳白拾獲，冒名王奇俊而生起一番風波；直至吳澄爲女主角顧雲容贖身，送往范夫人之處安頓，正值另一位與王奇俊訂下婚約的范瓊瓊亦遭張曳白設計謀害，被國師輦眞選入宮廷，《異夢記》將這些曲折、迴繞交錯的情節處理得有條有理，而且人物事件彼此照應聯扣，湯顯祖稱賞爲「千絲一縷，毫無零亂」，是相當高明的情節處理。又如批評《異夢記》第十三齣〈窮途〉眉批曰：「關目好」，〔註25〕《種玉記》第三齣〈園逅〉曰：「曲白關目最爲眞致緊蔟」，〔註26〕則是表示該劇情節緊湊，促進全劇的節奏感；可知湯顯祖對於「關目」主要仍以情節理解，而湯顯祖的戲曲批評當中尚有「關紐」（《種玉記》十八齣〈遇獲〉）、「關筍」（《種玉記》十九齣〈薦甥〉）、「波瀾」（《種玉記》三齣〈園逅〉）等用語，皆指稱情節之用，而湯顯祖重視的便是情節的鋪排是否起伏多變、是否有其一番波瀾曲折的可看性。〔註27〕

4. 臧懋循（西元1550～1620年）

臧懋循，字晉叔，號顧渚。在其輯選的《元曲選》序文中提及作曲三難之一的「關目緊湊」之難，曰：「字內貴賤妍媸、幽明離合之故，奚啻千百其狀，而塡詞者必須人習其方言，事肖其本色，境無旁溢，語無外假，此則關目緊湊之難。」〔註28〕說明劇作家如何將形形色色的故事情節用相符相應的方言、語言，如何使劇中的人事物如實反映實際生活的情況，「肖其本色」，並且使情節發展不致蔓溢蕪雜，「境無旁溢」；劇作家更須要能夠發自肺腑的表達眞實的情狀，「語無外假」。臧氏所論關目之語，雖是用於評選雜劇的標準之一，並非傳奇，而且從案頭文學的創作立場入眼審酌，但是臧氏的用意在於：「今南曲盛行於世，無不人人自謂作者，而不知其去元人遠也。」爲了

〔註24〕吳毓華編：《中國古代戲曲序跋集》，頁95。
〔註25〕《玉茗堂批評異夢記》，林侑蒔編：《全明傳奇》87冊，頁35。
〔註26〕《玉茗堂批評種玉記》，林侑蒔編：《全明傳奇》117冊，頁7。
〔註27〕高禎臨：《明傳奇戲劇情節研究》，頁47。
〔註28〕臧懋循：《元曲選》（北京：中華書局，西元1958年10月初版），頁4。三難爲：「情詞隱稱、關目緊湊、音律諧諧」。

讓創作傳奇的明代士人能夠上效元人作曲的優點，藉此「以盡元曲之妙，且使今之爲南者，知有所取則云爾。」〔註 29〕可知臧氏的關目論仍是基於明傳奇的創作與評論而發，而賴元雜劇之長處以凸顯。

臧懋循將關目（仍指情節）與情詞、音律等同並重，可知自李贄開啓關目評點之風以降，曲家與劇作家們都已將關目置於戲曲標準必要的天秤之上，並且與情節的結構安排一同處理，發展出各種劇作情節設計的立論與訴求。

5. 陳繼儒（西元 1558～1639 年）

字仲醇，號眉公、麋公，別署白石山樵、白石眉道人，曾評點《琵琶記》、《西廂記》、《幽閨記》、《紅拂記》等作。與前列曲家相形而比，陳繼儒將關目的運用以及意涵說明得更爲透徹，例如他對於《幽閨記》的總評爲：

> 關目、曲都近自然，委是天造，豈曰人工！妙在悲歡離合起伏照應，線索在手，弄調如意。興福遇蔣，一奇也，即伏下賊案逢迎，文武並贅；曠野兄妹離而夫妻合，即伏下關目緣由，商店夫妻離而父子合，驛舍而子母夫妻俱合，又應前曠野之離；商店兄弟合又起下文武團圓，夫妻兄妹，總成奇逢。結局豈曰人力，天合也，命曰「天合記」。〔註 30〕

陳繼儒對於《幽閨記》的情節起伏、前後照應與貫串全劇的線索，稱許其爲「自然」、「如意」的境界，人物之間的「關目緣由」亦設計得當，促成了天合巧妙的結局，而非人力刻意的安排雕塑。

陳繼儒對於關目的評賞準有更精準的剖析，並且詳細描述劇作的情節安排運用，不再只是抽象的妙、冷、嘉、輝光等評語，因此關目論不僅成爲評騭劇作的標準之一，更有了明確的分析和掌握，立論愈見具體精確。〔註 31〕

6. 王驥德（西元 1560～1623 年）

王驥德字伯良，一字伯駿，號方諸生，別署秦樓外史，爲徐渭弟子，劇作度曲與理論均有所長。《曲律》是第一本具備體系的戲曲理論專著，總結明代前中期的戲曲理論發展，在中國古典戲曲理論發展中佔了承先啓後的重要

〔註 29〕臧懋循：《元曲選》，頁 4。

〔註 30〕〔明〕陳繼儒：《鼎鐫陳眉公先生批評幽閨記》（明師儉堂刻本，北京圖書館藏），引自李昌集：《中國古代曲學史》（上海：華東師範大學出版社，西元 2007 年 12 月第二版），頁 507。

〔註 31〕李惠綿：《戲曲批評概念史考論》增訂本，頁 384。

作用；〔註 32〕該著作除了討論製曲諸法以外，關目情節亦是其論述之一，只是《曲律》之中並未專就「關目」立名論說，多以「關節」等語析論各劇的情節安排。〔註 33〕不過，《曲律．論劇戲第三十》中卻提及：

> 近吳興臧博士晉叔刻元劇，上下部共百種。自有雜劇以來，選刻之富，無踰此。……若其妍媸差等，吾友吳郡毛允遂每種列爲關目、曲、白三則，自一至十，各以分數等之，功令犁然，錙銖畢析。〔註 34〕

此處提到臧懋循刊刻元曲與毛晉選注評析之事，其中提到毛晉以「關目、曲、白」三個準則分等品評，再次反映了當時曲家、劇家們對於關目的重視。

7. 徐復祚（西元 1560～1630 年）

徐復祚，原名篤儒，字陽初，後改訥川，號暮竹，別號陽初子、休休生等。精通詞曲，也是運用「關目」一名評析劇作的曲家之一，在其著作《曲論》中即談到：

> 《琵琶》、《拜月》而下，《荊釵》以情節關目勝，然純是委巷俚語，粗鄙之極；而用韻卻嚴，本色當行，時離時合。〔註 35〕
>
> 梁伯龍作《浣紗記》，無論其關目散緩、無骨無筋、全無收攝；即其詞亦出口便俗，一過後便不耐再咀。〔註 36〕

徐復祚先有「情節、關目」並稱的名論，包括所謂「故事情節」與「關鍵情節」兩者，稱許《荊釵記》在情節鋪敘與重要轉折處的長處；而《浣紗記》僅以「關目」討論，批評該劇關目鬆散緩慢，而且全劇骨幹脈絡、收煞章法均乏善可陳。〔註 37〕由此可見，徐復祚雖然明白的用「關目」一名來討論劇作優劣，但是「關目」的立論並沒有透徹的分析，與「情節」有混用的情形。

〔註 32〕葉長海：《中國戲劇學史》（板橋：駱駝出版社，西元 1993 年 11 月二版），頁 259 曰：「《曲律》對萬曆時代及此前三百多年的古代曲學成果作了全面的總結，在中國古典戲曲理論發展中起了承前啓後的關鍵性作用，對後世的戲曲創作和戲劇學研究產生過很大的影響」。

〔註 33〕高禎臨：《明傳奇戲劇情節研究》，頁 54～55。

〔註 34〕《中國古典戲曲論著集成》第四冊，頁 170。

〔註 35〕《中國古典戲曲論著集成》第四冊，頁 236。

〔註 36〕《中國古典戲曲論著集成》第四冊，頁 239。

〔註 37〕李惠綿：《戲曲批評概念史考論》增訂本，頁 385。

8. 馮夢龍（西元 1574～1646 年）

馮夢龍，字猶龍、子猶、耳猶，號龍子猶、墨憨齋主人、顧曲散人、姑蘇詞奴、古吳詞奴、綠天館主人、可一居士、茂苑野史、香月居主人、詹詹外史等。他不僅有戲曲理論的眉批評語，更有改編、自創的劇作實踐，是個經驗豐富的製曲家，也是見解獨到的曲論家。其批評理論集中於《墨憨齋定本傳奇》中的眉批、總評、序文與引，〔註 38〕關目亦是馮夢龍曲論批評中常見的名目之一，例如《邯鄲夢》總評曰：

> 玉茗堂諸作，《紫釵》、《牡丹亭》以情，《南柯》以幻，獨此因情入道，即幻悟眞，閱之令凡夫濁子俱有厭薄塵埃之想，四夢中當推第一。……通記極苦、極樂、極痴、極醒，描摩盡興，而點綴處亦復熱鬧，關目甚緊，吾無間然。惟塡詞落調及失韻處，不得不爲一竄耳。〔註 39〕

馮夢龍認爲湯顯祖《邯鄲記》將人情百態描寫得極爲盡致，而且關目緊湊、情節起伏掌握得相當密切，沒有可供修改的罅隙，僅爲其修改曲詞失調、失韻之處，推崇爲《玉茗堂四夢》之首。又《永團圓》總評曰：

> ……余所補凡二折，一爲〈登堂勸駕〉。蓋王晉登堂拜母，及蔡生辭親赴試，皆本傳血脈，心不可缺。又一爲〈江納勸女〉。……且父女岳婿，借此先會一番，省得末折抖然畢聚，寒溫許多不來，此針線最密緊也。〈揺婚〉、〈看錄〉，及〈書齋偶語〉三折，俱是本傳大緊要關目。原本太直，遂似高公勢逼，蔡生懼而從之。惠芳含怨，蔡母子強而命之，不成事體，須是十分委曲，描出一番萬不得已景象，不得不全改之。觀者勿以余爲多事。〔註 40〕

此處馮夢龍說明他補綴的兩折，用意是爲了凸顯故事的主要情節，並且讓整體情節更爲緊湊；而在他改編的三折故事，乃因原本故事過於直白，難以表明人情委曲，所以將原本的情節起伏加以修改，讓情節更爲合理而曲折、更

〔註 38〕總評劇作有：《酒家傭》、《灑雪堂》、《風流夢》、《邯鄲夢》、《人獸關》、《永團圓》六篇。序文、引爲：《雙雄記．序》、《萬事足．序》、《十種傳奇．序》、《酒家傭．序》、《風流夢．小引》、《人獸關．序》、《永團圓．序》，另一篇是爲王驥德而寫的〈曲律．序〉，共八篇。見李惠綿：《戲曲批評概念史考論》增訂本，頁 385。

〔註 39〕《墨憨齋定本傳奇．邯鄲夢》，魏同賢編：《馮夢龍全集》（上海：上海古籍出版社，西元 1993 年 6 月 1 版）18 冊，頁 2285～2286。

〔註 40〕《墨憨齋定本傳奇．永團圓》，魏同賢編：《馮夢龍全集》19 冊，頁 2680～2681。

添可看性；而《重訂西樓楚江情傳奇》第二十一折〈歌筵買駿〉眉批語：「原本《俠概》一折甚淡，此系全改，因歌而識叔夜、貞侯之名，又市得駿馬，後折許多關目，都領出線索。」〔註41〕由上述可知：馮夢龍所重視的「關目」，除了指涉情節的布置穿插、起伏照應以外，更包含了情節在劇作整體上的結構脈絡的意義，時時注意「緊湊、緊要、新意、線索」等創作技巧。

馮夢龍對於「關目」的理念更爲全面性，例如《重訂新灌園傳奇》總評曰：「新記法章念念不忘君國，而夜祭之孝，討賊之忠，皆是本傳絕大關目……借此取巧，方成佳話。」〔註42〕三十六折收場詩又曰：「孝子忠臣女丈夫，卻將淫褻引昏途。墨憨筆削非多事，要與詞場立楷模。」〔註43〕可知馮夢龍的劇作立場雖不免受風化觀念影響，但亦有補綴原劇針線未密之處的用意，據該劇自序云：「自余加改竄而忠孝志節種種具備，庶幾有關風化而奇可傳矣；若夫律必叶，韻必嚴，此填詞家法，即世俗論議不及，余寧奉之惟謹。」〔註44〕便能知悉馮夢龍對於劇作理念的嚴謹——不只關目、曲詞律韻都要達到一定的水準，尤其曲詞律韻本該恪守準則，就連本傳也得「有關風化」，如此「而奇可傳矣」。第九折〈齊王出亡〉眉批曰：「此最要緊關目，用小淨者亦取腳色之勻也。」〔註45〕則提到關目的安排，亦要兼顧腳色的特色與勞逸均衡。

關目擁有「關鍵情節」之實，當自馮夢龍立論而始。《訂定人獸關傳奇》第一折眉批「一妾代婚是至緊關目，必須未白。」〔註46〕第五折眉批曰：「犬報全爲大士一呪，關目張本全在此折，亦訓世人莫輕易賭誓，大有關係。」〔註47〕故事本身訓意亦在此，是故事全篇重心與情節衝折起由之處。又《楚江情》自序曰：

> 此記模情布局，種種化腐爲新。……觀劇須於閑處着眼，《買駿》一折，似冷，而梅花衚衕之有寓，馬之能致千里，叔夜、貞侯之才名，色色點破，爲後來張本，此最要緊關目。〔註48〕

〔註41〕《墨憨齋定本傳奇．西樓楚江情》，魏同賢編：《馮夢龍全集》18冊，頁1931。
〔註42〕俞爲民、孫蓉蓉編：《歷代曲話彙編》，明代編第三冊，頁31～32。
〔註43〕《墨憨齋定本傳奇．新灌園》，魏同賢編：《馮夢龍全集》16冊，頁620。
〔註44〕《墨憨齋定本傳奇．新灌園．敘》，魏同賢編：《馮夢龍全集》16冊，頁443。
〔註45〕《墨憨齋定本傳奇．新灌園》，魏同賢編：《馮夢龍全集》16冊，頁473。
〔註46〕《墨憨齋定本傳奇．人獸關》，魏同賢編：《馮夢龍全集》19冊，頁2496。
〔註47〕《墨憨齋定本傳奇．人獸關》，魏同賢編：《馮夢龍全集》19冊，頁2520。
〔註48〕俞爲民、孫蓉蓉編：《歷代曲話彙編》，明代編第三冊，頁36～37。

又第二折〈觀燈感嘆〉批曰：「是眞正癡情語，一部關目在此數句。」〔註 49〕意指此段關目情節是引發劇本故事起伏的重要關鍵點，關目在馮夢龍的立論中已有「關鍵情節」的意義。又《洒雪堂》總評曰：「是記情節關鎖，緊密無痕。」〔註 50〕此處「關鎖」即指關目，同樣爲關鍵情節之處。

綜述可知，馮夢龍相當重視情節安插鋪排的技巧，而且更全面的關注到劇作結構、主題命意甚至是腳色的關連，在劇作改編的實踐上，由由律的考量爲出發點，並力求案頭場上二者兼美，是明代嘗試改編的曲家當中相當特殊又堪稱具備理論系統的一位。〔註 51〕在「關目」一節，馮夢龍視其爲「關鍵情節」之意。

9. 呂天成（西元 1580～1618 年）

呂天成，原名文，字勤之，號棘津，別號鬱藍生。呂天成依據舅祖孫鑛《南劇十要》的標準，分爲事、關目、搬演、音律、易曉、詞采、敷衍、角色匀、脫套、風化十項；〔註 52〕但是呂天成雖曰「關目」，實際上並未用關目之名來評析劇作，依據陳竹之說，則呂天成之關目應指爲「情節」，而且與所謂劇作的章法、格局、結構等意義有別。〔註 53〕

10. 祁彪佳（西元 1602～1645 年）

祁彪佳，字虎子，一字幼文，又字弘吉，號世培，別置遠山主人。祁彪佳於《遠山堂曲品》中運用關目分析劇作而逐一給予品評的例子，如下列所述：

（1）評沈璟《四異記》謂：「巫、賈二姓，各假男女以相賺，賈兒竟得巫女。吳中曾有此事，惟談本虛初聘於巫，後娶於賈，係是增出，以多其關目耳。」〔註 54〕說明該劇故事較本事增出一系情節；

〔註 49〕《墨憨齋定本傳奇・楚江情》，魏同賢編：《馮夢龍全集》18 冊，頁 1816。

〔註 50〕《墨憨齋定本傳奇・洒雪堂》，魏同賢編：《馮夢龍全集》18 冊，頁 1587。

〔註 51〕見劉君珺：〈《墨憨齋定本傳奇》改編的特殊性〉，《馮夢龍傳奇劇本改編藝術》（高雄：復文出版社，西元 2006 年初版），頁 17～23。

〔註 52〕《中國古典戲曲論著集成》第三冊，頁 223 曰：「我舅祖孫司馬公謂予曰：『凡南劇，第一要事佳，第二要關目好，第三要搬出來好，第四要按宮調、協音律，第五要使人易曉，第六要詞采，第七要善敷衍——淡處做得濃，閑處做得熱鬧，第八要各角色派得匀妥，第九要脫套，第十要合世情、關風化。持此十要以衡傳奇，靡得當矣。』」

〔註 53〕李惠綿：《戲曲批評概念史考論》，頁 388～391。陳竹之說，見陳竹：《中國古代劇作學史》（武漢：武漢出版社，西元 1998 年 9 月 1 版），頁 290。

〔註 54〕《中國古典戲曲論著集成》第六冊，頁 9。

（2）評盧柟《想當然》曰：「劉一春事，本之覓蓮傳，此於離合關目，亦未盡恰，但時出俊爽，才情迫露。」〔註55〕則認為該劇於離合情節安排欠妥，失於平淡；

（3）評鄭之文《旗亭記》則云：「董元卿遭胡金之亂，得遇隱娘，既能全元卿於宋，復能全己於元卿，隱娘之俠，高出阿兄之上矣。區區衲中之金，何足窺此女一班哉！曲亦爽亮，但鋪敘關目，猶欠婉轉；後得清遠一序，殊為增色。」〔註56〕此劇中以隱娘將箔金隱縫於袍中贈與董國度夫妻一事描述隱娘的俠義氣質，但是祁彪佳認為僅以此段情節並不足以刻劃隱娘的人格特質，未能盡善。

（4）評周繼魯《合衫記》曰：「作此專以供之場上，故走筆成曲，不暇修詞。其事絕與《芙蓉屏》相肖，但此羅衫會合處，關目稍緊耳。」〔註57〕以及評張其禮《合屏記》為：「《芙蓉屏》之記崔俊臣也，簡而雋，此少遜也。惟此關目更自委婉。」〔註58〕皆是說明兩劇在關目安排的緊湊與委婉隱顯的特點。

有鑒於此，祁彪佳的「關目」實指「情節」而言，不僅重視情節的繁簡、脫俗、婉轉、急緩，建立了更為完整的理論系統，〔註59〕同樣地也非常重視戲曲關目鋪敘的起伏轉折、隱顯曲晦等技巧。〔註60〕

11. 劉放翁（？）

劉放翁，生平未詳。在明天豈元年刻朱墨套印本《邯鄲夢記》中有其總評曰：「臨川曲正猶太白詩，不用沈約韻，而晉叔苦束之音律，其不將心也固宜，中間如【夜雨打梧桐】、【大和佛】等曲，及夫人問外補司戶吊場等關目，亦自青過於藍。」〔註61〕其中吊場指謂「戲情告一段落，部分腳色已下場，剩下少數的腳色作劇情承前啓後的交代」，並且「吊住場子，不使演唱中斷」，〔註62〕是一種安排表演、於收場前交待的手法，此中所稱關目，實已涉及場

〔註55〕《中國古典戲曲論著集成》第六冊，頁14。
〔註56〕《中國古典戲曲論著集成》第六冊，頁33。
〔註57〕《中國古典戲曲論著集成》第六冊，頁69。
〔註58〕《中國古典戲曲論著集成》第六冊，頁74。
〔註59〕高禎臨：《明傳奇戲劇情節研究》指出祁彪佳在情節上重視的概念為：頭緒切忌煩雜、力求清新脫俗、安排婉轉細密、節奏緩急得宜，詳見頁62～65。
〔註60〕李惠綿：《戲曲批評概念史考論》增訂本，頁394。
〔註61〕吳毓華：《中國古代戲曲序跋集》，頁167曰：劉放翁，生平未詳。
〔註62〕此處吊場之說，引用錢南揚先生的說法。詳見劉曉明：〈論古代戲曲中的插演

上排演的意義。

（三）清代曲家

入清以後，討論關目的曲家主要有兩位：李漁與梁廷枬。關目論在李漁建立了較完整的戲曲理論體系後，有了明確的準則與方針，可論可據；梁廷枬對於關目的看法，則又別有一番意見。茲略述如下：

1. 李漁（西元 1611～1680 年）

李漁，字笠鴻，後字笠翁，一字謫凡，別署笠道人、隨庵主人、新亭樵客、湖上笠翁等。李漁也是位身兼理論、創作實踐的曲家，並且指出「塡詞之設，專爲登場」〔註 63〕的核心觀念，說明了舞臺演出對於古典戲曲的重要。關目亦是李漁戲劇觀的重要論述，例如他評《南西廂》的長處在於「關目動人，詞曲悅耳」；〔註 64〕但李漁除了用關目來評論劇作以外，更建立了一系列的關目理論體系。在其著作《閒情偶寄》中〈結構第一〉的〈立主腦〉、〈減頭緒〉、〈密針線〉即是說明關目布置的主要論點，〔註 65〕他首先提出「塡詞首重音律，而予獨先結構者，以音律有書可考，其理彰明較著。……至於結構二字，則在引商刻羽之先，拈韻抽毫之始。……嘗讀時髦所撰，惜其慘淡經營，用心良苦，而不得披管絃、副優孟者，非審音協律之難，而結構全部規模之未善也。」〔註 66〕旨在說明劇作結構的重要性——音律是戲曲劇作的首要規律，但是淪爲案頭之作、不得登場搬演者，即在於全劇結構的問題。以下列述李漁《閒情偶寄》中對於「關目」一名的論述：

（1）〈立主腦〉曰：

> 一本戲中有無數人名，究竟俱屬陪賓；原其初心，止爲一人而設。即此一人之身，自始至終，離合悲歡，中具無限情由，無窮關目，究竟俱屬衍文，原其初心，又止爲一事而設；此一人一事，即作傳奇之主腦也。〔註 67〕

意爲不善於以主腦爲中心進行寫作的作家，關目鋪敘過於旁分零散，無法集

——兼釋「打吒」與「吊場」〉，《戲劇藝術》，2005 年 6 月第 3 期，頁 90～97。

〔註 63〕《中國古典戲曲論著集成》第七冊，《閒情偶寄》，〈演習部．選劇第一〉，頁 73。

〔註 64〕《中國古典戲曲論著集成》第七冊，〈演習部．音律第三〉，頁 34。

〔註 65〕李惠綿：《戲曲批評概念史考論》增訂本，頁 403～404。

〔註 66〕《中國古典戲曲論著集成》第七冊，頁 10。

〔註 67〕《中國古典戲曲論著集成》第七冊，頁 14。

中在一人一事之上，使得某些人物、情節的描寫離開劇作中心，成為雜枝蕪蔓。李漁此處又舉《琵琶記》、《西廂記》為例，說明這兩部劇作的成功便在於分別扣緊在「蔡伯喈／重婚牛府」、「張君瑞／白馬解圍」的一人一事模式上，關目情節的鋪設必須以全劇衝突的高潮為圓心，然後循此圓心逐次安排。無法掌握此間關鍵，則有如「散金碎玉」，不成架構。〔註68〕

（2）〈密針線〉曰：「編戲有如縫衣，期初則以完全者剪碎，其後又以剪碎者湊成。剪碎易，湊成難，湊成之工，全在針線緊密。一節偶疏，全篇之破綻出矣。」〔註69〕說明編劇的經營，應該細如織縫，仔細地讓全劇情節能夠緊密呼應。李漁又分析當時的傳奇作品與元人劇作的差別為：

> 吾觀今日之傳奇，事事皆遜元人，獨於埋伏照映處，勝彼一籌。非今人之太工，以元人所長全不在此也。若以針線論，元曲之最疏者，莫過於《琵琶》。無論大關節目背謬甚多，如子中狀元三載，而家人不知；身贅相府，享盡榮華，不能自遣一僕，而附家報於路人；趙五娘千里尋夫，只身無伴，未審果能全節與否，其誰證之？諸如此類，皆背理妨倫之甚者。再取小節論之，如五娘之剪髮，乃作者自為之，當日必無其事。以有疏財仗義之張大公在，受人之托，必能終人之事，未有坐視不顧，而致其剪髮者。然不剪髮，不足以見五娘之孝。以我作《琵琶》，〈剪髮〉一折亦必不能少，但須回護張大公，使之自留地步。〔註70〕

據李漁所見，他認為元人劇作還未達到緊密細緻的編劇程度，就像《琵琶記》之中不合情理的故事關鍵，但是五娘剪髮一事，卻能同時表現五娘的人物性格，以及五娘與張大公、張大公與往後人物情節的穿插伏筆，雖然五娘剪髮是作者自行添加的情節，但是卻牽引了人物與全劇故事的交錯脈絡，這便是關目情節的重要意義。因此李漁又說：「然傳奇一事，其中義理分為三項：曲也，白也，穿插聯絡之關目也。」〔註71〕關目即有「穿插聯絡」之用意。

（3）〈減頭緒〉曰：「頭緒繁多，傳奇之大病也。《荊》、《劉》、《拜》、《殺》之得傳於後，只為一線到底，並無旁見側出之情。三尺童子觀演此劇，皆能了了於心，便便於口，以其始終無二事，貫串只一人也。後來作者不講根源，

〔註68〕《中國古典戲曲論著集成》第七冊，頁14。
〔註69〕《中國古典戲曲論著集成》第七冊，頁16。
〔註70〕《中國古典戲曲論著集成》第七冊，頁16。
〔註71〕《中國古典戲曲論著集成》第七冊，頁17。

單籌枝節，謂多一人可增一人之事。事多則關目亦多，令觀場者如入山陰道中，人人應接不暇。」〔註 72〕此處主張與〈立主腦〉相呼應，全劇重心應緊扣一人一事，避免情節的繁蕪，否則關目布置即顯得雜冗紊亂，有礙情節的進行與表達，即李漁所稱的「頭緒忌繁」、「思路不分、文情專一」、「其爲詞也如孤桐勁竹，直上無枝」〔註 73〕的訴求。

（4）此外，關目尚需注重「出奇變相，日日更新」，《閒情偶寄》的〈演習部．脫套第五〉曰：

> 戲場惡套，情事多端，不能枚紀。以極鄙極俗之關目，一人作之，千萬人效之，以致一定不移，守爲成格，殊可怪也。西子捧心，尚不可效，況效東施之顰乎？且戲場關目，全在出奇變相，令人不能懸擬。若人人如是，事事皆然，則彼未演初而我先知之，憂者不覺其可憂，苦者不覺其爲苦，即能令人發笑，亦笑其雷同他劇，不出範圍，非有新奇莫測之可喜。〔註 74〕

李漁認爲關目應當力求新奇，因爲「演新劇如看時文，妙在聞所未聞，見所未見」，〔註 75〕否則劇本創作難出窠臼成規，演出也無法吸引觀眾；而一些鄙俗不堪的關目更要避免效仿，以新穎未見的關目情節取勝。李漁在創作上也躬親實踐這一要求，〈演習部．變調第二〉「變舊成新」條自述：「若天假笠翁以年，授以黃金一斗，使得自買歌童，自編詞曲，口授而身導之，則戲場關目，日日更新，氍上詼諧，時時變相。此種技藝，非特自能誇之，天下人亦共信之。」〔註 76〕即是李漁自述追求關目新奇的期許，並且落實於自己的劇作之中，更獲得了其他曲家的肯定。〔註 77〕

（5）雖然關目要力求新奇、陶汰俗套，但是好的關目也應當保存而效法，成爲另一種創作的途徑。〈演習部．變調第二〉「變舊成新」條曰：

〔註 72〕《中國古典戲曲論著集成》第七冊，頁 18。

〔註 73〕《中國古典戲曲論著集成》第七冊，頁 18。

〔註 74〕《中國古典戲曲論著集成》第七冊，頁 108。

〔註 75〕《中國古典戲曲論著集成》第七冊，〈演習部．變調第二〉，「變舊成新」條，頁 78。

〔註 76〕《中國古典戲曲論著集成》第七冊，頁 81。

〔註 77〕例如樗道人於李漁劇作《巧團圓》序文稱述：「笠翁之著述，愈出而愈奇；笠翁之心思，愈變而愈巧。讀至《巧團圓》一劇，而事之奇觀止矣，文章之巧亦觀止矣。」讚譽李漁劇作的奇巧。見《李漁全集》（浙江：浙江古籍出版社，西元 1992 年）第五卷，頁 317。

> 今之梨園，購得一新本，則因其新而愈新之，飾怪妝奇，不遺餘力；演到舊劇，則千人一轍，萬人一轍，不求稍異。觀者如聽蒙童背書，但賞其熟，求一換耳換目之字而不得，則是古董便爲古董，卻未嘗易色生斑，依然是一刮磨光瑩之物，我何不取旋造者觀之，猶覺耳目一新，何必定爲村學究，聽蒙童背書之爲樂哉？然則生斑易色，其理甚難，當用何法以處此？曰：有道焉。仍其體質，變其丰姿，如同一美人，而稍更衣飾，便足令人改觀，不俟變形易貌，而始知別一神情也。體質維何？曲文與大段關目是已。丰姿維何？科諢與細微說白是已。曲文與大段關目不可改者，古人既費一片心血，自合常留天地之間，我與何仇，而必欲使之埋沒？〔註 78〕

雖然與新創的劇作情節相比，舊劇習套較難以新意吸引觀眾，但是若是古人費盡心血、流傳久遠的關目情節，既然能夠獲得留存傳續，必定有它不可磨滅的價值，只要「仍其體質，變其丰姿」——依循曲文、關目而改換爲新的科諢、說白，運用此種「稍更衣飾」的手法，就能賦予舊劇另外一種風貌。

上述的〈立主腦〉、〈密針線〉、〈減頭緒〉，以及〈脫窠臼〉，依曾永義先生所論，俱皆屬於戲劇關目布置的原則。〔註 79〕李漁對於關目的定義，除了「情節」的意涵，更涉及「結構」與「習套」，並且擁有「穿插聯絡」的作用，所以李漁的「關目」立論已然融入了更多關於登場演出方面的理念，有如他自述「手則握筆，口卻登場，全以身代梨園，復以神魂四繞，考其關目，試其聲音」〔註 80〕的劇作態度，由劇本、場上、躬踐參與的全面性眼光來看待關目，乃至放眼全盤的戲曲理論。

2. 梁廷枏（西元 1796～1861 年）

梁廷枏，字章冉，別號藤花主人，主治史學與金石，兼通音律詞曲。其著作《曲話》於評論各家劇作時，除了針對曲論、本事、曲詞分析之外，更多從劇情結構品評高下。《曲話》當中廣泛地討論各家劇作常用、或是相似的關目情節，例如評論鄭光祖《㑳梅香》曰：「《㑳梅香》如一本小《西廂》，

〔註 78〕《中國古典戲曲論著集成》第七冊，頁 77～78。

〔註 79〕曾永義：《詩歌與戲曲》（臺北：聯經出版社，西元 1988 年 4 月初版），〈說排場〉，頁 363～368。

〔註 80〕《中國古典戲曲論著集成》第七冊，〈詞曲部・賓白第四〉，「詞別繁減」條，頁 55。

前後關目、插科、打諢，皆一一照本模擬」，〔註81〕並且列舉挺身解圍、改稱兄妹、倩託情詞等二十處相同關目之處，又評馬致遠《岳陽樓》曰：「元人雜劇多演呂仙度世事，疊見重出，頭面強半雷同。馬致遠之《岳陽樓》，即谷子敬之《城南柳》，不惟事蹟相似，即其中關目、線索，亦大同小異，彼此可以移換。」〔註82〕指出此二劇皆取材呂洞賓之事，兼且關目情節、伏線照應都極為雷同。此外，梁廷枏亦指出戲曲關目在不同時代、不同作者劇作觀念之下的差異，在批評李漁的《琵琶記》改本時曰：

> 笠翁以《琵琶》五娘千里尋夫，隻身無伴，因作一折補之，添出一人為伴侶，不知男女千里同途，此中更形曖昧。是蓋矯《琵琶》之弊，而失之過；且必執今之關目以論元曲，則有改不勝改者矣。〔註83〕

李漁為了改正五娘以一個女兒身獨自千里尋夫的不合理，改易〈尋夫〉一折，增添張大公安排小二一同赴京，以圓其由，但是將其改為孤男寡女一同共處，反而更有曖昧不清的譏議；因此梁廷枏指出，以今時的劇作觀念來改正前朝之劇作實是矯枉過正，因為在時代遞嬗、曲家輩出的逐進發展之下，對於關目情節的觀念與理解有所差異是必然的，曲家們必須意識到不可妄犯「執今改古」的缺失。

除了全本情節，梁廷枏也論及關目細部布置的處理，針對一折的關目提出分析，例如：

> 《焚香記·寄書》折，關目與《荊釵記》大段雷同。金員外潛隨來京，孫汝權亦下第留京，一同也；賣登科錄人寄書，承局亦寄書，二同也；同歸寓所寫書，同調開肆中飲酒，同私開書包，同改寫休書，無之不同，當是有意剿襲為之。〔註84〕

《焚香記》與《荊釵記》同為男子登科後辜負糟糠之妻的故事，而梁廷枏指出前者第二十二齣《譏書》與後者第二十一齣〈套書〉在情節上雷同相近，都是書信遭到竄改以致男女主腳彼此誤會，同時也是製造全劇衝突的重要關節，此處關目即有「關鍵情節」的意味，同時也反映了戲曲關目往往使用熟套的現象。〔註85〕另外則評論《浣紗記》曰：

〔註81〕《中國古典戲曲論著集成》第八冊，頁262～263。
〔註82〕《中國古典戲曲論著集成》第八冊，頁258。
〔註83〕《中國古典戲曲論著集成》第八冊，頁268。
〔註84〕《中國古典戲曲論著集成》第八冊，頁277。
〔註85〕李惠綿：《戲曲批評概念史考論》增訂本，頁397。

> 《浣紗記》第十三折之【虞美人】、第十五折之【浪淘沙引】，皆竊古人名詞，改易數字。雖與本曲情節相同，按之原詞，究多勉強。其十三折〈羈囚石室〉，以間一曲爲一日，關目尤欠分明也。〔註86〕

此處梁廷枏由詩文、曲詞來分析關目，《浣紗記》十三齣、十五齣分別引用李後主的【虞美人】（春花秋月何時了）、【浪陶沙引】（簾外雨潺潺），以此套合劇情；而梁廷枏認爲在第十三齣【山坡羊】的疊用當中，以一支曲子作爲一日時間的流逝，此種安排時間情節的手法並不妥當，其實此乃戲曲運用「合歌舞以演故事」、以套曲的音樂體制作爲情節分段的體製特徵所衍生的敘事技巧，亦即藉樂曲抒情作爲時間推移的手法，以一齣關目推演時序與人物的狀態。〔註87〕

梁廷枏也認爲關目具有穿插脈絡、關照全局布置的作用，例如批評萬樹（？－西元1689年）〔註88〕劇作謂爲：

> 紅友關目，於極細極碎處皆能穿插照應，一字不肯虛下，有匣劍帷燈之妙也。曲調於極閒極冷處，皆能細斟密酌，一句不輕放過，有大含細入之妙也。非龍梭、鳳杼，能令天衣無縫乎？〔註89〕

梁廷枏直指萬樹在關目的安排貫串相當精細，甚至達到「一字不肯虛下」的精準要求，而且梁廷枏的關目理論亦延伸至曲詞，在曲詞與情節的照應聯繫同樣「一句不輕放過」，幾乎到了天衣無縫的境界。在梁廷枏的標準而言，好的關目應當能夠如此，將全劇細部的情節、伏線連串呼應起來。

梁廷枏在關目論的見解極爲獨到，不僅論及細部情節的穿插聯絡，也涉及了曲詞與情節的呼應，廣泛地評論各家劇作，在關目論上有一定的成就。

（四）現代學者

古典戲曲及其理論的發展完成之後，現代的學者們眞正地將戲曲奉入學

〔註86〕《中國古典戲曲論著集成》第八冊，頁277。

〔註87〕李惠綿：《戲曲批評概念史考論》增訂本，頁397。

〔註88〕萬樹，字紅友，一字花農，號山翁，又號山農，宜興人，生年不詳，病歿於清康熙二十八年。今可知劇目者共17種，其中傳奇9種爲：《風流棒》、《空青石》、《念八翻》，合稱《擁雙艷三種曲》，今存；《錦塵帆》、《十串珠》、《黃金甕》、《金神鳳》、《資齊鑒》、《玉雙飛》6種已佚。雜劇有《珊瑚球》、《舞霓裳》、《藐姑仙》、《青錢賺》、《焚書鬧》、《罵東風》、《三茅宴》、《玉山庵》8種，均佚。見郭英德：《明清傳奇綜錄》（石家莊：河北教育出版社，西元1997年7月1版），頁629。

〔註89〕《中國古典戲曲論著集成》第八冊，頁272。

術大堂之內，正式而嚴謹的研究戲曲的藝術特質，與情節、結構相涉呼應的關目，自然是討論劇本與排演時不可或缺的重要觀念之一。以下簡述當代各家學者對於關目的見解。

1. 曾永義（西元 1941 年～）先生於〈評騭中國古典戲劇的態度和方法一文中首先談到：

> 戲劇不止是文學的，而且是舞臺的。舞臺的藝術雖然不能完全由劇本表現出來，但大抵寄託在劇本之中；如果只有好的演員，而沒有好的劇本，也絕不會演出成功的戲劇。所以笠翁論戲劇便注意到屬於文學的詞采和賓白，同時也注意到屬於舞臺的音律、結構、科諢和格局；……其他「立主腦」、「脫窠臼」、「密針線」、「減頭緒」四項，都屬於戲劇關目布置的問題；其「格局第六」中的「小收煞」、「大收煞」二項，按理應當置於「結構第一」之下，因爲那也是屬於關目布置的項目。而論戲劇結構，除了關目的布置之外，應當還講求排場的處理和角色的運用。〔註 90〕

此處在分析李漁的戲劇觀念時，說明李漁著作《閒情偶寄》中與關目布置相涉的部分有：〈主主腦〉、〈脫窠臼〉、〈密針線〉、〈減頭緒〉四項，以及〈格局第六〉當中的「大收煞」與「小收煞」。前述四項的〈立主腦〉、〈密針線〉、〈減頭緒〉的關目立論，前文經已討論，而〈脫窠臼〉自然與李漁所重視的「出奇變相，日日更新」之關目情節的訴求一同而視。至於後述兩者，「小收煞」意指：「上半部之末出，暫攝精神，略收鑼鼓」〔註 91〕之處，往往是劇作中的高潮之處，李漁認爲此處「宜緊忌寬，宜熱忌冷」，〔註 92〕故事發展至此必須節奏緊湊、表現人物的激情，進而營造強烈的戲劇氛圍；「大收煞」便是「全本收場」，〔註 93〕結尾是全劇情節的經營結果，李漁對此亦有一番見解：諸如腳色人物關係的安排、劇中人的情感表現、留下耐人尋味的餘意等等。〔註 94〕此二者均屬中國戲曲的特殊形制之一，也各有情節、人物安排上的訴求。鑒此可知，在分析李漁戲劇論的過程中，曾永義先生指出關目除了指稱戲劇情

〔註 90〕曾永義：《說戲曲》（臺北：聯經出版社，西元 1976 年 9 月初版），頁 2～3。

〔註 91〕《中國古典戲曲論著集成》第七冊，頁 68。

〔註 92〕《中國古典戲曲論著集成》第七冊，頁 68。

〔註 93〕《中國古典戲曲論著集成》第七冊，頁 69。

〔註 94〕參考俞爲民：《李漁《閒情偶寄》曲論研究》（南京：江蘇教育出版社，西元 1994 年 12 月 1 版），頁 55～59。

節，更涉足全劇的結構形式安排，包括情節如何安插布置、如何理清情節的脈絡與進行，當視爲戲劇結構的一環。

其次，曾永義先生又提到關目與排場的關係，在其〈說排場〉一文解釋何謂排場時曰：

> ……可見所謂「排場」是指中國戲劇的腳色在「場上」所表演的一個段落，它是以關目情節的輕重基礎，再調配適當的腳色、安排相稱的套式、穿戴合適的穿關、通過演員唱作念打而展現出來。〔註95〕

排場囊括演出段落的情節敷演、腳色演出、音樂聯套與人物穿戴，而關目情節爲其設計拿捏之基礎，按其需要而安排場上所需。所以，關目既爲排場的基礎之一，其布置必然會影響場上的演出，指涉了關目在戲劇性的演出意義。

2. 李昌集先生在其著作《中國古代曲學史》提出了他對關目的見解，首先他提到了關目在傳奇之中的內涵爲：「大意爲今所謂『故事』，再準確一點說，其意爲『有趣的故事』、『奇特的故事』，亦即鍾嗣成所云的『傳「奇」』。」〔註96〕此處其實尚未將「故事」、「情節」、「關目」清楚的區別開來，然而李昌集先生又說：

> 「關子」又稱「關節」，謂事情的緊要處、連通處，所謂「關目」即最緊要、最重要的情節；……〔註97〕

此處即明確的提出「關目」爲「關鍵情節」的意涵，它是情節之中最能製造全劇高潮衝突、連貫並且推動全劇情節的關鍵點，將關目的意義言簡意賅而直指核心的確立起來；而「關目」名義的成立，即代表了「戲劇」意義的成立。此論提出的「戲劇特質的反映」，以及「關鍵情節」兩點，正是關目意義的重要核心。

3. 李惠綿（西元1960年～）先生就「關目情節」之名專論，認爲關目可視爲戲曲美學的鑒賞角度之一來看待。其著作《戲曲批評概念史考論》增訂本第五章〈關目情節論〉有詳細的討論，曰：

> 「關目」包含兩種意義，其一等同「情節」之義，其二「關鍵情節」之義；後者可從兩方面考釋。首先從語詞結構形式分析，「關」是「關

〔註95〕曾永義：《詩歌與戲曲》，〈說“排場”〉，頁396。

〔註96〕李昌集：《中國古代曲學史》（上海：華東師範大學出版社，西元1991年1版），頁209。

〔註97〕李昌集：《中國古代曲學史》，頁210。

鍵」，「目」是眼睛，為人類五官之靈魂，最為重要。兩個字都是名詞，合為一詞成為聯合式合義複詞，意指「關鍵重要的情節」。「關目」一詞正是李漁所謂「大關節目」的簡稱。〔註 98〕

此乃李惠綿先生延用曾永義先生以詞彙結構解釋「關目」之說，「關目」結合了關鍵的、重要的兩種意義，用於戲曲之上，即是李漁所稱「大關節目」——關鍵重要情節的意義。

李惠綿先生以戲曲藝術的審美視角為立論，並且將關目與章法格局、結構、排場循序地整合為一，建立為一個完整的戲曲敘事理論。〔註 99〕關目乃是「關鍵情節」，李惠綿先生所著重者即在於關目的敘事論及其延伸。

4. 高禎臨（西元 1977 年～）先生由戲劇情節討論明傳奇關鍵情節的設計與運用，亦是其關目立論的核心，在其著作《明傳奇戲劇情節研究》中曰：

關目一詞的內涵可能隨著使用者的需要賦予不盡相同的定義，然大多數情況下，戲曲家是將關目一詞取代情節一詞為用。〔註 100〕

高禎臨先生指出關目在古典戲曲理論中的運用情形，並且對元明時期劇作家的關目論點進行初步的整理，而其關目立論則「側重於情節內容設計之討論以及劇情演進上初步的搭配串合原則，而非歸納出整體情節結構的組織邏輯」，〔註 101〕並以《六十種曲》為文本進行分析，從戲曲關目美學理論檢視明傳奇的情節藝術成就。高禎臨先生的「關目美學理論」，情節設計為其討論核心，並且釐清故事、情節、結構的區分。

高禎臨先生以情節作為關目論之主旨，討論關目情節的設計運用（「關鍵情節」）與穿插安排（「非關鍵情節」），並從中反映明傳奇戲劇情節的藝術成就，〔註 102〕其關目論的性質與李惠綿先生立論相近，但是並不涉及關目與結構的關係。

5. 許子漢先生的關目立論則稍有不同。關目具有「關鍵、節目」之名，其安排妥善與否是決定劇本情節優劣的「關鍵」，但是「關目」並不完全等同於「情節」，而是排場——腳色、音樂、情節等諸項演出要素上的基礎。許子

〔註 98〕李惠綿：《戲曲批評概念史考論》增訂本，頁 367。

〔註 99〕李惠綿：《戲曲批評概念史考論》增訂本，頁 405。

〔註 100〕高禎臨：《明傳奇戲劇情節研究》，頁 12。

〔註 101〕高禎臨：《明傳奇戲劇情節研究》，頁 207。

〔註 102〕詳見高禎臨：《明傳奇戲劇情節研究》，第七章〈明傳奇戲劇情節之藝術成就〉，頁 200～221。

漢先生的著作《明傳奇排場三要素發展歷程之研究》便著重由排場的內涵討論關目於登場表演上的考量：

> 關目的安排除了顧及劇情發展的因果關係之外，更要考慮表演上的需要。如探子出關目者，便是要讓某些腳色（如爲傳奇或南雜劇的話）有主場表演，或讓演員有展現其他表演技藝的機會。〔註 103〕

關目除了情節以外，同時還得考量到表演的部分，一方面建構起整個情節線的因果關係，另一方面在演出時「調劑冷熱、勞逸均衡」——在文戲之間穿插武戲、插科打諢，吸引觀眾的注意，並且讓其他演員分擔主腳的演唱。因此，依許子漢先生所論，關目同時兼備了「情節的關鍵、演出的節目」兩種性質，在劇本裡的鋪排、前後連貫者爲劇情，而劇作家選定在舞臺上的演出部分，即爲關目，而且是有代表性或是特殊意義的「關鍵、節目」、由完整的劇情中選定於舞臺上演出的段落。基本上，關目是組成排場的核心——套式、賓白、科諢、舞臺的布置乃至於腳色人物與穿關，皆在關目的規範之內。〔註 104〕

許子漢先生所述之關目，更接近排場論的性質，同時也討論「單一關目」與「全本關目」的差異，更整理出明傳奇常用的關目習套，由排場的三大要素：關目、腳色、套式論點探索明傳奇在戲劇性質上的藝術特色，表現明代劇作家在劇本情節以外的設計與運用。

二、關目的定義

大略總結元明清曲家以至現代學者的討論，整理出關目論的內涵演變過程爲：「關目」之名出自元代，原先用以指稱「情節」，明代以來隨著曲家各自的運用，賦予了關目不同的意涵，但是大致不脫「情節」或是「關鍵情節」的認知，而定義與名目未有統一的標準通稱；然而明代的李贄、馮夢龍已經意識到關目與結構的關係，甚少者如劉放翁將關目與腳色運用連涉爲一。清代主要討論關目的曲家有李漁與梁廷柟，同樣指出了關目「穿插聯絡」的情節布置功能與重要性，而李漁建立的古典戲曲理論體系裡，一部分即以「關目情節」爲核心，梁廷柟則是提出關目與曲詞情節的呼應，另有一番見解。

〔註 103〕許子漢：《明傳奇排場三要素發展歷程之研究》（臺北：國立臺灣大學出版委員會，西元 1999 年 6 月初版），頁 26。

〔註 104〕許子漢：《明傳奇排場三要素發展歷程之研究》，頁 27～28。

現代的戲曲學者同樣意識到關目與結構的關係，曾永義先生從李漁的理論中延伸其結構觀念，說明關目在戲曲戲劇性當中的特質；李昌集先生明確的賦予關目爲「關鍵情節」的定義，但是未進一步將情節、結構、關目之名義釐清；李惠綿先生與高禎臨先生同樣以「關目美學」的立義爲出發點，將關目視爲審視戲曲美學的一個角度，討論關目在情節設計與安排的運用及其與劇作的脈絡關係，而爲排場的基礎之一。許子漢先生的論點稍有不同，從排場基礎的角度來討論關目及其發展進程，將關目與戲曲的排演登場更緊密的連結起來，而不單純地等同於情節，必須兼顧表演上的需要，並且詳細地將關目區分爲數個種類，討論關目與情節、表演的關係。然而，學者們不約而同地將「關目」與西方文學理論中的「故事、情節、結構」相比較，〔註105〕若從戲曲的藝術本質——唱念做打、合歌舞以代言演故事的音樂、文學、戲劇、雜伎等諸多要素的複合表現來看，關目與西方文學理論中的情節確實不完全相同，因爲關目除了情節故事的穿插佈置，更牽涉了搬演的需求——冷熱調濟、勞逸均衡，在中國古典戲曲的結構體製中，必須同時配合情節的進行與安排腳色的登場，顯見關目理論已然超出情節理論所處理的範疇，更凸顯了戲曲的藝術特色。

因此，總述上列各家諸說，我們可以將關目分爲兩種範疇討論：一爲廣義的關目論，此述關目即泛指劇作的主腦情節，重視全本情節故事的安排與穿插布置，尤其是結構的組成，較爲傾向戲曲劇本的文學性，元代曲家與明代大部分曲家具主此論。二爲狹義的關目論，此論將關目明確認定爲「關鍵情節」，比起廣義的關目論還更著重了細部情節的穿插連綴作用，馮夢龍、梁廷枏針對此點有過一番著論，尤其是馮夢龍更將其應用在劇本的改編作理念之中；狹義關目論另有涉及表演內涵的成分，更集中在包括腳色、音樂等等排場的基礎部分，劉放翁經已提出關目實與腳色的登場表演相關，而現代的學者亦有此種關目意義的討論。清代建立戲曲理論體系的李漁，則二者兼有之。大戲成熟的元代當時對關目的討論尚不多見，更未成立專屬論著；自明代以來，隨著戲曲發展越趨成熟興盛、傳奇體制的逐步完成，曲家們對於關目情節的討論越來越多、更加著重；然而明代曲家在運用關目一名評析時，

〔註105〕例如：佛斯特（E.M.Forster）謂：「故事的定義是按時間順序安排的事件的敘述，情節也是事件的敘述，但重點在因果關係上。」見李文彬譯其著作：《小說面面觀（Aspects of the Novel）》（臺北：志文出版社，西元1985年），頁114。

亦有與情節、戲劇性等同意義而穿插互用的現象，〔註 106〕直至李漁始發展爲一個完整的戲曲演出理論體系。因此，關目理論的成形，與明傳奇的發展乃是互動、互相反映的關係，劇作家們對情節、表演的排定愈加重視，便能反映至劇本作品之中，使劇本與舞臺的實際演出愈加契合，發展爲中國獨有的戲劇表演藝術。在研究明傳奇的劇本創作、舞臺演出、發展史等方面，關目理論的成形也代表著明傳奇藝術特色的愈趨成熟，更是評價劇作優劣的重要指標，與明傳奇的發展息息相關。理解關目的內涵與發展，更能助於理解明傳奇的文學與戲劇藝術。

影響關目廣狹二義不同內涵的要因，在於「排場」觀念的有無。依據曾永義先生所述：在討論前輩時賢著作中國戲曲史研究之得失時，由於中國內地學者尚未普遍具備排場的觀念，以致容易略失探索戲曲舞臺藝術的基準；〔註 107〕同時，也容易忽略戲曲除了在劇本、情節的文學性因素之外，還有更重要、更賴以維繼的舞臺戲劇性的重要本質。因此，在討論關目內涵之時，排場觀念的有無，即決定了關目廣狹二義的立論基點。

本論文以許子漢先生關目論之一——單一關目（狹義）爲研究基礎，亦即「以排場爲基礎，包括了情節、腳色、音樂套式的運用」；討論的對象重點不在於情節的審美、結構的安置脈絡，而是研究明傳奇關目在表演與情節相兼顧的前提之下，其對於情節所發生的作用，及其安排內容與發展的過程。如果從劇本角度來看，關目與劇作的情節安插、起伏轉折的設計密不可分，也就是戲曲審美、關目美學討論的層次；若從搬演角度來看，關目乃是排場的建立依據，必須考慮到情節的穿插、套式的使用與腳色的登場，在搬演角度下討論的關目，自然與關目審美理論之層次不同。然而劇本的藝術特質並不純粹屬於文學性，在劇本當中必然會呈現劇作家在搬演層面上的考量，亦即戲劇性的表現。因此，本論文將以《全明傳奇》爲文本資料，並從搬演角

〔註 106〕侯雲舒：《明清戲劇理論之結構概念研究》，國立中山大學中國文學研究所碩士論文，1994 年 1 月，頁 33 稱李贄關目曰：「李氏的『關目』除了可做『情節』解釋之外還包括了照應、伏筆的意思，如他評《琵琶記》第九齣〈臨妝感嘆〉〔破齊陣子〕曲批語『填詞太富貴，不像窮秀才人家，且與後面沒關目也。』另外也可以解釋爲『戲劇性』，如他對《幽閨記》第八齣〈少不知愁〉的眉批『此齣似淡，亦無關目，然亦自少不得。』第三十六齣〈推就紅絲〉總批：『此出大少關目』等。因此在討論李氏『關目』的定義時似乎不必太偏執一隅。」

〔註 107〕曾永義：《戲曲源流新論》（北京：中華書局，西元 2008 年 7 月 1 版），〈緒論〉，頁 3。

度之下的關目論爲重心，在一個演出主題下研究明傳奇關目於搬演方面的安排與發展。

第二節　夢關目的義涵

戲劇表現人生的面貌與深度，中國古典戲曲的劇作家們歷來也嘗試了許許多多的人生題材，藉以表達作者心中的抒發。清代劇作大家李漁在離家之時，侃侃道出了戲劇取材於人生的至理：「一事有一事之始終，一行有一行之進退。此番出門之日，至他日返棹進門之日，即是一本傳奇之首尾」，〔註 108〕又說「情事不奇不傳」，〔註 109〕可見將人生、生活當中的情事進退，以曲折離奇、引人入勝的方式敷演，表現人生之奇情，便是中國古典戲曲搬演故事之精髓。

而夢境正是生活情事當中堪稱奇特已極的事件，面對詭謎而未知的夢，許多的劇作家亦取之爲用，藉由夢境的神妙氛圍作爲劇作的題材發揮。以下將討論前人對於中國古典戲曲中的夢戲的研究成果，並且從申述本文所稱「夢關目」的不同，以及本文將要著力的研究重心。

一、前人研究成果及其釐清

學術界針對古典戲曲的夢戲，或是與夢境相關情節的討論，而撰述爲論著者有二。首先，針對古典戲曲夢境情節進行研究的學位論文，是陳貞吟先生的《明傳奇夢運用之研究》，〔註 110〕該論文以明毛晉所編撰的汲古閣《六十種曲》爲研究文本，以戲劇理論分析明傳奇之中運用夢境的情節類型，及其搬演與插科打諢等舞台演出的表現，並且援用心理學的論點解析夢在明傳奇當中的象徵意義；該論文對於《六十種曲》當中運用夢境而進行的劇本例證分析相當詳盡，並且從情節結構、創作心理與搬演情形架構明傳奇的夢境意義。相對而言，該論文即將研究主題落實在「情節」之上，而非「關目」的設計與安置。

其次，是廖藤葉先生撰寫之專著《中國夢戲研究》，〔註 111〕整理了數量龐

〔註 108〕〈粵遊家報〉，《李漁全集卷一．笠翁一家言文集》，頁 186～187。
〔註 109〕《李漁全集》卷一《笠翁一家言文集》，〈香草亭傳奇序〉，頁 46。
〔註 110〕輔仁大學中國文學研究所碩士論文，1979 年。
〔註 111〕廖藤葉：《中國夢戲研究》（臺北：學思出版社，西元 2000 年 3 月初版）。

大的元明清三代劇作，幾近全功，反映了中國夢戲的內容與發展類型；而其所謂「夢戲」之定義，即謂「劇作家把握了夢的特性，將之有意識地融入戲曲情節中，甚至以夢字作爲劇作題目」〔註 112〕之劇作，包括元雜劇的《蝴蝶夢》、《黃粱夢》，明傳奇的《邯鄲夢》、《夢磊傳奇》，明清雜劇的《昭君夢》、《臨川夢》及其取材自《紅樓夢》諸劇等等。該著作力求詳盡的將可見劇作羅列整理，建立了中國古典戲曲劇作夢境的表現大要的資料列表，同時也討論夢戲的創作背景——劇作家對於夢境的創作與詮釋、人物、題材，與夢境相關的文化思想等等。不過，該著作同樣以「情節」作爲研究主旨，亦非以「關目」爲立論基礎。除了《南柯記》、《蝴蝶夢》一類全劇敷演夢境的劇作，同時也包括了在劇作中僅有一兩齣、或是情節之中一段的夢境演出，如此一來，難免有混淆不清的嫌隙：有的劇作以夢境爲主要情節，或是情節發展與夢境至關重大，由「情節」的角度而言稱爲夢戲自當無礙；但是有的劇作故事與夢境本身的關連意義不大，甚至僅僅在情節當中快速交代而過、唸語數句矣矣，這就需要以「關目」就其安插設置析論。例如：《萬事足》二十五齣，柳新鶯僅以口敘說明臨產夢見神人贈送五色鳳毛一事，而以此爲孩子命名，夢境本身不僅在故事中沒有什麼分量可言，對於情節更是無足影響；《燕子箋》十一齣，酈飛雲夢見在花樹下撲蝶，被荼蘼刺掛住繡裙，因而驚醒，此段夢境也僅以口敘交代，其內容更是與主要情節不相干連；《鴛鴦縧》十四齣，楊直方自強盜手中脫逃，歇息時夢見強盜追來而驚醒，但是此折故事乃是用作劇情的緩衝折轉之用，折末評語謂：「夢似俗套，然從〈投羅〉折一氣趕下，非此莫能截斷急流，且得此一轉，便覺上段生姿。」〔註 113〕可知本折情事對於整本劇情沒有什麼影響，是爲了「截斷急流」，使情節獲得緩息，本折夢境只是爲情節緩折的設置而演，不在劇作故事發展之列。這些夢境的排演，有的是劇作故事的主要衝突，可藉以推動全劇情節，甚至是全劇高潮的核心；但是有的並不在全劇主要情節的脈絡之內，甚至是用作劇情衝緩轉折的考量，如此，若將這些「情節設計」全收以情節論囊括，實有失於廣泛，亦非本論文的討論範疇。

因此，本論文所引述的「關目」，乃以排場爲基礎論，也就是同時關注劇

〔註 112〕廖藤葉：《中國夢戲研究》，頁 3。

〔註 113〕《鴛鴦縧傳奇》，林侑蒔編：《全明傳奇》70 冊，頁 42。以下所引劇目，俱同此註出處，不再重複贅述。

本情節的布置，以及表演的需求——包含腳色與套式等因素的安排。誠如曾永義先生所說：「戲劇不只是文學，而且是舞臺的」，〔註114〕優秀的劇作家除了情節的設計，也必須能夠關注舞臺登場的各項考量要素，並且將其反映在劇本之中。在中國古典戲曲多元複合的藝術特質，以及關目論建立的紛雜內涵，能夠兼顧劇本情節與舞臺登場的關目意義，始爲本論文的研究核心。前文所述的高禎臨先生，其主張「關鍵情節」與「非關鍵情節」二者已然點出了關目的部分意義，不過仍以劇本（明傳奇的《六十種曲》）及其情節脈絡爲主要對象；陳貞吟先生研究的重心在於「夢境」之於明傳奇作家取材主題與情節布置的關係，並且論及舞臺演出的層面；廖藤葉先生整理了爲數龐大的夢戲資料，並且尋溯了劇作家夢戲書寫的背景與文化淵源，樹立了脈絡清晰的資料成果，不過也未涉及舞臺演出的部分。本論文將參考前人研究的成果，並且採取以排場爲基礎的關目性質，繼續發掘關目與古典戲曲製演的創作與體製演進的關係。

二、夢關目的特徵

承前所述，在廖藤葉先生所整理的夢戲列表當中，某些情節設置與故事主旨和主要情節線無甚關連，如果僅以情節的涵意分析這些所謂的夢戲，恐有疏失。若是爲顧及中國古典戲曲文學的文學性與戲劇性，以及戲曲劇本當中所反映的戲劇性質，便要由兼涉舞臺演出的排場基礎之關目論審視。有鑒於此，本論文不徑稱夢戲，而且關目實已涵蓋了「情節」的觀念，所以本論文將以「夢關目」指稱這些明傳奇之中與夢境相關的情節設置。

夢關目的特徵有以下三點：

（一）表現夢境，或與夢境相關的情節設置

明傳奇之中多有以夢境爲題材、或供以穿插布置情節的例子，這些表現夢境的手法除了場上腳色如實演出夢境內容以外，也有作夢者於場上作睡介，而另以一位演員登場演出作夢者在夢中的活動，例如《紅情言》的皇甫曾於船艙中入夢，場上同時由另外一位生腳演出夢中的皇甫曾，《眉山秀》的五戒和尙演出蘇軾夢中的前世之身等等；或有兩人以上同入一夢之情節，例如《牡丹亭》、《風流夢》的生旦夢中幽會，《義俠記》的母女同夢，《金蓮記》的蘇轍、黃庭堅、秦觀三人同夢五戒禪師下山抄化講道，《趙氏孤兒》的合家

〔註114〕曾永義：《說戲曲》（臺北：聯經出版社，西元1976年9月初版），頁2。

俱夢等等；或是劇中人物夢見各種徵兆，預示情節的發展，例如《蝴蝶夢》的莊周化蝶，《舉鼎記》的楚平王夢見雙翅黑虎呑日等等；或有神靈仙道進入夢境，給予劇中人物各種形式的協助或指示，例如《牡丹亭》的花神在夢中牽引生旦二人相見幽會、《彩舟記》的龍王現身指示生旦二人的姻緣、《夢磊記》的道士白玉蟾夢授磊字以喻示劇中人的日後發展等等。上述的各種夢境內容，在明傳奇當中皆能看出每位劇作家不同的用心與表現，並且反映在劇本的指示之中。

除了夢境本身的內容表現，尚有其他和夢境發生、進行相關的因素，同時也被列入情節設置的考量之中，而有固定的例常因襲現象，例如：解說夢境的人物，在劇中人敘述自己的夢境之後，常有另外一位人物為其解說夢境的涵義，以「占夢」、「解夢」、「圓夢」、「詳夢」等等指稱，比如《古城記》中張遼為關羽占夢，《白袍記》中的陰陽官徐茂公為唐帝解夢，《酒家傭》中的郭亮為梁冀、孫壽圓夢等例；更有「圓夢先生」一類專職解夢的人物，由淨、丑充任演出，像是《文公昇仙記》中為韓愈之妻圓夢的張見鬼先生（丑），《東窗記》中為岳飛之妻占夢的占卜先生（淨），《虎符記》中為花雲之妻解說夢境的詳夢先生（淨）等等。在解夢、占夢之外，還有劇中人主動尋求夢境協助的「祈夢」，至神廟中投宿入夢，藉其夢境內容而推敲指示，例如《二奇緣》中楊慧卿與費懋至揚州猛將堂祈夢，《鳴鳳記》中鄒應龍、林潤、孫丕揚至福建仙遊縣一廟祈夢，《灑雪堂》中魏鵬於伍員祠祈夢等例。由於這些夢境的表現方式，或是與其相關的解夢祈夢因素，事關情節的發展、關目的布置與人物腳色的登場安排，更有因襲沿用的現象，便是夢關目研究的主要內容。

（二）屬於「單一關目」

許子漢先生將關目區分為「全本關目」與「單一關目」兩種，關目與情節整體架構直接相關，不僅要注意情節的表述，更須兼顧表演的效果，斟酌冷熱調劑的運用和布局；〔註 115〕前者與全劇情節線直接相關，而後者——例如「酒宴」、「審案」、「求醫」、「應試」等等，在劇本情節的鋪敘當中擔起劇情交代或是調濟冷熱、均衡勞逸的作用，由單一關目的安排設置更能見出戲曲重視表演性與程式性的藝術特質。夢關目在《全明傳奇》中的呈現與運用，

〔註 115〕詳見許子漢：《明傳奇排場三要素發展歷程之研究》，〈第二章　論關目〉，頁 25～64。

包含了兩人以上於夢中相見互動的「夢中相會」、夢見各種徵兆喻示的「夢見兆象」、由神仙佛道等人物進入夢中指引劇中人的「神靈入夢」、在度脫劇中指引劇中人進入夢境敷演一番人生境遇的「全境皆夢」、主動尋求夢境啓示援助的「祈夢」五種內容；而根據表演手法的不同，又可分爲入夢者實際演出夢境內容的「夢者參演」，和入夢者並未實際演出夢境內容、以其他方式表達的「夢者未演」，以及僅由念白交代夢境內容的「口敘」三種形式。

夢關目的運用多屬於單場關目，而許子漢又將單場關目依情節、表演兩種因素分爲：1. 推展情節進行，同時兼顧腳色排演的「情節與表演並重」關目；2. 表演意味較低，可能略唱一曲或僅用賓白即結束該場表演，偏向交代情節功用的「情節性關目」；3. 演出內容與全劇情節沒有關連，或是不具備情節推展作用的「表演性關目」共三種角度析論而區別。同樣地，夢關目依其表演內容與形式而言，亦可由此三種角度分析：有的夢境表現僅爲用作交代情節，例如《寶劍記》三十七折的夢見伽藍示警，與《蝴蝶夢》第二折〈蝶夢〉的夢見化身爲蝶，與該劇主要情節相關不大，即屬於「情節性關目」；有的夢境則無關情節，但是可以調整全劇情節發展的緩急節奏，或是調劑冷熱、平衡腳色的運用繁滯，例如《雙金榜》第九折〈摸珠〉衙門庫官的夢境與《燕子箋》十一折〈題箋〉酈飛雲的夢境，與情節無關，只是穿插在科介表演之中，即屬於「表演性關目」；而有的夢境則與情節相關，而且自然與腳色人物的運用相關，例如《洒雪堂》三十四折的〈西廊哭殯〉，劇情在情節發展之內，即屬於「情節與表演並重」的關目。而在一本劇情之中，夢境可能不只出現一次，也可能同時出現兩種性質的夢關目，例如《寶劍記》第十折林沖夢見鷹投羅網、虎陷深坑、折損晝弓、跌破寶鏡，暗示往後林沖將遭遇災難，與情節發展密切相關，即屬於情節性關目；而三十七折林沖奔赴梁山途中，夢見伽藍警示後有追兵，演員表演吃重，但是情節分量不高，屬於表演性關目。夢關目的內容形式與運用，將於下一章深入分析。

（三）具有襲用現象

承（二）所述，關目爲戲曲程式的一部份，某些常用的關目經過劇作家們的一再襲用，便會形成大致固定的內容與形式，〔註 116〕前文所述的李漁亦將關目納入習套的討論範疇，由此亦可見出中國古典戲曲的程式化特色。《中國戲曲曲藝詞典》謂程式爲：

〔註 116〕許子漢：《明傳奇排場三要素發展歷程之研究》，頁 57。

在戲曲藝術中，特指表演藝術的某些技術形式。它是根據舞臺藝術和規律，把生活中的語言和動作提煉加工爲唱念和身段，並和音樂節奏相和諧，形成規範化的表演法式。其中包括各種唱腔板式、音樂旋律，以及各種行當的表演技術等。〔註 117〕

陳芳引用卡萊爾．布魯薩克（Karei Brusak）的論述，具體的指出戲曲程式的內涵可由視覺、聽覺兩大層面來分析：

1.視覺記號

視覺記號又可分爲兩大層面來看：

（1）與形成場景相關：包括場景物品、服裝、化妝三個層面，場景物品例如一桌二椅依其放置方式不同，而代表室內場景或是山陵城樓等等，又如水旗、雲旗象徵江河大水、雲霞氤霧等等；服裝主要顯示穿戴者的身分、地位、年齡與性格，有相當嚴格的程式規定；化妝的臉譜與色彩代表劇中人物的性格符號，例如生、旦的俊扮，淨、丑的勾臉等等。

（2）與行動空間概念相關：包含演員的動作、姿態、面部表情等等符號，用以表現腳色類型、年齡、特定情緒的性質、強度與持續性，例如搖櫓代表水上行舟，各種持鞭姿勢代表上馬、下馬、騎馬、牽馬，以及其他織布、寫字、水袖的上場或下垂、各種手勢等等動作。

2. 聽覺記號

包含出於四聲運用之賓白，具備相當程度的音樂性並且表現劇中人的內心狀態；以及遵循程式之戲曲音樂，用於開場演奏、演員上場以及戲曲進程中的各種情境應用——憤怒、恐佈、驚訝、悲傷，更進一步表現醉酒吵架、戰鬥等場合。〔註 118〕

因此，「在戲曲搬演時，舉凡演員之唱、念、做、打、扮、樂及舞臺美術等，無一不含『程式化』之藝術規律。」〔註 119〕戲曲程式應涵括及「大凡劇

〔註 117〕上海藝術研究所、中國戲劇家協會上海分會編：《中國戲曲曲藝辭典》（上海：上海辭書出版社，西元 1981 年 9 月 1 版），頁 169。

〔註 118〕陳芳：《清代戲曲研究五題》（臺北：里仁書局，西元 2002 年 3 月初版），頁 97～98。卡萊爾．布魯薩克（Karei Brusak）之說，見胡妙勝譯：〈中國戲劇的記號〉，《戲劇藝術》第 58 期（西元 1992 年第 2 期），頁 35～42。

〔註 119〕陳幼韓：《戲曲表演概論》（北京：文化藝術出版社，西元 1996 年 1 月初版），頁 3。

本形式、腳色行當、音樂唱腔、化妝服裝等各方面帶有規範性的表現形式」。〔註 120〕林鶴宜先生則曰:「程式是藝術創作的一種『規範性的手段』。」〔註 121〕並且指出明清傳奇敘事程式化的兩個因素：

1. 在演出當中，演員運用精采的身段、優美的唱段所構成的「表演程式」被當做典範而保留下來，用以滋養新劇目的產生；而其中故事情節與身段、音樂歌唱緊密相連，自然也跟著被保留下來，以致某些敘事段落一併被吸收進新的劇目之中，成爲了故事的熟套。〔註 122〕

2. 而中國古典戲曲由於「類型化」——人物被區分爲生、旦、淨、末、丑、貼、外等類型腳色，各自有其固定的性格、特徵與表演身段，在這些固定的表現手法之下，情節的敘事自然也容易產生固定的模式；不僅相同題材的劇作在情節發展上雷同相近，在戀愛、征戰、熱鬧慶宴等情景也各有因襲循例的舊套，劇中人在各種身分與應對場合當中甚至也有常用固定的上場詩或是對白。不論是在體製嚴謹的元雜劇，或是篇幅浩大的明清傳奇，都有此類常用的固定敘事段落。〔註 123〕

這些固定的陳套敘事程式，包含了身段、音樂、念白與情節發展模式，便是單一關目被襲用與發展的源由。林鶴宜先生便將夢境視爲非結構上所必須、但卻是傳奇敘事環節當中常見相近的情節段落的一種，而稱之爲「環節性程式」。〔註 124〕本論文對於夢關目的討論，內容性質即同此述：在明傳奇之中的夢關目，所載錄而反映在劇作當中的情節設計、腳色安排、曲牌套式、念白等等表演手法的運用。

第三節　小　結

「關目」之名，在中國古典戲曲理論萌芽之時即有，經過歷代曲家與學者的討論，儼然成爲戲曲理論的重心之一。元代時，《元刊雜劇三十種》用以指稱劇本的故事情節，王國維《宋元戲曲史》中所說元劇之關目拙劣，即指元代的劇本情節創作尚未達到成熟的境界。元代雖然已有關目之名，用以

〔註 120〕陳芳：《清代戲曲研究五題》，頁 99。

〔註 121〕林鶴宜：《規律與變異：明清戲曲學辨疑》（臺北：里仁書局，西元 2003 年 2 月初版），頁 68。

〔註 122〕林鶴宜：《規律與變異：明清戲曲學辨疑》，頁 69。

〔註 123〕林鶴宜：《規律與變異：明清戲曲學辨疑》，頁 69～70。

〔註 124〕林鶴宜：《規律與變異：明清戲曲學辨疑》，頁 83。

指稱「情節」的意義，而且也有了「關目冷」、「關目好」等描述與評論，但是尚止於散論與評論。然而自賈仲明用「關目」一名評論劇作以來，「關目論對元雜劇的情節敘事行和結構技巧性的審美特徵的探討，是中國古典戲劇學的重大進步。從忽視關目到重視關目，是元雜劇研究一個歷史性的突破。」〔註 125〕也開啓了明清以來曲論家大量運用關目來評點劇作的風氣，〔註 126〕讓關目開始獲得曲家們的正視。

到了明代，戲曲理論已經建立了相當規模，也出現了如王驥德《曲律》等具備體系的專著，關目的論述也隨之增長，而大量運用關目批評者，前有李贄、後有馮夢龍與祁彪佳，顯見關目理論隨著曲家的運用與評析而愈趨成型，尤其像徐復祚、祁彪佳更以關目布置爲全劇重心，〔註 127〕可知明代文人傳奇對於關目的重視。不過整體而言，明代的「關目」定義尚未完全明確，多與「情節」（例如湯顯祖、徐復祚）或「結構」（例如李贄）的觀念並用，甚至是混用；另外從劉放翁的評語當中亦能察知：有的曲家將關目與場上排演相涉而談，不僅限於劇本的情節安排。關目理論在明代獲得了意義延伸的發展與充實，相對來說，也產生定義不明的現象，而且在曲論競放的明代，關目可能也還不是曲家們普遍認同的名目（例如王驥德）。明代是傳奇劇種興發盎然的時期，不論是劇作的創作或理論，都有充足的成長與發展，加以曲家評論的風氣，已經成爲戲曲理論發展的一個重要環節，更代表曲家們對於明傳奇內涵的詮釋與理解；當時多數曲家仍將關目理解爲情節處理，不過經已指出「關鍵情節」的箇中涵義，其中一部份的曲家更將其延伸至結構甚至腳色運用，已有跳脫情節宥限的先聲。明代關目論的成立意義，據夏寫時所述：關目在元末明初成爲戲曲術語以來，因爲不同曲論家的觀點與不同場合的運用，使得「關目」一詞包含了細節、情節、情節性、戲劇性、接榫、照應、伏筆等等含義；最重要的是，關目的出現代表中國古典戲劇開始意識到戲劇手法與戲劇技巧的存在，只是在關目初出之時，此類戲劇理論還有待發展。〔註 128〕

〔註 125〕陸林：《元代戲劇學研究》（合肥：安徽文藝，西元 1999 年 9 月 1 版），頁 364。
〔註 126〕李惠綿：《戲曲批評概念史考論》增訂本，頁 377。
〔註 127〕曾永義：《詩歌與戲曲》，頁 360～363 曰：「徐復祚《曲論》……從這些話語可見徐氏最重視的是關目的布置，偶而也顧及腳色的運用：……祁氏（祁彪佳）所謂的『構局』，由『傳奇聯貫之法』、『頭緒紛如』、『轉折頓挫抑揚』諸語看來，還是偏向於關目布置而言，於『排場』之義，止得其一偏而已。」
〔註 128〕夏寫時：《論中國戲劇批評》（濟南：齊魯書社，西元 1988 年 10 月 1 版），頁 241。

傳奇的發展在明代完成，清代則是傳奇劇種高峰的延續，古典戲曲的製演理論也在此時完成。入清以後，曲家們對於戲曲理論的建構更加完整、體系更加完備，其中最具啓發意義者，莫如將理論與演出整合爲一、「究之位置腳色之工，開合排場之妙，科白打諢之宛轉入神」〔註 129〕的李漁一人，在李漁著重戲劇結構的觀念之下，關目論得以被集中的討論，納入戲曲理論的中心，提出了系統性的方法與技巧；其後的梁廷柟，對於關目的一番理解可視爲關目理論的延申發展，擴充了關目的內涵，但是與李漁相較之下，梁廷柟更重視的是劇本，而李漁則全面性的關注案頭、場上、演習的內涵。如果明代是戲曲理論競鳴爭放的建構階段，那麼清代即是戲曲理論依究前人的基礎而逐漸地理清全貌，眞正地完成了理論系統。關目在此被納入了結構的範圍，與情節已然不完全等同，而有「穿插聯絡」、「關鍵情節」的意義。

關目除了具備穿插脈絡的情節布置功用，更與曲詞念唱產生關聯。顯見關目隨著古典戲曲體製的發展，劇本與表演兩方面的日漸成熟，關目的內涵漸漸地涉及於表演層面，不侷限於劇本情節之內。因此，關目之成立，意味著中國古典戲劇理論正式發展的開始；而賈仲明正是運用關目而給予一定品評詮釋，刻下正式開始發展的標記的第一人。〔註 130〕由此可見關目理論與古典戲曲發展的密切關係。而現代學者們以關鍵情節、穿插布置爲其基礎，將其關目的義涵再加擴充，主要有排場的基礎與審美理論兩種立論；前者傾向於排演的戲劇性，後者著重於劇本的文學性。

本論文以夢關目之形式、內容的表現手法爲討論主軸，包含了劇中人入夢的模式、夢境的內容、占夢解夢等等各項被記敘在劇本中的表演內容的分析，將之歸類整理，以及在夢關目的設計如何表現、影響全劇的情節。因此，本文立論建基於排場的基礎之上，並且延續前人的研究成果，繼續由此主題深入研究明傳奇在戲劇性方面的考量，突顯劇本情節安排與場上套式表演的關係，發掘明傳奇劇種發展的面貌。

〔註 129〕〈李漁研究資料選輯〉，見《李漁全集》卷十九，引楊恩壽《詞餘叢話》，頁 305。

〔註 130〕陳竹：《中國古代劇作學史》（武漢：武漢出版社，西元 1998 年 9 月 1 版），頁 136。

第三章　夢關目分類與分期整理

確立了夢關目的定義與內涵之後，本章節將以《全明傳奇》作爲研究文本，針對其中的夢關目設計進行分類整理——包括年代分期、劇作題材、內容類型與表現形式，並且統計數據以建立資料表，以利本論文的研究分析與成果建立。

進行運用夢關目劇作的年代分期與劇作題材的整理，反映了夢關目在劇作中出現的情況，屬於文本的外緣研究，有助於夢關目發展的過程與特性，訂立夢關目在明傳奇發展史上的座標定位；而夢關目的內容類型與表現形式的整理，則屬於文本的本質特性，針對夢關目的本質進行分析、歸納，以瞭解夢關目在人物腳色、念唱科介等排場基礎的設計，確立夢關目的成形和性質，更有利於加深對於明傳奇的藝術特色，及其在文學性、戲劇性兩者之間互動關係的認識。

第一節　夢關目在劇本中出現之狀況

一、作品分期

茲將《全明傳奇》中運用夢關目的作品，依照許子漢先生《明傳奇排場三要素歷程研究》〔註1〕所釐定的年代分期而整理，並且參佐郭英德先生《明清傳奇綜錄》〔註2〕對於明傳奇的考察資料，供作細定補綴。整理如下：

〔註1〕許子漢：《明傳奇排場三要素發展歷程之研究》（臺北：臺灣大學出版委員會，西元1999年初版），頁5～8。

〔註2〕郭英德：《明清傳奇綜錄》（石家庄：河北教育出版社，西元1997年7月1版。）

（一）第一期：宋元至明初

《周羽教子尋親記》、《原本王狀元荊釵記》、《琵琶記》、《黃孝子尋親記》、《趙氏孤兒》5 部。

（二）第二期：成化至嘉靖前期

詳細時間爲成化（西元 1465～1487 年）、弘治（西元 1488～1505 年）、正德（西元 1506～1521 年）至嘉靖前期，有《文公昇仙記》、《古玉環記》、《玉玦記》、陸天池《南西廂》、《精忠記》、《舉鼎記》、《寶劍記》7 部。

案：第一期與第二期之間有一段將近一百年的空窗期，即明代立國（西元 1368 年）至成化年間，依今日所見，並無作品流傳，不列入分期。〔註 3〕

（三）第三期：《浣紗記》至湯沈之前

時間起迄爲嘉靖廿二年（西元 1543 年）至湯沈之前，即至萬曆中葉左右。有《浣紗記》、《虎符記》、《修文記》、《綵毫記》、《曇花記》、《鳴鳳記》、《鮫綃記》、《繡襦記》、《雙珠記》、李日華《南調西廂記》10 部。

（四）第四期：湯沈之後至天啟、崇禎年間

時間爲萬曆中葉至天啓（西元 1621～1627 年）、崇禎（西元 1628～1644 年）年間。有《三祝記》、《冬青記》、《四喜記》、《牡丹亭》、《天書記》、《東郭記》、《金蓮記》、《長命縷》、《南柯記》、《春蕪記》、《紅蕖記》、《桃符記》、《彩舟記》、《異夢記》、《焚香記》、《紫釵記》、《雲臺記》、《義俠記》、《綵樓記》、《蝴蝶夢》、《橘浦記》、《雙鳳齊鳴記》、《題紅記》、《櫻桃記》、《櫻桃夢》、《靈犀佩》、《靈寶刀》、《鸚鵡洲》、《臙脂記》、《夢境記》30 部。

案：蘇元俊《夢境記》現存萬曆四十三年（西元 1615 年）百歲堂原刻本，首載萬曆四十三年張國維序，列入本期。

（五）第五期：崇禎以迄清初

一笠菴《人獸關》、墨憨齋《人獸關》、《一種情》、《三報恩》、《二奇緣》、《女丈夫》、《天馬媒》、《太平錢》、《永團圓》、墨憨齋《永團圓》、《竹葉舟》、《衣珠記》、《療妒羹》、《西園記》、《西樓記》、《西樓楚江情》、《二胥記》、《風流夢》、《兩鬚眉》、《明月環》、《花筵賺》、墨憨齋《邯鄲夢》、《春燈謎》、《眉山秀》、《凌雲記》、《酒家傭》、《望湖亭》、《清忠譜》、《萬事足》、《夢花酣》、

〔註 3〕許子漢：《明傳奇排場三要素發展歷程之研究》，頁 6。

《夢磊記》、《翠屏山》、《嬌紅記》、《燕子箋》、《磨忠記》、《鴛鴦縧》、《雙金榜》、墨憨齋《雙雄記》、《雙螭璧》、《麒麟閣》、《續西廂昇仙記》、《灑雪堂》、《靈犀錦》、《鸚鵡墓貞文記》、《金鎖記》、《紅情言》、《秣陵春傳奇（雙影記）》、《意中人》共 48 部。

案：1. 據《明清傳奇編年史稿》所述，王翃《紅情言》成於崇禎七年（西元 1634 年），《金鎖記》成於葉憲祖（西元 1566～1641 年）或袁于令（西元 1592～1672 年）之手，吳偉業《秣陵春傳奇》作於順治九年（西元 1652 年）。〔註 4〕

2. 劉方《天馬媒》與闕名《衣珠記》據馮夢龍著述本事而作，〔註 5〕當於馮夢龍之後，故列於本期。

3. 畢魏生於天啓三年，今存劇作《三報恩》、《竹葉舟》，因其與馮夢龍、李玉等人有所來往，〔註 6〕當爲同時劇作之人，故列於本期。

（六）未知年代

無法確知年代的劇作，有《三社記》、《四美記》、《金印記》、《金花記》、《金貂記》、《珍珠記》、《香山記》、《袁文正還魂記》、《喜逢春》、《粧樓記》、《箜篌記》、《偷桃記》、《和戎記》、《古城記》、《東窗記》、《五福記》、《玉釵記》、《白蛇記》、《白袍記》、《全德記》共 20 部。

案：此處爲許子漢先生明列「未知年代」，以及郭英德先生所稱「作者生平不詳、本事無所依從（時事傳說）」，而無法明確判定年代者。

從以上整理可以看出：在《全明傳奇》的劇作之中，隨著時代的漸序推移，運用夢關目的劇作數量逐漸地增加，尤其第四期開始更有顯著的成長，

〔註 4〕見程華平：《明清傳奇編年史稿》（濟南：齊魯書社，西元 2008 年 1 月 1 版），頁 219、頁 233～234、頁 269；袁于令生平一說卒於 1674 年，據今考證，袁于令當卒於 1672 年。見程華平：《明清傳奇編年史稿》，頁 311，與徐朔方、孫秋克：《明代文學史》（杭州：浙江大學出版社，西元 2006 年 6 月 1 版），頁 441。

〔註 5〕郭英德：《明清傳奇綜錄》謂：劉方《天馬媒》本事出處爲馮夢龍《情史》卷 9 所引《北窗志異》，頁 443；謂《衣珠記》出自馮夢龍《古今小說》卷 11〈趙伯勝茶肆遇仁宗〉，頁 503。

〔註 6〕郭英德：《明清傳奇綜錄》曰：畢魏約生於明天啓三年（西元 1623 年），卒年不詳，與馮夢龍、李玉、朱素臣兄弟等人相過往，曾幫助李玉編定《清忠譜傳奇》，頁 620。

也可以從中看出在明傳奇逐步發展、攀上全盛時期的過程當中，劇本設計亦隨之成熟完備的互動現象。

第四期湯顯祖《牡丹亭》橫空出世以後，運用夢關目的劇作數量也攀上高峰，正好呼應許子漢先生的一個論點：在許子漢先生對於各時期創生的新關目整理當中，發現第期有許多新關目的出現，「夢遇」關目即在此時創生，而《牡丹亭》正是影響第四期新關目發展的關鍵，讓後起作家群而效倣，〔註 7〕可見湯顯祖《牡丹亭》對於夢關目設計的發展的影響。

二、劇作分類

「傳奇十部九相思」〔註 8〕是對於傳奇劇作題材的一般認知，然而現存的劇作數量與估計總量相去甚遠，兼且《全明傳奇》中作者、時代可考的愛情劇也未達收錄劇本的一半，雖然愛情劇在傳奇的數量中仍然屬於相對的多數，但從現存文本來看，李漁此語可能稍嫌浮誇，〔註 9〕也可能是現存劇本數量尚不足以映證此論。有鑒於此，以主題方式研究傳奇劇作中與其題材之關係，勢必需要重新瞭解現存劇作的題材面貌。

郭英德先生《明清傳奇史》中嘗試風情劇、歷史劇、時事劇、社會家庭劇、文人劇、神佛劇〔註 10〕等諸項分類重新整理，旨在重新認識明清傳奇的面貌，本論文今亦將《全明傳奇》夢關目劇作的題材分類如下：

1. 歷史傳說：主要角色爲歷史眞實人物，可明確考知所據史實、民間傳說、小說故事等材料改編者。〔註 11〕情節使用夢關目布置的劇作共有 34 部。
2. 風月愛情：才子佳人、士人名妓等愛情故事。共有 46 部。

〔註 7〕許子漢：《明傳奇排場三要素發展歷程之研究》，頁 61～62。

〔註 8〕（清）李漁：《憐香伴》卷末下場詩，《李漁全集》（浙江：浙江古籍出版社，西元 1992 年）卷四，頁 110。

〔註 9〕見施佑佳：〈明傳奇愛情劇之「錯認」關目研究〉，《東華中國文學研究》第 3 期，2005 年 6 月，頁 89～133。頁 93 曰：「檢索《全明傳奇》中作者、時代可考的愛情劇，共得劇作八十本」。

〔註 10〕郭英德：《明清傳奇史》（南京：江蘇古籍出版社，西元 2001 年 5 月 1 版 2 刷），頁 261。

〔註 11〕此處乃參考孫書磊所稱「歷史劇」之定義：「清道光二十年以前、劇中主角須爲歷史眞實人物、劇中情節等關目背景有相關文獻可據——包括正史、野史、或文學藝術創作等」，見孫書磊：《中國古代歷史劇研究》（南京：南京師範大學出版社，西元 2004 年 7 月 1 版），頁 6 及其論述。但爲免過度偏執混淆，本文分類仍以劇本主題爲分類依歸。

3. 家國教化：以國家大義、家庭倫理、風俗教化等等諸類以勸善教化爲主題的劇作，旨在懲惡賞善的公案劇亦歸此列。共有 24 部。
4. 神佛度化：以神仙佛道故事爲題材，或是曉喻度化世人的劇作。共有 11 部。
5. 社會時事：以當時時事爲題材的劇作，包含官府文令邸報所流傳的事件。共有 5 部。

第二節　夢關目的分類

一、夢關目的運用類型

夢關目的類型按照內容情境區分，也就是夢中情境不同的設定狀況；有劇中人在夢中夢見其他人物、神靈者，有夢見各種徵兆者，也有劇中人在夢中發展全劇情節者，另外一種情境設定則是劇中人主動向神靈祈夢、而夢見各種預示者。一共可分爲五類：

（一）入夢相會

劇中人在夢境中與其他人物相會，或是夢見亡故之人。例如：《袁文正還魂記》十九齣〈托夢救妻〉，袁文正鬼魂托夢妻子，警示將有人意欲刺殺她，囑她向開封府伸冤；又如《夢磊記》二十六齣〈觀梅感夢〉，宋徽宗夢見黨人碑上的一百二十餘人，求令宋徽宗立碎黨碑，否則宗社有危。

（二）夢見兆象

劇中人夢見各種迹象，預示後事之發微；或是夢見前事舊聞，而具備徵兆的意義。此種關目乃是劇中人行動的發端，夢境不一定能夠直接解決現實中的困境，仍有賴劇中人憑藉夢境的預示而行動。有時劇作中會有「夢見神人」之語，但是此處分類強調的是「兆象的顯示」，若是在劇作夢境中所謂神人沒有與夢者直接對話、互動，或是劇中僅語「神人贈詩」，而在劇本的唱念科介中未見此類神人相關描述者，重視的是「徵兆」而非「神人」之意涵，則歸列於此，視其排場多寡輕重而定。例如：《繡襦記》第五齣中鄭元和的母親夢見神人贈詩，顯示鄭元和日後行乞之事，但是僅言「夢見神人」，在劇本中當中並未見出鄭母與神人的互動，或是對於神人的相關敘述；又如《衣珠記》十四折〈賞燈〉，皇帝夢見金甲神人坐太平車、手捧九輪紅日，炫耀身心，也未明言金甲神人究竟是何方來歷，對於劇情而言，比較重要的反而是此夢境的飛熊之慶的徵兆；又如《全德記》二十八齣〈熊祥〉，竇禹鈞夢見神人說明他因積德而獲賞，將得麟子而傳家，對神人也沒有相關描述，亦著重在竇禹鈞積德獲子的預兆啓示等例，俱爲此故。至於《意中人》十八齣〈驛夢〉，花神開場時即明言：劉夢花夢見下嫁吳公子，乃其一手主持而讓劉夢花夢見此兆，所以不歸此類。

（三）全境皆夢

劇中人入夢之後，劇情情節即進入夢境的敷演，跨越數折乃至數十折以迄全劇，爾後再出夢甦醒。而劇中人的入夢、出夢方式亦有其套式可循。

（四）神靈入夢

劇中人夢見神靈，並且給予指示、協助，或是夢境中有神靈人物的出現，或是該夢境乃爲神靈人物所主持。此處強調的是劇中人在夢中「與神靈的直接溝通」，或是「神靈在夢中予以協助」、「夢境由神靈人物促成」，而且在劇作中可以見到對此神靈的姓名來歷，或是可以從劇本的唱念科介中明顯見出與劇中人的互動者，歸列於此。例如：《女丈夫》第六齣〈西岳示夢〉，李靖於西岳廟中夢見西岳大王，而向西岳大王卜問自己是否具備天子之命，而西岳大王以〈西江月〉一辭預示李靖的後日發展；《牡丹亭》第十折〈驚夢〉，杜麗娘得花神之助，與柳夢梅夢中幽會；《長命縷》十七齣〈導師〉觀音令氤氳大使引楊玉、邢春娘二人入夢，並在邢春娘夢中囑咐她前來會勝寺相會。

（五）祈夢

劇中人因爲某些動機事故，而至神廟之中祈夢，將夢境的內容作爲後事發展的指示預兆。此類與神靈入夢相近，但是著重在「劇中人主動祈夢」一事，例如《灑雪堂》第九折〈伍祠祈夢〉中的魏鵬爲求姻緣，向伍員神祈夢，獲得伍員神的指示；又如《黃孝子尋親記》十九齣〈祈夢〉，黃覺經爲求尋母，周昌爲求覓利，兩人至福建興化仙遊縣聖妃廟中祈夢，按照廟中提典的指示方法，在睡夢中獲得聖妃娘娘的賜句指點，即爲此類。而《雙鳳齊鳴記》第六齣李全在廟中獲趙雲入夢的指點鎗法，但是並沒有主動祈求夢境的舉止；前述《女丈夫》第六齣〈西岳示夢〉的李靖，雖向西岳大王傾吐抱負，但是也沒有祈夢的行爲，即不在此列。

二、夢關目的表現形式

表現形式謂之「表現劇中人夢境的方法」。陳貞吟曾就明傳奇入夢與出夢的場面處理而將實場演出的情況分爲「做夢者參與夢境」、「做夢者不參與夢境」二種，〔註 12〕本論文亦將夢關目中演員演示夢境的方法，分爲三種表現形式：劇中人物腳色實地參與夢境演出的「夢者參演」，以及劇中人物腳色未實際參與演出的「夢者未演」二類，亦有劇中人僅以口敘交代，而無實際敷演夢境者的「口敘念唱」。茲將三種表現形式列述如下：

（一）夢者參演

劇中作夢的腳色，實地參與夢境，親身在情節中的「夢境」演出。例如：《牡丹亭》第十齣〈驚夢〉，杜麗娘原本在書案上作睡介，而又自書案起身參演與柳夢梅相會的夢境。又如《長命縷》十七齣〈導師〉，邢春娘被氤氳大使引領入夢，演出夢中相會之情節。

（二）夢者未演

劇中作夢的腳色，並未參與夢境之中，而在舞臺上歇眠於一旁；在其夢境中出現的劇中人，以第二人稱的方式向觀眾演示夢境。例如：《桃符記》第七齣〈包公謁廟〉，劉天儀作睡介，於其夢中出現的城隍出場向劉天儀敘說一番，城隍下場後，劉天儀始醒來。又如《焚香記》二十六齣〈陳情〉，桂英入夢後，海神出場向桂英喻示，海神下場後，桂英始醒來。

或者是，由另外一位演員演出夢境中的自己，但現實中的自己依舊在夢境之外歇眠，亦即有兩位演員分別演飾同一位劇中人。例如：《眉山秀》二十六齣〈點悟〉，蘇東坡（小生）入夢，而夢見自己的前世五戒（外）。又如《紅情言》三十五齣〈京第〉，皇甫曾（生）入夢後，在一旁作睡介，又有另一位生腳上場演出夢中的皇甫曾。因爲由一位演員自己飾演夢內夢外的劇中人，與由兩位演員分別演出夢內夢外的劇中人，兩者會有不同的表演方式，必須區分。

（三）口敘念唱

劇中人僅以念白、唱腔描述其夢境，而沒有夢境的演出與呈現。依照情節和人物腳色的設計，甚至有打諢、捏造夢境者。例如《白袍記》第六齣，

〔註 12〕見陳貞吟：〈明傳奇中夢的運用（下）〉，《文學評論》（臺北，黎明文化，西元 1983 年 4 月初版），頁 309～342。

唐帝敘說夢見白袍小將之事；又如《蝴蝶夢》第二齣〈蝶夢〉，莊周自述夢見自己化身爲蝶一事。

第三節　夢關目分期整理與小結

綜合上述的年代分期、劇作題材、運用類型與表現形式各項分類的評述，《全明傳奇》的夢關目分類統計整理如下表：

	劇作題材					夢關目類型					表現手法		
分　期	歷史傳說	風月愛情	家國教化	神佛度化	社會時事	入夢相會	夢見兆象	全境皆夢	神靈入夢	祈夢	夢者參演	夢者未演	口敘念唱
第一期	1	1	3	0	0	1	2	0	4	1	0	3	5
第二期	3	2	1	1	0	2	4	0	5	0	5	1	5
第三期	3	2	2	2	1	2	7	0	2	1	1	2	9
第四期	10	14	3	3	0	6	25	3	14	0	10	7	28
第五期	9	24	9	4	2	21	21	4	32	2	31	14	32
未　知	8	3	6	1	2	5	15	0	8	0	3	6	19
總　計	34	46	24	11	5	37	74	7	65	4	50	33	96
比例（%）	28	39	20	9	4	20	39	4	35	2	28	18	54

依據上表的《全明傳奇》夢關目類型整理的結果，茲先就數據資料歸結出下列幾個現象：

1. 《全明傳奇》蒐錄的274部作品之中，運用夢關目的劇作有120部，幾近半數；以夢關目的情節段落統計，則有179齣回目。由此可知，夢境是明傳奇當中相當常見的敘事情節，而且一本劇情中可能不只出現一次。明傳奇劇作在第四、五期達到興盛時期，更在第四期以後大量出現，夢關目的運用情形也隨之明顯增加。
2. 以夢關目類型而言，以「夢見兆象」、「神靈入夢」二者使用次數最高，「全境皆夢」與「祈夢」屬於極少數，是比較特殊的情節設置。而「入夢相會」、「夢見兆象」、「神靈入夢」三項關目運用在第四期以後皆有顯著的增長。
3. 以表現形式而言，以念唱交代夢境的「口敘念唱」最爲常見，約莫一半以上的夢關目都循此沿用；其次是「夢者參演」，佔有將近三成的比例，與「口敘念唱」都在第四期之後一同被大量運用，並在第五期達到一個高峰；使用次數最少的是「夢者未演」，總計比例不及兩成。

4. 以劇作題材而言，風月愛情題材仍屬多見，佔有將近四成的比重；其次爲歷史傳說題材，亦有將近三成的比例，所謂「傳奇十部九相思」以及「唐三千，宋八百，數不盡的三國事」，即便在現存的明傳奇中仍然是相對上存在的現象。再者乃是關於勸善、儆惡、教化、倫常等思想旨趣的家國社教題材，佔有兩成比例，也映證中國古典戲曲「不關風化體，縱好也徒然」〔註 13〕的訴求。此三類題材即使在未知年代、作者的明傳奇劇作中也屬於多數。神佛度化、社會時事兩類題材則屬少數。若由各種題材的比例來看，夢關目大致符合中國古典戲曲劇作題材的分布性質，並沒有特定常用的題材，也就是說，夢關目的運用與劇作題材應無特別關連。同樣的，各種題材當中的夢關目作品也在第四期之後有明顯的增加。

表一：《全明傳奇》夢關目運用分類表

第一期：宋元至明初										
劇　名	題　材	齣　目	夢關目類型					表現形式		
			入夢相會	夢見兆象	全境皆夢	神靈入夢	祈夢	夢者參演	夢者未演	口敘念唱
周羽教子尋親記	家國教化	十五－託夢				○			○	
原本王狀元荊釵記	風月愛情	二十八				○				○
		三十五	○							○
琵琶記 181	家國教化	描容				○			○	
黃孝子尋親記	家國教化	十六－祭江		○						○
		十九－祈夢					○		○	
		二十二				○				○
趙氏孤兒	歷史傳說	十七		○						○
小　計	5	8	1	2	0	4	1	0	3	5
第二期：成化（西元 1465～1487 年）、弘治（西元 1488～1505 年）、正德（西元 1506～1521 年）至嘉靖前期										

〔註 13〕（元）高明著、俞爲民校注：《琵琶記》（臺北：華正書局，西元 1994 年 1 月初版），第一齣〈副末開場〉，頁 1。

劇　名	題　材	齣　目	夢關目類型					表現形式		
			入夢相會	夢見兆象	全境皆夢	神靈入夢	祈夢	夢者參演	夢者未演	口敘念唱
文公昇仙記	神佛度化	九		○						○
古玉環記	風月愛情	十二－寄容覓信	○							○
玉玦記	家國教化	二十五－夢神				○		○		
		三十一				○		○		
		三十四				○		○		
陸天池西廂記	風月愛情	三十	○					○		
精忠記	歷史傳說	十三－兆夢		○						○
舉鼎記	歷史傳說	三－夢助				○		○		
		七－看表		○						○
寶劍記	歷史傳說	十		○						○
		三十七				○			○	
小　計	7	11	2	4	0	5	0	5	1	5
第三期：《浣紗記》（嘉靖廿二年，西元 1543 年）至湯沈之前										
劇　名	題　材	齣　目	夢關目類型					表現形式		
			入夢相會	夢見兆象	全境皆夢	神靈入夢	祈夢	夢者參演	夢者未演	口敘念唱
浣紗記	歷史傳說	二十八－見主		○						○
虎符記	歷史傳說	二十二		○						○
修文記	神佛度化	三－論文		○						○
		三十六－樞度	○							○
綵毫記	歷史傳說	三十八－仙官列奏				○				○
曇花記	神佛度化	五十二－菩薩降凡				○				○
鳴鳳記	社會時事	八					○		○	
		十八		○					○	
鮫綃記	家國教化	十三－捉拿		○						○
繡襦記	風月愛情	五－載裝遣試		○						○
雙珠記	家國教化	三十四－因詩賜配		○						○
南調西廂記	風月愛情	二十九	○					○		
小　計	10	12	2	7	0	2	1	1	2	9

第四期：湯沈之後至天啟（西元 1621～1627 年）、崇禎（西元 1628～1644 年）年間										
劇　名	題　材	齣　目	夢關目類型					表現形式		
			入夢相會	夢見兆象	全境皆夢	神靈入夢	祈夢	夢者參演	夢者未演	口敘念唱
三祝記	歷史傳說	九－晝錦				○			○	
冬青記	家國教化	三十一－登途		○						○
四喜記	風月愛情	二十七－泥金報捷		○						○
牡丹亭	風月愛情	二－言懷		○						○
		十－驚夢	○			○		○		
天書記	歷史傳說	二十一－述夢		○						○
東郭記	歷史傳說	三十九－妻妾之奉		○						○
金蓮記	歷史傳說	三十－同夢		○				○		
長命縷	家國教化	十七－導師				○		○		
南柯夢	神佛度化	八－二十一			○			○		
春蕪記	風月愛情	十四－宸遊（小收煞）				○			○	
紅蕖記	風月愛情	十		○						○
		十二		○						○
桃符記	家國教化	七－包公謁廟				○			○	
		二十七－城隍賜丹				○				○
彩舟記	風月愛情	二十六－悔罪	○			○		○		○
		二十八－奪解		○		○		○		
異夢記	風月愛情	八－夢圓	○			○		○		
焚香記	風月愛情	五－允諧		○						○
		二十六－陳情				○			○	
		二十八－折証		○						○
		三十－回生				○				○
紫釵記	風月愛情	二十三－榮歸		○						○
		四十九－圓夢		○						○
雲臺記	歷史傳說	十八		○						○
		三十		○						○
義俠記	歷史傳說	三十一－解夢		○						○
綵樓記	風月愛情	四－拋毬擇婿		○						○

蝴蝶夢	歷史傳說	二－蝶夢		○						○
		十一－夢疑		○				○		
橘浦記	歷史傳說	十九－夢應				○				○
雙鳳齊鳴記	歷史傳說	六				○			○	
		十六		○					○	
夢境記	神佛度脫	一－三十 入道－夢醒			○			○		
題紅記	風月愛情	十六－錦標捷報		○						○
櫻桃記	風月愛情	二－起程		○						○
櫻桃夢	神佛度化	三－入夢—— 三十五－出夢			○			○		
靈犀佩	風月愛情	二十三		○						○
		二十七		○						○
靈寶刀	歷史傳說	二十七－窘迫投山				○			○	
		二十九－哭女思夫	○							○
鸚鵡洲	風月愛情	十九－佐酒	○							○
		二十一－出獄	○							○
臙脂記	風月愛情	二十四－傳柬		○						○
小　計	30	44	6	25	3	14	0	10	7	28
第五期：崇禎以迄清初										
劇　名	題　材	齣　目	夢關目類型					表現形式		
			入夢相會	夢見兆象	全境皆夢	神靈入夢	祈夢	夢者參演	夢者未演	口敘念唱
一笠菴人獸關	家國教化	二十六－冥誓				○		○		
		二十七－獸訣				○				○
墨憨齋人獸關		二十九－冥中證誓				○		○		
		三十一－犬報驚心				○				○
一種情	風月愛情	五－謁仙	○							○
		六－病情	○							○
		二十三				○				○
三報恩	歷史傳說	十八－旅夢		○				○		
二奇緣	風月愛情	六－預兆		○			○	○		
女丈夫	歷史傳說	六－西岳示夢				○			○	
天馬媒	風月愛情	十三				○		○		

太平錢	歷史傳說	六				○		○		
一笠菴永團圓	風月愛情	十一－貞夢	○					○		
墨憨齋永團圓		十一－貞女異夢	○					○		
		二十七－都府摇婚				○				○
竹葉舟	神佛度化	四－二十七			○			○		
衣珠記	風月愛情	六－墮水				○		○		
		九－相救				○				○
		十四－賞燈（小收煞）		○						○
療妒羹	家國教化	四 梨夢		○						○
西園記	風月愛情	三十三－道場	○						○	
西樓記	風月愛情	二十一－錯夢		○					○	
西樓楚江情	風月愛情	四－于公訓子		○						○
		二十一－病中錯夢（小收煞）		○					○	
二胥記	歷史傳說	二十一－投菴				○				○
風流夢	風月愛情	七－夢感春情	○			○		○		
		八－情郎印夢	○							○
兩鬚眉	歷史傳說	二十八－歸旅		○						○
明月環	風月愛情	二十二－魂斷				○		○		
花筵賺	風月愛情	十六	○					○		
墨憨齋邯鄲夢	神佛度化	三－二十八			○			○		
春燈謎	風月愛情	十八－傷繫		○						○
		二十六－籲觸		○				○		
眉山秀	風月愛情	二十六－點悟		○					○	
凌雲記	風月愛情	十二－送別題橋		○						○
酒家傭	歷史傳說	三十三－梁冀伏誅		○						○
望湖亭	風月愛情	十一－作伐		○						○
		三十四－嗜酒（三十五折結束）				○			○	
清忠譜	歷史傳說	八－忠夢		○				○		
萬事足	家國教化	三－評文受教				○			○	
		七－巧計進妾		○						○
		八－旅中佳夢				○		○		
		二十五－貞女拒奸				○				○

夢花酣	風月愛情	一－夢瞀	○			○		○		
夢磊記	家國教化	二－夢授磊字				○			○	
		二十六－觀梅感夢	○						○	
翠屏山	歷史傳說	二十五				○				○
嬌紅記	風月愛情	五十－仙圓	○			○		○		○
燕子箋	風月愛情	十一－題箋（寫箋）								○
磨忠記	社會時事	二十九－夢激書生				○			○	
鴛鴦絲	風月愛情	十四－餘驚		○					○	
雙金榜	家國教化	九－摸珠		○						○
		十二－散花		○				○		
墨憨齋雙雄記	社會時事	十－幫興計訟				○				○
雙螭璧	家國教化	十七				○		○		
麒麟閣	歷史傳說	一本上卷十八出－見姑	○							○
		二本下卷三出－投軍		○						○
續西廂昇仙記	神佛度化	十四－妬災－十八			○			○		
灑雪堂	風月愛情	九－伍祠祈夢					○		○	
		三十四－西廊哭殯	○					○		
靈犀錦	風月愛情	十八－旅夢（小收煞）	○					○		
		二十七－閨夢	○					○		
鸚鵡墓貞文記	神佛度化	三－衷詢				○				○
		四－家訓				○				○
		二十三－魂離				○		○		
		二十四－夢游				○		○		
		三十一－會夢	○					○		
		三十三－同殉	○							○
金鎖記	家國教化	二十二－借冰		○						○
		二十六－魂訴	○			○			○	
紅情言	風月愛情	三十五－京第	○						○	
秣陵春傳奇	家國教化	三－閨授	○							○
		十七－三十二			○			○		
意中人	風月愛情	三－遊園				○				○
		五－夢緣	○					○		
		十八－驛夢				○		○		
小　計	48	76	21	21	4	32	2	31	14	32

未知年代										
劇　名	題　材	齣　目	夢關目類型					表現形式		
			入夢相會	夢見兆象	全境皆夢	神靈入夢	祈夢	夢者參演	夢者未演	口敘念唱
三社記	社會時事	四－入夢				○			○	
		六－舉子		○						○
四美記	家國教化	十二		○						○
金印記	歷史傳說	二十九－焚香保夫		○						○
金花記	家國教化	二十				○				○
金貂記	歷史傳說	三十七				○			○	
珍珠記	風月愛情	十七－憶別	○							○
香山記	神佛度化	六－花園受難				○			○	
偷桃記	歷史傳說	十四－追魂攝魄	○					○		
袁文正還魂記	家國教化	十九－託夢救妻	○						○	
喜逢春	社會時事	三十二－夢勘				○		○		
粧樓記	風月愛情	三－燒香				○				○
		三十五－投水				○				○
箜篌記	歷史傳說	二十五－遣主		○				○		
和戎記	歷史傳說	三十四	○						○	
古城記	歷史傳說	十五－賜馬		○						○
東窗記	歷史傳說	十四		○						○
		三十	○							○
五福記	家國教化	七		○						○
		十四		○						○
		十八		○						○
玉釵記	風月愛情	十三		○						○
		十四				○			○	
		二十四		○						○
		三十三		○						○
白蛇記	家國教化	九－賀蛇放生		○						○
白袍記	歷史傳說	六		○						○
全德記	家國教化	二十八－熊祥		○						○
小　計	20	28	5	15	0	8	0	3	6	19
總　計	120	179	37	74	7	65	4	50	33	96

第四章　夢關目運用內容類型分析

夢境是超脫現實的心智活動，也反映了人對於現實解脫的渴求。西方學者認爲夢是潛意識的具體意象，明傳奇的劇作家們也意識到夢的超現實意義與其心靈寄託；除了描摹夢境的奇幻，也對夢境的運作經歷感觸甚深。《櫻桃夢》之夢夢生序曰：「假也，眞也，夢也，覺也；然無眞不即假，無覺不由夢，因假而覺亦假，因夢而眞亦夢也。」〔註1〕此謂劇作家筆下夢境之創生，乃是起於現實中的眞實經驗與感受，夢境中的知覺、經歷雖然仍是虛假不實，但是超現實的夢造就了心靈的解脫，以及個人理想的投射和建構，正是夢之於現實的重要作用。若在戲曲當中，夢境的運用則經常作爲預示後續情節的點綴，或是啓示劇中人的作用，甚至設計爲劇作的重要情節。爲了更明白地瞭解夢境「情節」對於全劇故事是否具備實質作用，本章節將援引西方戲劇理論中已臻成熟的戲劇衝突論，也就是戲劇高潮與關鍵的戲劇性來源分析，討論夢關目情節之於全劇故事的意義。

明傳奇中運用的夢關目類型計有五種：入夢相會、夢見兆象、全境皆夢、神靈入夢與祈夢，代表了五種夢境內容以及影響全劇情節作用的不同意義。就情節意義而言，每部劇作當中均有所謂的中心情節軸，而將緣此主軸發展出來的各個情節點加以精擇選粹，整部劇作最重要的情節段落即據此而生，〔註2〕某些夢關目情節正是這情節主軸上的關鍵情節——例如《牡丹亭》第

〔註1〕（明）陳與郊：《櫻桃夢》，林侑蒔編：《全明傳奇》（臺北：天一出版社）124冊，頁1。

〔註2〕高禎臨：《明傳奇戲劇情節研究》（臺北：文津出版社，西元2005年5月），頁82～83。

十齣〈驚夢〉，生旦夢中相會幾爲該劇最重要的核心情節；〔註3〕又如同《邯鄲夢》，主人公在夢境中的一切遭遇，便是全本劇作排演的重心。而有的夢關目情節與劇作的核心事件及主題思想相關不甚密切，也不具備推展情節發展的作用；甚至基於劇情完整性的考量，也並非不可或缺。〔註4〕但是，就表演意義來說，此類情節關目的存在卻能夠調劑舞臺的冷熱場面、平衡腳色的勞逸輕重，也就是偏重於表演的「表演性關目」。〔註5〕戲曲會產生「關鍵情節、非關鍵情節」，或是「情節性關目、表演性關目」的區分，蓋因除了劇本情節上的作用之外，還需考量表演排場上的布置，而排場便涉及了戲曲所包涵的各個藝術層面：腳色、音樂、科介等等，不以情節設計爲惟一重心。

以下將就各種夢關目類型分節進行分析，先就關目之基礎以勾勒各種夢關目類型的內涵——列表整理各期的劇目、齣目，以及夢關目正在進行時的腳色人物、表現形式、情節內容與情節作用，瞭解夢關目在明傳奇中之於全劇故事的作用與意義，並且討論夢關目情節與腳色的運用。

第一節　入夢相會

一、使用劇作

入夢相會乃指：劇中人在夢境中遇見另外一位人物腳色，或是夢見亡故之人。在《全明傳奇》劇作的分期之中，運用此關目的劇作有：

第一期：《原本王狀元荊釵記》

第二期：《古玉環記》、陸天池《西廂記》

第三期：《修文記》、南調《西廂記》

第四期：《牡丹亭》、《彩舟記》、《異夢記》、《靈寶刀》、《鸚鵡洲》

第五期：《一種情》、一笠菴《永團圓》、墨憨齋《永團圓》、《西園記》、《風流夢》、《花筵賺》、《夢花酣》、《夢磊記》、《嬌紅記》、《麒麟閣》、《灑雪堂》、《靈犀錦》、《鸚鵡墓貞文記》、《金鎖記》、《紅情言》、《秣陵春傳奇》、《意中人》

〔註3〕高禎臨：《明傳奇戲劇情節研究》，頁133。

〔註4〕高禎臨：《明傳奇戲劇情節研究》，頁141。

〔註5〕許子漢：《明傳奇排場三要素發展歷程之研究》（臺北：國立臺灣大學出版委員會，西元1999年6月初版），頁55。

未　知：《珍珠記》、《袁文正還魂記》、《偷桃記》、《和戎記》、《東窗記》

以上共 32 部劇作。

以表格形式整理其關目內容如下：

第一期					
劇　目	齣　目	腳色人物	表現形式	情節內容	作　用
原本王狀元荊釵記	三十五	占（王母） 生（王十朋）	口敘念唱 （生：念白）	王十朋夢錢玉蓮扯住其衣袂，說：與你同憂不與你同樂，占斷夢敢是討祭也。王十朋負心乃出於無奈，表述思念玉蓮之心。	交代
第二期					
劇　目	齣　目	腳色人物	表現形式	情節內容	作　用
陸天池西廂記	三十	生（張生） 淨（隨從） 丑（店小二） 旦（鶯鶯） 外 末 丑	夢者參演 （生：唱）	張生宿草橋，夢見鶯鶯追隨而來，傾訴衷情，鶯鶯爲躲避官兵捉拿而離開。而現實與夢境相同。	交代
古玉環記	十二 寄容覓信	淨（王小二） 末（店小二）	口敘念唱 （淨：念唱）	玉簫夢與情人韋皋相會；玉簫因相思而命王小二往洛陽帶著自己的描容尋消息，旋即謝世，手執韋皋贈與之玉環不放，一同殉葬。後托生爲簫玉，與玉簫貌似，且一手原屈而不展，後展開見其玉環，成爲韋氏次室。	預示
第三期					
劇　目	齣　目	腳色人物	表現形式	情節內容	作　用
南調西廂記	二十九	生（張生） 淨（店小二） 旦（鶯鶯）	夢者參演 （生：唱）	張生借宿草橋，夢見鶯鶯追隨，傾訴衷情。	交代
修文記	三十六 樞度	生（蒙曜）	口敘念唱 （生：念唱）	蒙曜夢亡兒玉樞託夢，於是具疏求大師收爲妙界弟子，以入大道，不墮輪迴。慧虛仙師收爲弟子，賜名覺空。	重要

第四期					
劇　目	齣　目	腳色人物	表現形式	情節內容	作　用
牡丹亭	十 驚夢	旦（杜麗娘） 貼 生（柳夢梅） 末（花神） 老旦	夢者參演 （旦：唱）	杜麗娘夢見一書生手持柳枝，兩人於花園中幽會。	重要
彩舟記	二十六 悔罪	生（江情） 淨（龍王）	口敘念唱 （生：念白）	江情夢吳小姐寄情詩一首，醒來成誦並和詩而作。	重要
異夢記	八 夢圓	生（王奇俊） 小生（主婚使者） 鬼 旦 外	夢者參演 （生：唱）	王奇俊在主婚使者主導下到顧雲容房中幽會，並且互贈紫金碧甸環、水晶雙魚珮，醒後果見信物。	重要
靈寶刀	二十九 哭女思夫	旦 老旦（王婆）	口敘念唱 （旦：念白）	林冲妻口述夢見已死的錦兒。	交代
鸚鵡洲	十九 佐酒	生（韋皋） 外（祖山人） 淨（陳博士） 小旦	口敘念唱 （生：念白）	韋皋口述夢見夫人玉簫，於時玉簫已死。	交代
	二十 出獄	小生（姜荊寶） 末	口敘念唱 （小生：念白）	姜荊寶口述獄中夢見薛濤，以詩相贈，暗示繫獄風波可昭雪	預示
第五期					
劇　目	齣　目	腳色人物	表現形式	情節內容	作　用
一種情	六 病情	正旦（何興娘） 付 小旦	口敘念唱 （正旦：念唱）	何興娘魂魄出遊，帶箜篌演奏，與崔嗣宗夢中相見	重要
一笠庵 永團圓	十 貞夢	旦（江蘭芳） 老旦（石氏）	夢者參演 （旦：唱）	江蘭芳母亡魂入女兒夢中，敘江父後悔逼女兒改嫁。	重要
墨憨齋 永團圓	十一 貞女異夢	旦（江蘭芳） 老旦（石氏）	夢者參演 （旦：唱）	劇情幾同，曲文念白有所增減	重要
西園記	三十三	淨（法僧大智） 雜（眾僧） 小旦（趙玉英） 外 老旦 小生 生（張繼華） 旦（王玉真） 淨 丑	夢者未演 （生旦：唱）	趙玉英魂入張繼華、王玉真夢中，感謝建水陸道場，得以升天；蓋因趙玉英病死，嫁名玉真與繼華再續冥緣成婚，爾後後玉英知冥緣已盡，實告繼華。	重要

風流夢	八 情郎印夢	生 淨	口敘念唱 （生：念唱）	情節、念唱幾同《牡丹亭》二齣	重要
花筵賺	十六	旦（劉碧玉） 小旦 小生（謝鯤） 生（溫嶠） 丑	夢者參演 （旦、小生、生：念唱）	劉碧玉夢溫嶠、謝鯤爭執婚姻事。	重要
夢花酣	一 夢瞀	生（蕭斗南） 丑（憨哥） 小旦、貼旦（花神） 旦（魂）	夢者參演 （生、小旦、貼旦：念唱）	蕭斗南夢花間女子微笑不答語，夢中有花神裝點演出。	重要
夢磊記	二十六 觀梅感夢	末（徽宗） 外（司馬齊） 生（蘇軾） 小生（程顥） 淨（秦觀） 雜 外 淨 小淨 老旦	夢者末演 （外、生、小生、淨：念唱）	宋徽宗夢黨人碑上一百二十餘人，教立碎黨碑，不然宗社休矣。	重要
嬌紅記	五十 仙圓 （末齣）	生（申純） 旦（王嬌紅） 外 貼 老旦 小生 末 外（東華帝君）	口敘念唱 夢者參演 （生、旦、小旦：念唱）	飛紅夢見小姐與申生明說墳邊相見，兩人魂靈題詩壁上，以為應驗。	重要
麒麟罽	一本上卷 十八 見姑	羅藝 秦氏 羅成 秦瓊	口敘念唱 （羅藝：念白）	羅藝夢夫人先兄秦武衛將軍，囑咐看承其幼子，方知潞州府軍犯秦瓊正是秦武衛之子而相認	重要
灑雪堂	三十四 西廊哭殯	丑（六橋） 生（魏鵬） 旦（賈雲華）	夢者參演 （生、旦：念唱）	賈雲華入魏鵬夢言將借屍還魂。	重要
靈犀錦	十八 旅夢 （小收煞）	生（張善相） 末（卜訪） 小旦（瘦紅） 丑（肥綠）	夢者參演 （生、小旦：念唱）	張善相夢有半宵之情的瘦紅來敍舊情。	重要
鸚鵡墓貞文記	三十 會夢	旦（玉娘） 貼（霜娥） 生（沈佺） 老（紫娥）	夢者參演 （生、旦：念唱）	張玉娘夢沈佺亡魂訴離情，又述說龍宮相會不相認之前情，微示決絕之意，使張玉娘有同往生死之想法。	重要

	三十三 同殉	老（紫娥） 貼（霜娥） 外（張懋） 淨（劉氏）	口敘念唱 （老、貼：念唱）	兩人同夢，紫娥霜娥夢玉娘，訴說同生於龍宮，原非主婢，今歸原處，兩人不久亦當相會於龍宮。	重要
金鎖記	二十六 魂訴	眾 外（竇天章） 丑（胡圖進） 淨（典告進） 丑（土地） 小旦（竇天章亡妻）	夢者未演 （丑：小旦念唱）	竇天章到山陽縣審查炎天降雪奇冤，竇娥母親鬼魂因土地引領，得以托夢向竇天章敘說女兒冤情（外入夢，丑引小旦上）	重要
紅情言	三十五 京第	生（皇甫曾） 旦（盧金焦） 凌 外（盧兼訪）	夢者未演 （生、旦：念唱）	皇甫曾夢訪盧金焦坐船，敘分離狀況，爲盧父回船，匿船艙而驚醒，醒後有人傳報，自己中了進士，請赴曲江宴。	交代
稜陵春傳奇	三 閨授	雜 外（黃濟） 老旦 旦 貼	口敘念唱 （外：念白）	黃濟夢見後主保儀欲爲女兒擇婿，但姻緣未合，須待一年之後，囑附勿許他人婚約；黃妻曰此爲佳兆。（念白；老旦占夢）	預示
意中人	五 夢緣	生（史玉郎） 旦（劉夢花） 丑（青條）	夢者參演 （生、旦：念唱）	前齣花神使有姻緣之分的史玉郎、劉夢花於本齣夢中相逢。	重要
未知					
劇　目	齣　目	腳色人物	表現形式	情節內容	作　用
珍珠記	十七 憶別	生 夫	口敘念唱 （生：念白）	高文舉夢與妻交談如舊，同侍雙親。	交代
袁文正還魂記	十九 託夢救妻	旦（韓娘子） 丑 淨 占（金蓮） 貼 生（袁文正） 末、淨（張清）	夢者未演 （生：念唱）	韓娘子向金蓮訴說前情；袁文正魂托夢妻子，訴說國母遣張清刺殺妻子，囑咐妻子向張清求情，並至開封府包公處訴冤。	重要
和戎記	三十四	生 旦 外	夢者未演 （旦：念唱）	漢帝夢昭君敘夫妻之情，命喪長江始末，並期許漢帝與其妹王秀眞續弦。	交代
偷桃記	十四 追魂攝魄	淨（黎牛） 末、丑 （趙虎、錢龍） 女丑（師婆） 神（急腳爺）	夢者參演 （淨、末、丑：念唱）	東方朔奉詔出征匈奴，途遭董偃設計謀害，得司馬相如相救。黎牛以爲東方朔已死，欲謀娶東方朔之妻張氏，而害了相思病，趙虎、	交代

				錢龍佯稱學得攝魂之法，可招張氏魂魄赴夢相見，實乃二人假扮。	
東窗記	三十	秦（秦檜）夫	口敘念唱（秦：念白）	秦檜害死岳飛，常夢岳飛前來索命	交代

二、情節作用

（一）重要、預示：主要腳色

具備關鍵情節作用的夢關目劇作，例如《牡丹亭》第十齣〈驚夢〉，由於杜麗娘於夢中和柳夢梅相會，引發了杜麗娘因情而死又爲情而生、柳夢梅爲其回生的奔波等等一連串全劇的情節發展，賴以表達「生者可以死，死可以生」〔註 6〕的眞情境界；又如《異夢記》第八齣〈夢圓〉，王奇俊在主婚使者的引導之下，離魂夢見他來到顧雲容的閨房之中與顧雲容幽會，兩人在夢中互贈定情信物：紫金碧甸環與水晶雙魚珮，兩人醒來之後果然各自發現了在夢中交換的環珮；《一種情》第六齣〈病情〉，何興娘在夢中得以與崔嗣宗在虛實交雜的幻境中相見。以上均是由於生旦在夢中的相會，而且超越了現實的隔閡限制，透過夢境達到了兩人感情交往的實質目的，使得全劇得以推展敷演，開啓主情節線的發展。此外，更有憑藉著劇中人物的託夢會面，而獲得解決事件的關鍵啓示，或是代表情節故事的發展告一段落，例如：《鸚鵡洲》第二十齣〈出獄〉，身陷囹圄的姜荊寶夢見薛濤的贈詩暗示，表示此段牢獄之災終將無驚無險；《西園記》第三十三齣，原先與張繼華擁有情緣的趙玉英，病死之後嫁名王玉眞，與張繼華再續前緣，此齣趙玉英以鬼魂身分進入張、王的夢中，感謝兩人的協助讓她得以升天求得解脫，也表示她與張繼華緣分已盡，此段冥緣就此結束；《和戎記》第三十四齣，漢帝夢見已死的昭君入夢，告知自己投水自殺的始末，並且囑告漢帝，希望他倆的遺憾，能夠藉由與自己的妹妹王秀眞續弦而獲得彌補；《嬌紅記》五十折〈仙圓〉，也就是在全劇結尾之時，飛紅夢見王嬌紅與申生在墳邊相見，兩人的靈魂更在牆上題詩證明，表達他倆有情人終成眷屬的結局。在夢中與其他人物相會、繼而產生情節發展契機的夢境內容，屬於「人物與人物」的第二種衝突——劇中人物之間的關係或是現實中的癥結，在超現實的領域內獲得了進展與解決的方法，

〔註 6〕（明）湯顯祖《牡丹亭，題詞》，秦學人、侯作卿編：《中國古典編劇理論資料匯編》（北京：中國戲劇出版社，西元 1984 年 4 月 1 版）頁 68 引。

使得故事情節繼續推展，或是讓故事得到圓滿結束的機會，是入夢相會關目之於情節的重要意義。

有些入夢相會關目則身處全本劇情結構的樞紐，將兩支情節線插置連絡起來，更顯重要。例如：《麒麟閣》一本上卷十八齣〈見姑〉，羅藝見夫人秦氏的兄長秦武衛，要他好好看照幼子，才知道被囚禁在潞洲府的秦瓊就是秦武衛之子，於是救其脫囚，秦瓊因此與羅藝之子羅成結識，將秦瓊落難的情節轉引至與羅成一同征戰天下之處；《袁文正還魂記》十九齣〈託夢救妻〉，袁文正的鬼魂先前逕向開封府包拯申冤，在本齣情節夢中向妻子警示將有刺客張清到來謀害，要妻子向張清求情，並且到開封府向包拯求助訴冤，將兩處情節人物聯繫爲一，搭入至主情節線發展；《金鎖記》——情節本事實爲元雜劇《竇娥冤》之改編，在二十六齣〈魂訴〉中竇天章來到山陽縣審辦炎天降雪的奇異事件，而竇天章亡妻則在土地神的引領之下，進入竇天章的夢境，向他敘說女兒的冤情，使得竇天章與竇娥的關係與情節相合爲一。

其中《靈犀錦》十八齣〈旅夢〉，張善相夢見有過一段情狎的第二女腳瘦紅前來敘說舊情，此齣正爲全劇中的「小收煞」，李漁謂曰：

> 上半部之末出，暫攝情形，略收鑼鼓，名爲「小收煞」。宜緊忌寬，宜熱忌冷，宜作鄭五歇後，令人揣摩下文，不知此事如何結果。……戲法無眞假，戲文無工拙，只是使人想不到，猜不着，便是好戲法，好戲文。猜破而後出之，則觀者索然，作者赧然，不如藏拙之爲妙矣。〔註7〕

以情節結構來說，小收煞即有承上啓下之用，既要暫時收攝前半部的劇情，又要暗隱後半部情節的發展。瘦紅最後成爲文景昭的小妾，因此這段夢境的用意在於暗示文景昭和瘦紅的後續發展，交代情節，兼有平衡腳色出場登演的意味。又如《夢磊記》二十六齣〈觀梅感夢〉，宋徽宗夢見黨人碑諸人，其批語評曰：「此夢結花石綱之案，亦爲司馬諸公吐氣。」〔註8〕乃是反映宋徽宗將元佑年間反對王安石新法的司馬光、文彥博等三百餘人列爲奸黨，詔令在全國刻印石碑以示後世的黨人碑事件，此段故事屬於劇中後半的情節之

〔註7〕（清）李漁：《閒情偶寄》，《中國古典戲曲論著集成》（北京：中國戲劇出版社，西元1959年7月1版）第七冊，頁68。

〔註8〕（明）馮夢龍：《夢磊記》，林侑蒔編：《全明傳奇》68冊，頁25。

一，由於主人公文景昭岳丈劉逵捲入黨人碑事件，而讓黨人碑主謀蔡京知道文景昭的存在，又牽引出後續的相關發展。此類夢關目情節，正達到此類關鍵情節「色色點破，爲後來張本」〔註9〕的作用。

（二）交代：次要腳色

相較而言，也有的夢境內容與情節的進展沒有關連，甚至只有交代、串場的功用，例如：原本王狀元《荊釵記》三十五齣，王十朋口敘夢見錢玉蓮前來拉住他的衣袂，對他言道「與你同憂不與你同樂」，一旁的王母爲其斷夢，認爲是死去的錢玉蓮求討祭奉，此折喻示王十朋對於玉蓮的掛念與無奈，然而對於整體情節並沒有實質的推進作用。再如《靈寶刀》二十九齣〈哭女思夫〉，林沖妻子口敘夢見已死的錦兒，主要作用在於表述她對於林沖的憂心，這一段夢境與主要情節並無干連。《鸚鵡洲》十九齣〈佐酒〉的韋皋口敘他夢見夫人玉簫，實質上是爲了交代玉簫的死訊。《紅情言》三十五齣〈京第〉，皇甫曾夢見自己造訪盧金焦小姐搭乘的船舟，相敘分離的思念之情，此時正好遇上盧金焦的父親盧兼訪回到船上，皇甫曾情急之下躲匿船艙當中，夢境正好在此時結束而醒來，同時，有人前來傳報皇甫曾高中進士，即命進京赴會曲江宴；同樣地，這段生旦相會的夢境雖然加強、交代了生旦兩人的感情，並且作了一番排場敷演，但是與皇甫曾中舉發達的情節設計並沒有關連，在表演上的用意大過於劇本情節的安排。至如《偷桃記》十四齣〈追魂攝魄〉，乃由趙虎、錢龍二人分別假扮夢中的張氏（假旦），以此消遣混瞞欲謀親面的黎牛，與主要情節更無關係，重點反倒在末丑二人詼諧滑稽的表演。

綜要言之，入夢相會關目的情節衝突，屬於衝突理論中的第二種衝突，有時用於主情節線的關鍵部分，尤其是生旦相會的情節運用，更是情節賴以推動的主線。除此之外，有時在多條情節進行的劇作中，某些與主要情節沒有關聯的副腳色、副情節的表演，則用於聯絡搭繫兩條情節線，促使主要情節的推進；有時僅用於表演上的調整，或是交代情節矣矣。

〔註9〕俞爲民、孫蓉蓉編：《歷代曲話彙編》（合肥：黃山書社，西元2009年3月1版）明代編第三冊，頁36～37。

第二節　夢見兆象

一、使用劇作

夢見兆象乃指劇中人夢見各種迹象，預示後事之發微，或是夢見前事舊聞，而具備徵兆的意義。運用此類關目的劇作有：

第一期：《黃孝子尋親記》、《趙氏孤兒》

第二期：《文公昇仙記》、《精忠記》、《舉鼎記》、《寶劍記》

第三期：《浣紗記》、《虎符記》、《修文記》、《鳴鳳記》、《鮫綃記》、《繡襦記》、《雙珠記》

第四期：《冬青記》、《四喜記》、《天書記》、《東郭記》、《金蓮記》、《紅蕖記》、《彩舟記》、《焚香記》、《紫釵記》、《雙鳳齊鳴記》、《雲臺記》、《義俠記》、《綵樓記》、《蝴蝶夢》、《題紅記》、《櫻桃記》、《靈犀佩》、《臙脂記》

第五期：一笠菴《人獸關》、《三報恩》、《二奇緣》、《衣珠記》、《西樓楚江情》、《兩鬚眉》、《春燈謎》、《眉山秀》、《酒家傭》、《望湖亭》、《清忠譜》、《萬事足》、《鴛鴦絲》、《雙金榜》、《凌雲記》、《麒麟閣》、《金鎖記》

未　知：《三社記》、《四美記》、《金印記》、《箜篌記》、《古城記》、《東窗記》、《五福記》、《玉釵記》、《白蛇記》、《白袍記》、《全德記》

以上共 59 部劇作。

第一期					
劇　目	齣　目	腳色人物	表現形式	情節內容	作　用
黃孝子尋親記	十六 祭江	四卒 外 生 院子 小生（樂善） 雜（船頭）	口敘念唱 （小生：念白）	樂善攜家小前往福建任官，夢神人指示有節婦投江，命其撈救。（第十七折〈投江〉應兆）	重要
趙氏孤兒	十七	外（趙盾） 生（趙朔） 旦（公主） 末（程英） 淨（員夢姜先生） 小外（周堅） 丑（屠氏門下）	口敘念唱 （外、生、旦：末、小外：念唱）	趙盾全家有夢，而且夢境不一，四人之夢皆不祥，唯小外周堅之夢得有應救。	重要

第二期					
劇　目	齣　目	腳色人物	表現形式	情節內容	作　用
文公昇仙記	九	旦 貼（婆婆） 淨 丑（張見鬼先生）	口敘念唱 （旦、貼：念唱）	韓愈妻夢老婦領個小兒，在打毬場蹴踘；韓手湘妻夢二人並走，女人身掛笤帚，二木橫小舟，新月下掛勾。張見鬼圓夢曰爲團圓祥夢。	預示
精忠記	十三 兆夢	老旦（張氏） 小旦（岳氏） 末（院子） 丑（卜卦先生） 淨（道士） 丑	口敘念唱 （老旦：念白）	岳飛妻張氏夢虎覓食落在澗裡，被擒而削去爪牙與皮；而請先生占卜，得卦喻有牢獄之災，而請道士做齋禳求解此夢厄兆。	交代
舉鼎記	七 看表	末（楚國黃門） 外（伍奢） 生（伯州犁） 平王 甘英	口敘念唱 （平王：念白）	楚平王夢黑虎生雙翅，仰天吞日，直撲己身；解爲臣屬侵奪乾坤天下之意，與伯州犁觀星所得秦穆公欲起兵事相符，又有大鳥呼嘯，乃國家不利之兆，此刻又逢秦穆公來書，要平王前赴臨潼鬥寶。	預示
寶劍記	十	生（林冲） 旦（娘子） 末（家童） 淨（算命先生）	口敘念唱 （生：念唱）	林冲夢鷹投羅網，虎陷深坑，折了雀畫良弓，跌破菱花寶鏡。算命先生爲之詳解。	預示
第三期					
劇　目	齣　目	腳色人物	表現形式	情節內容	作　用
浣紗記	二十八 見主	淨（夫差）丑 小外（王孫駱） 生（范蠡） 旦（西施） 外（伍員）	口敘念唱 （淨：念白）	夫差晝臥姑蘇台，夢入章明宮，米釜兩隻炊而不熟，黑犬兩頭嘷南嘷北，鋼鍬插入宮牆，流水入殿堂，後房聲若鍛工，前園橫生梧桐；丑打諢曰爲吉夢，而伍員告誡吳王不可耽迷美人。爾後延請伍員之友公孫聖（末）占夢，占爲凶夢，應吳國將爲越所滅。公孫聖於三十二齣占夢而被殺。	預示
虎符記	二十二	旦 末 外 丑 淨（詳夢先生）	口敘念唱 （日：念唱）	花雲妻夢庭樹被雲遮蔽，忽有一火從天照見樹上花朵，雲火相遠，有獼猴在火光中盤旋，後來火抛入懷中撲面而來。淨丑占詳：花姓雲名，	預示

				公子名煒，是火旁；猴孫是孫子，指孫氏將送公子到夫人之懷而相見。	
修文記	三 論文	小末（蒙玉樞） 小生（蒙玉璇）	口敘念唱 （小末：念）	蒙玉樞夢荀奉倩投刺來拜訪；荀奉倩壽命不長，自己亦恐不長壽（後來應驗，玉樞夭亡）	預示
鳴鳳記	十八	小生（林潤） 貼（林妻王氏） 林相	口敘念唱 （小生：念唱）	林潤夢外夷入寇，擄掠婦女，夢兆應驗，攜妻前往杭州避禍，投赴鄒應龍。（【素帶兒】）	交代
鮫綃記	十三 捉拿	外（魏從道） 末（沈必貴） 淨（校尉） 眾	口敘念唱 （外：念白）	魏從道夢深山風雨驟作，一豺狼抱子而臥，被獵者打死，豺狼子脫身而去；末解夢爲秦檜必退之兆，可賀也。隨後從道等人遭捕下獄。	預示
繡襦記	五 載裝遣試	外（鄭儋） 末（宗祿） 貼（鄭母） 丑 生（鄭元和）	口敘念唱 （貼念白）	家人爲鄭元和準備赴京行李。鄭母夢神人贈詩一首與其子，預示元和後爲乞丐事：「萬丈龍門只一跳，月中丹桂連根搆，去時荷葉小如錢，歸來必定蓮花落。」於時鄭儋解爲吉夢，乃應得中之兆。	預示
雙珠記	三十四 因詩賜配	貼（王慧姬） 老旦（劉氏） 旦（鄭氏） 末（內臣）	口敘念唱 （貼：念白）	王慧姬夢化身一鳳，又有一鳳飛來和鳴交舞。劉氏解爲：以鳳求凰，夫妻諧遇也。隨後內臣傳旨問詩一事，即傳旨令王出宮，與陳時策爲妻。	預示
第四期					
劇　目	齣　目	腳色人物	表現形式	情節內容	作　用
冬青記	三十一	小生 貼 末	口敘念唱 （小生：念白）	林景曦本該夭壽，夢見內使持詔慰勞，因向蒙掩骸，宜享上壽，而得延壽之賞；國家當下因爲貴星攙搜，位極人臣，以致國破家亡。之後與唐玨因各自義舉得受封賞，而楊璉被世祖詔斬。	預示
四喜記	二十七 泥金報捷	外 旦 紅（紅香） 丑 淨 末	口敘念唱 （紅：念白）	奴婢紅香夢見小相公（宋祁）頭被大相公（宋郊）割了，結果大小相公俱登金榜。丑、淨、末分別傳報，但傳報內容皆有出入。屬於打諢插科。	預示

天書記	二十一	旦 老旦 丑 外	口敘念唱 （老旦、旦：念白）	孫臏母夢梁上墮下，燕雀折翅。臏妻夢魚入網中，被砍去尾鬣而鮮血淋漓。	預示
東郭記	三十九	旦（姜氏） 小旦 眾	口敘念唱 （旦：念白）	姜氏夢見丈夫來迎接他至官所團圓。	預示
金蓮記	三十 同夢	淨 眾 穎 黃 秦 生 坡	夢者參演 （生：唱念）	蘇轍、黃庭堅、秦觀同夢五戒禪師下山抄化，到訪講道；之後東坡到來，與蘇轍相會，蘇轍向東坡述說夢事，東坡言明，乃聞母親分挽之時有異僧受胎之報，東坡數齡常夢爲僧，則「豈我仰五戒後身耶」。三十四齣佛印攜琴操入京點化蘇軾，方知自己是五戒後身。	預示
紅蕖記	十	生（崔希周） 旦 小旦 小生	口敘念唱 （生：念白）	崔希周應試不成，回湘潭時，曾於此處撈得紅蕖，是夜夢有人言：你明歲姻緣，就在此紅蕖上。	重要
	十二	末（古遺民） 丑	口敘念唱 （末、丑：念白）	古遺民夢有人說：你表弟鄭交甫若得紅牋，次日不可開船，並須趕救。丑亦有一夢，乃爲打諢語，並以古遺民夢事而爭說一番。	重要
彩舟記	二十八 奪解	小生（試官） 小旦（門子） 淨（龍神）	夢者參演 （小生、淨：念唱）	試官敘夢曰：一輪紅日照向江心，指江姓；紅日照耀，非情而何，指喻江情。入夢同時，龍神將江情的卷子放至面前，並且手書江情二字於考官案桌上，指示令江情高中。	重要
焚香記	五 允諧	外（謝惠德） 淨 生 丑（老媽媽） 旦（敫桂英）	口敘念唱 （外：念白）	謝惠德夢有人言：明日有貴客登門，與你有瓜葛之分；王魁登門應驗，結識謝之義女桂英，定下姻親。	重要
	二十八 折証	外 生（王魁） 鬼 旦（敫桂英魂） 末（家院）	口敘念唱 （生：念唱）	王魁夢梨花一枝在，被狂風吹墮，又取起來置在瓶中，其花復鮮，不知何兆。桂英魂出現，將王魁魂魄勾走、往見海神。	預示
紫釵記	二十三 榮歸	旦 浣 老旦 生	口敘念唱 （旦：念唱）	霍小玉夢李益高中科舉，梳粧赴任。	預示

	四十九 圓夢	旦 浣 鮑（鮑四娘） 末	口敘念唱 （旦：念唱）	霍小玉夢黃衣男子，遞來一小鞋兒；鮑四娘占夢曰：鞋，諧也，重諧連理之兆。	預示
雲臺記	十八	外（陰大功） 占 旦	口敘念唱 （外：念白）	陰大功夢見南莊上有一金龍盤柱。	預示
	三十	小生（劉秀） 外（陰大功） 占 旦	口敘念唱 （小生：念白）	劉秀夢見白羊追逐，指頭去頭，指尾尾斷；陰大功占得爲皇字，建議劉秀出伐成事。	重要
雙鳳齊鳴記	十六	小外（李全） 貼（仙姑） 小旦（楊姑）	夢者未演 （內吽）	觀音閣中，李全睡夢中忽被一神人叫醒，指點李全與楊姑有姻緣，可請庵中尼姑代爲圖謀；李全請廟中仙姑代爲引見楊姑結姻。	交代
義俠記	三十一 解夢	老旦 旦 小旦（觀主） 丑（瘸子道姑）	口敘念唱 （老旦、旦：念唱）	武松岳母夢田間種玉，光潤非常，照耀寒門；武松妻夢間天邊有鳳飛來，己身化爲青鸞，同飛雲霄。丑解夢曰：二夢俱預示爲旦之姻緣夢：玉潤即爲女婿，鳳凰預傳芳信，必能成姻。	重要
綵樓記	四 拋毬擇婿	生（呂蒙正） 眾院子 轎夫 梅香 旦（劉千金） 淨（家財相公） 丑（人才相公） 副（文才相公）	口敘念唱 （旦：念白）	劉千金拋毬擇婿前，夢見烏龍倚欄畔；呂蒙正應兆。	預示
蝴蝶夢	二 蝶夢	生（莊周） 旦（莊妻韓氏） 丑（馴鹿） 旦（忘鷗）	口敘念唱 （生：念白）	莊周夢化身爲蝶。	無關
	十一 夢疑	生 丑 末（骷髏）	夢者參演 （生、末：念唱）	莊周夢中與骷髏陰魂辯論生死之事，骷髏預示，往尋長桑公子。	重要
題紅記	十六 錦標捷報	末（于鳳） 淨（于鳳妻）	口敘念唱 （淨：念白）	于鳳妻夢一箇龍頭落在家庭裡，兩人解爲吉兆。	預示
櫻桃記	二 起程	生（丘奉先） 小生（高憑） 丑	口敘念唱 （丑：念白）	奴僕夢見有人來報：主人高憑與友丘奉先俱科考高中。	預示

靈犀佩	二十三	外（尤表） 淨（尤效） 末（院子） 小生（鄒娸） 中淨（趙諂）	口敘念唱 （外：念白）	尤尚書夢天上預傳金榜，己子中來科狀元；因爲尤效高中，蕭鳳侶落第，以致湘靈與尤效陰錯陽差，乃致湘靈自縊。	重要
	二十七	淨（尤效） 外（尤表） 小旦（梅瓊玉）	口敘念唱 （淨：念白）	尤效夢送天榜，問狀元是否爲自己；因爲謀害二女，狀元改換蕭鳳侶。尤表喚梅瓊玉（湘靈魂魄），梅表述乃丙靈公殿前放魂出了差錯，使得寶湘靈、梅瓊玉魂體互換。	重要
臙脂記	二十四 傳柬	生（郭華） 貼（梅白）	口敘念唱 （生：念白）	郭華夢見母親下獄，父親躺臥寒冰，憂心爲不吉之兆，而請梅香代傳情柬予王月英。	交代
第五期					
劇　目	齣　目	腳色人物	表現形式	情節內容	作　用
一笠菴人獸關	二十九－誼存	老旦（桂母） 小生 外 雜 淨（桂薪）	口敘念唱 （淨：念唱）	桂薪忘恩負義，違背誓言，睡夢中被引入冥途顯示善惡因果，爲惡的妻女受變爲犬狗之處罰。	重要
三報恩	十八	生（鮮于同） 雜（鼓吹迎榜） 末（扮京花子持試錄）	夢者參演 （生：念唱）	老書生鮮于同夢看榜高中詩經科第十名，從人邀請參加瓊林宴，夢醒後想起去年飛昇觀扶乩詩句驗兆，改禮經不試而應試詩經，以合夢兆。	預示
二奇緣	六 預兆	淨 （道士，廟官） 小旦（劉猛將） 襍（鬼判） 生（楊慧卿） 小生（費懋） 外（老舉人潘得鈔） 小丑（錢可通） 旦 （內扮金甲神）	夢者參演 （生、小生：念唱）	楊慧卿與費懋中趕考，至揚州猛將堂祈夢；夢見被大海阻絕去路，又所騎青驢變作老虎，逢虎挑撲，將兩人衝散；費爲金龍抓下，楊見一女子持蘆草救援渡過弱水，見報錄人送考中匾額至家，又爲虎所驚。廟官爲眾人解夢。	預示
衣珠記	十四 賞燈	付（苗秀） 小生（宋帝） 旦（后） 眾	口敘念唱 （小生：念白）	元宵燈節，皇帝夢金甲神人坐太平車上，手捧九輪紅日，炫耀身心；后解夢爲：皇帝將得人，或名旭，或指地名有旭字。苗秀亦同此解，此爲飛熊之慶。	預示

療妒羹	四－梨夢	小旦（小青） 老旦	口敘念唱 （小旦：念白）	小青悲慨身世，睡中夢見手執一枝梨花，香冷可愛，忽被狂風吹落，片片着地。	交代
西樓楚江情	四	外（于魯） 末（老院子） 丑（文豹） 生（于鵑）	口敘念唱 （外：念白）	于魯述說前事：妻夢鵑生子，故命子爲鵑。	交代
	二十	生（于鵑） 丑（文豹） 小生（扮夢中于鵑） 丑（老鴇） 貼（丫鬟） 小淨（闞客，夢中穆素徽） 雜（家童）	夢者未演 （小生、丑、貼、小淨、雜：念唱）	于鵑夢至青樓訪穆素徽，被拒，且素徽變一奇醜女子。大致同《西樓記》。	交代
兩鬚眉	二十八 歸旅	副淨 丑 雜 生 外 末 小生 眾	口敘念唱 （丑：念白）	分巡道官（丑）捏造夢見流賊殺來。	交代
春燈謎	十八 傷繫	生（宇文彥） 末（豆盧吏）	口敘念唱 （末：念白）	宇文彥誤入官船而被囚待審，豆盧吏夢囚宇文彥柙床上長出一枝梅花，枝上掛一對綵箋，惟記不起箋上字，認爲此夢將來對其必有好處。	預示
	二十六 籲觸	生 旦 假面（白面秀才） 鬼卒 末	夢者參演 （生、旦、假面、鬼卒：念白）	宇文彥於獄神祠中泣訴原委，夢見韋影娘著女裝與一位假面紅衣少年，跌倒啼哭，爲鬼卒打走，又用人頭打宇文彥三下。豆盧吏曰：讀書人夢見人頭，乃是頭名好兆；又夢見宇文押上生一枝梅花。之後宇文彥改名盧更生，入京應試狀元及第。	預示
眉山秀	二十六 點悟	副淨（佛印） 小生 雜 旦（朝雲） 小旦（琴操） 外（五戒） 丑 小旦（紅蓮）	夢者未演 （外、小生、丑、小旦：念唱）	佛印施法，使東坡夢中知悉前生爲五戒和尚，因犯色戒（紅蓮）而坐化，佛印爲五戒師弟明悟禪師，隨即辭世。	重要

酒家傭	三十三 梁冀伏誅	淨（梁冀） 貼（孫壽） 末（郭亮） 丑（左常侍） 生 小淨 外	口敘念唱 （淨：念唱）	梁冀夢一將軍蟒服玉帶，姓空名買，爲前朝大將軍，約梁齊商大事；孫壽夢見與雲佳夫人同行，不知其兆，求尋圓夢人。尋得郭亮，占得二夢不祥，占其夢象，乃預示竇憲、霍顯二人，皆是古朝亂政事敗而被誅之人，並預言孫梁二人將敗事。旋即皇帝下詔，揭露其事，令梁孫二人自盡。	重要
望湖亭	十一 作伐	外（高贊） 老旦	口敘念唱 （老旦：念白）	高贊妻夢園中梅樹開花結子，高贊解夢曰：梅，媒也，有良媒來。	預示
清忠譜	八 忠夢	生（周順昌） 末 外 末 丑老 旦 貼 雜 小生（皇帝） 淨（魏忠賢）	夢者參演 （生、末、外、丑、老、旦、貼、雜、小生、淨：念唱）	周順昌夢入宮彈劾魏忠賢，皇帝判魏死刑，魏忠賢與周順昌爭執扭打時，被兵衛抓到市曹典刑。	預示
萬事足	七 巧計進妾	老旦（梅氏） 旦（竇玉兒） 淨（竇母） 丑（采雲）	口敘念唱 （丑：念白）	循妻梅氏因未有生子，意欲爲之進娶小妾竇玉兒，但陳循不從，梅氏與竇母議事將陳循灌醉。家僕采雲夢主人頭上生兩隻羊角，口中作羊叫聲；羊角是解字，頭字是元首，此行必中解元。	預示
鴛鴦縧	十四 餘驚	生 眾（睡魔／強盜） 末（邦老）	夢者未演 （衆：唱）	楊直方遇盜走脫，夢強盜前來追捉。	交代
雙金榜	九 摸珠	褋（褋／醉吏） 副淨（莫飲飛） 淨（藍廷璋）	口敘念唱 （褋：念白）	莫飲飛前來盜珠。衙門庫官夢腿上被話個海巴狗兒，又一個黃峰飛來釘而痛醒，冒出許多冷汗，覺有蹊蹺而來庫門巡看。官夢中被蜂兒釘了二十下，亦被罰打二十下。皇甫敦被冤枉盜珠。	交代
	十二散花	旦（盧弱玉） 小旦（天女） 老旦（天女） 小旦（梅香）	夢者參演 （旦、小旦、老旦：念唱）	盧弱玉夢天女拋贈牡丹花。梅香解爲應示姻緣。	預示

凌雲記	十二 送別題橋	旦（卓文君） 生（司馬相如） 丑 童	口敘念唱 （生：念白）	司馬相如夢黃衣老人催離家，教作大人賦，文君認爲此乃大吉之兆，催促相如上京而送別。	重要
麒麟閣	二本下卷 三出 投軍	范君章 劉伯紀 張萬年 宋金剛 劉武周 四卒 尉遲恭	口敘念唱 （劉武周：念白）	劉武周夢黑虎生雙翼，飛奔而來；范君章解爲吉夢，必得名將。旋即尉遲恭投軍應夢。	預示
金鎖記	二十二 借冰	雜旦（侍兒） 小旦（東海龍女） 丑（龍宮把宮） 末（天曹使者）	口敘念唱 （小旦：念白）	東海龍女夢天書下來，爾後天曹使者來宣帝旨，借其剪冰爲雪，略顯神通，以救竇娥。	預示
未　知					
劇　目	齣　目	腳色人物	表現形式	情節內容	作　用
三社記	六 舉子	外（孫員外） 夫 生 小外 淨（星士） 丑（瞎子）	口敘念唱 （外：念白）	孫子眞父夢青雲一朵，飛駐門庭，忽報產得二孫，名爲雲、章。	預示
四美記	十二－報喜	外 丑（渡夫） 末 淨 小外 旦 占	口敘念唱 （丑：念白）	洛陽海口渡夫俱夢水底說道：來日有船過渡，俱該溺死，只有蔡狀元在船可救那些生命，所以若無姓蔡之人來此，不敢開船。三日後，遇見王氏與蔡興宗之妻，果然「閑神野鬼休得興風作浪，蔡狀元在舟中，毋得驚動他」。之後王氏發願曰:「若生子，果中狀元，必造洛陽橋。」其子蔡襄應兆。	預示
金印記	二十九－焚香保夫	旦	口敘念唱 （旦：念白）	蘇秦妻焚香禱告，夢丈夫衣錦榮歸，敘夫妻離別。	預示
箜篌記	二十五 遣主	旦（壽陽公主） 生（韋宓） 外（唐明皇）	夢者參演 （生、旦：念唱）	壽陽公主久慕韋宓詩章，夢見韋宓，前來預示皇上選壽陽公主和番。夢醒後，明皇旨諭和番塞外。	重要
古城記	十五 賜馬	曹 遼 關	口敘念唱 （遼：念白）	關羽向曹操敘二位皇嫂夢劉備身落土坑，張遼圓夢曰：人入爲安，土主必旺之兆，劉備必居樂土而身安。	預示

東窗記	十四	旦 占 末（院子） 淨（先生）	口敘念唱 （旦：念白）	岳飛妻夢虎覓食落在澗裡，被擒而削去爪牙與皮；而請先生占卜，得卦喻有牢獄之災。	預示
五福記	七	淨（馬扁） 付（貝戎） 小生	口敘念唱 （淨、付：念白）	馬扁夢在野曠踢球，將球踢入池塘；貝戎夢一池溪水，洪水泛漲。	預示
	十四	生 外 末 老 淨（西夏王） 正占 小生 付	口敘念唱 （淨：念白）	西夏王李元昊夢見異人送明珠二顆；乃是預示將得郭獻琛、奚懷璧二人。	預示
	十八	生 淨 付 小生	口敘念唱 （生：念白）	韓琦夢五星聚於奎壁之間，瑞彩散於門闌之內，醒來妻妾五人各生一子。	預示
玉釵記	十三	小淨 末（何家奴僕） 生（何秀文）	口敘念唱 （生、末：念白）	何文秀夢神道說明父母雙亡，全家星散，第二日有難星過度口；何家奴僕夢指示與主人相會，並救助小主人脫困	預示
	二十四	外 占 生	口敘念唱 （外：念白）	王州獄官夢救助入網鯉魚，魚化龍昇天。占解夢曰：釋文秀罪，日後必然有報。	預示
	三十三	淨（牧童） 丑 生 旦	口敘念唱 （旦：念白）	王瓊珍夢新月，傾刻弦滿復圓。	預示
白蛇記	九 賀蛇放生	生（劉漢卿） 淨（農人） 丑（農人）	口敘念唱 （生：念白）	劉漢卿夢白衣童子敘遭難求救，日後定然報恩，路途中遇數農人打一白蟒，白蟒向劉求救。此白蛇爲龍王之子，龍王感其恩德，於劉困頓投江時施助。	預示
白袍記	六	生（唐帝） 外（秦叔保） 末（胡敬德） 小生（陰陽官徐茂公）	口敘念唱 （生：念白）	唐帝夢白袍小將來助，連箭退遼兵，自言住在夆字邊三邊，三鎗點三點。徐茂公解夢，此人當在絳州。	預示
全德記	二十八 熊祥	生 夫 小生（傳聖旨）	口敘念唱 （生：唱）	竇禹鈞夢見神人曰：積德而膺天賞，可得麟子傳家。	預示

二、情節作用

（一）重要、預示：神人與異兆

此類夢見兆象的關目，很自然地在劇作故事中扮演預示的功能，成爲情節設計上的伏線；而夢兆的內容相當多變，運用得當，將有益於故事的戲劇性和舞臺的表演性。就夢兆的情節內容與其作用舉例，大致有下列各種預兆的方法：

1. 夢見神人

例如《黃孝子尋親記》十六齣〈祭江〉，樂善攜同家人一同前往福建任官，口敘交代夢見神人指示有一節婦投江，務須救助，隨即在下一齣〈投江〉應驗了這個夢兆，成爲了推動情節的伏線。又如《繡襦記》第五齣〈載裝遣試〉，鄭母口敘她夢見神人贈詩一首云：「萬丈龍門只一跳，月中丹桂連根搆，去時荷葉小如錢，歸來必定蓮花落。」預示了鄭元和之後盤纏散盡、淪落爲乞丐的情節。《衣珠記》十四齣〈賞燈〉，宋仁宗皇帝於元宵燈節口敘其夢見一位金甲神人，身坐太平車，手捧九輪紅日，炫耀身心；此乃預示主人公趙旭名字中的旭字，代表皇帝將得到趙旭這位賢良臣才，同時也開啓了趙旭後續的情節發展。又如《玉釵記》十三齣，何文秀敘說夢見神道說明全家星散的厄運，不過何家奴僕則是夢見指示如何救助何家的方法；本齣正好是小收煞，對應何文秀與家僕的夢境預示，確實達到「暫攝情形」而「令人揣摩下文」的情節效果。《全德記》二十八齣〈熊祥〉，竇禹鈞口敘夢見神人告訴他：由於積德行善，獲得上天的膺賞，將可得一子，則是預示後續情節走向圓滿結局的趨勢。然而，在本類關目中，都沒有對此類夢中神人進行具體的描述，而劇中人多以口敘、唱詞交代一番，少有安排其夢境的實地演出，與劇中人也沒有明顯的互動著墨，著重的是兆象的顯示意義。

2. 異兆預示

夢見預兆的夢境，其兆象內容可謂千奇百怪、無奇不有，有的夢境因此涉及主要情節的發展之列，於是劇作家便會在夢境中多加著墨描述，極盡奇異之能事，以添加故事的戲劇性程度。例如：《精忠記》十三齣〈兆夢〉，岳飛妻子張氏夢見一隻老虎落入山澗之中而被擒住，被削去抓牙與毛皮，得卜卦先生與道士解夢，喻示岳飛將有牢獄之災；《寶劍記》第十齣，林冲夢見一隻老鷹投落羅網，又夢見良弓摧折、寶鏡跌跛，算命先生爲之解爲不祥之兆，預示林冲後來遭到算計入獄的黑牢之禍。《紅蕖記》第十齣，崔希周應試不成，返經湘潭時，在此撈得紅蕖，當晚即夢見有人言道：你明歲姻緣，就在此紅蕖上，爾後崔希周在上頭題詩，日後被主人公鄭德璘發現，為崔希周、曾麗玉兩人主婚成就夢境中預言的姻緣。此一紅蕖之夢，直接關係到劇作的關鍵意象「紅蕖」，更成為雙生雙旦情節的樞紐中心。《紫釵記》四十九齣〈圓夢〉，霍小玉夢見一位黃衣男子遞來一只小鞋，鮑四娘占夢曰：鞋即諧也，乃重諧連理之兆，印證大團圓結局之事。

夢境更為曲折、奇異者亦所在多有，例如：《舉鼎記》第七齣〈看表〉，楚平王敘說夢見一隻背生雙翅的黑虎，仰天呑日，並且朝自己直撲而來；經過解釋，此乃臣下有人意欲侵奪乾坤天下的夢兆，而此刻正好遇上秦穆公用計，透過周王詔命來書，要楚平王在內的各路諸侯前往臨潼鬥寶，夢兆的預示正好直接銜接了主要情節的發展，更延伸至伍子胥自薦保駕楚平王的重要情節。〔註10〕《浣紗記》二十八齣〈見主〉，吳王夫差晝臥姑蘇臺，夢見身入章明宮，看見兩只米釜炊而不熟，又看見兩頭黑犬分朝南北嚎叫，之後又看見「鋼鍬插入宮牆，流水入殿堂，後房聲若鍛工，前園橫生梧桐」，伍員認為這是應兆誡示吳王不可耽溺美色，不可接受進獻而來的西施，這是與主線情節發展相關的預兆之夢。《虎符記》二十二齣，花雲之妻郜氏夢見庭中樹被雲遮蔽，忽然有一團火雲自天而照，照見樹上花朵，遙相對照，此時有獮猴在火光中盤旋，而火光突然被拋入郜氏的懷中，獮猴也旋即撲面而來；此夢境乃是預示花雲將得一子，花姓雲名，夢中火光代表公子之名為火旁，是為花煒，而獮猴為猴孫，猴孫即指向流落在外的花雲之妾孫氏，意指孫氏將送公子花煒來到夫人懷抱而相見。爾後這個夢境獲得了應驗，花煒在逃難的孫氏撫養之下，獲得朱元璋的愛護與賞賜，送歸花府與郜氏先行相聚。又如《蝴蝶夢》十一齣〈夢疑〉，莊周在夢中與骷髏辯論生死之事，夢中骷髏則喻示莊周，着他往尋長桑公子，使得莊周自長桑手中獲得仙丹，日後與妻子韓氏一同飛升；與骷髏答辯的詭迷夢境，成為了全劇故事中指示莊周成仙的關鍵事件。《春燈謎》二十六齣〈籲觸〉的夢境則更為離奇，主人公之一的宇文彥在獄神祠中哭訴被誤認為罪犯的委曲，夢見與他有過一面之緣的韋影娘身著女裝，與一位假面紅衣少年跌倒啼哭，被鬼卒打走，又用人頭擊打宇文彥三下；卒官豆盧吏解夢曰：讀書人夢見人頭，乃是頭名好兆，又夢見宇文彥的梏桎

〔註10〕唯《舉鼎記》今存殘缺之傳鈔本，《古本戲曲叢刊初集》據之影印，上卷存14折，下卷存9折，中有闕略，情節不全。

上生出一枝梅花，隱有奪魁之意，宇文彥乃改名為盧更生，入京應試而高中狀元，離奇的夢境又配合上種種曲折錯認的情節用意，最後終於促成團圓的結果，達成作者設計「十錯認」的劇作旨意。而這段詭迷難解的夢境，正是作者的錯認情節之一。〔註 11〕

然而夢境除了各種詭奇的內容之外，比較特別的是，有時在一段情節故事中不只一人有夢，甚至有兩人以上同入一夢者。例如兩個人作了不同的夢境，合併解釋為情節後話的走向，有：《文公昇仙記》第九齣，韓愈妻子夢見一個老婦領著一個小兒在打毬場蹴踘，而韓愈侄兒韓湘之妻則夢見兩人並走，女人身掛笤帚，二木橫小舟，新月下掛勾；張見鬼先生解夢為團圓祥夢。又如《義俠記》三十一齣〈解夢〉，武松岳母魏氏夢見田間種玉，光潤而照耀寒門；武松妻子賈氏則是夢見天邊有鳳飛來，自己化身為青鸞，同飛雲霄。丑腳瘸子道姑解夢曰：玉潤即指女婿，鳳凰則是預傳芳信，暗示鳳鸞于飛，姻緣將成，便是後續在梁山之上與武松成婚的情節故事。《天書記》二十一齣，孫臏母親夢見燕摧折翅、自梁上而墜，孫殯妻子則夢見魚入網中，被砍去尾鬣，鮮血淋漓，各自暗示孫臏往後一度淪落潦倒的遭遇。更甚者有多人多夢的例子，像是《趙氏孤兒》十七齣〈趙府占夢〉，趙盾全家共有四人入夢，而且夢境各自相異：趙盾唱【普天樂】曰：「正三更朦朧睡，夢見虎狼爭血食，欲相噉，未分輸贏。東方走出妖魅，如兔似犬身赤色，虎見妖物將身避，逐竄奔走山谷，忽見一個小鬼手拿鎗，當時殺害妖魅。」趙朔接唱：「朦朧在船兒裏，見一網，把魚持起，走脫其二，擺尾更不面覷。」公主接唱：「妾夢中空房內有一人，相招交出去，待奴家方出房兒，狂風和着驟雨把房屋四圍一齊倒碎。」程英唱曰：「程英夢裏尋奇異，與妻子共同食，忽遇強人急迴避，強人怒噉把兒殺取，當時間驚覺思量起，程英那有孩兒。」經姜先生解釋，當應趙家將來半年內遭逢劇變，唯有一子脫身，由程英撫養；此時趙朔先前收撫的家僕周堅則插上一嘴曰：「小人夜來睡到三更，夢見一府人都是不動，被周堅一担担了出門」，被姜先生認定唯有周堅的夢兆尚可從中尋得解救的線

〔註 11〕《春燈謎》通本以錯認為結構主眼：男入女舟、女入男舟，一也；兄娶次女、弟娶長女，二也；以媳為女，三也；以父為岳，四也；以韋女為尹生，五也；以春櫻為宇文生，六也；宇文義改名為李文義，七也；宇文彥改名為盧更生，八也；兄谿弟之罪案，九也；師以仇為門生，而為媒己女，十也；故曰「十錯認」。見郭英德：《明清傳奇綜錄》（石家庄：河北教育出版社，西元 1997 年 7 月 1 版），頁 385。

索，增添了情節的曲折離奇、變幻出奇的特質。除了前述的各人各自有夢以外，還有兩人以上同入一夢的例子，例如：《金蓮記》三十齣〈同夢〉，蘇轍、黃庭堅、秦觀同時夢見五戒禪師下山來訪講道，點明蘇東坡多年來時長夢見自己化身爲僧、自己是五戒禪師後身之情事，「三人同夢，千古異聞」。〔註 12〕《四美記》十二齣〈報喜〉，洛陽海口的渡船水伕們都夢見水底言道：往後來日只要有船過渡，俱該溺死，除非有一位蔡狀元在船上，方可倖免於難，所以水伕們都不敢開船，等著那一位蔡狀元到來；三日後，遇見王氏與蔡興宗之妻，此時「閑神野鬼休得興風作浪，蔡狀元在舟中，毋得驚動他」，所謂蔡狀元便是蔡興宗之妻所懷的胎兒蔡襄，後日這位蔡襄果然應兆高中狀元。這些神秘而奇異的夢境，加以多人入夢、或是多人同夢的手法渲染，對於著迷於其中的觀眾而言，更增加了夢境所帶來的離奇詭譎的戲劇效果。

（二）交代：過場聯繫

本類關目常用於主要情節的預示，甚至夢境本身即爲主要情節之一，在劇作故事的情節意義上極高；但是相對於古典戲曲的舞臺搬演而言，本類關目也有挪用交代、緩衝、調節全劇節奏的情形。例如：《鳴鳳記》十八齣，林潤夢見有外夷入侵，擄掠婦女，於是攜同妻子前往杭州避禍，投奔鄒應龍；林潤的夢境獲得了應驗，但是最主要的作用，則是要實現林潤、鄒應龍之間的情節連接，夢境的內容與主要情節的直接發展並不相關。又如《西樓楚江情》第四齣，于魯述說前事，並且提及由於妻子夢見鵑鳥生子，所以將兒子取名爲于鵑；此類夢境與情節可說毫無相干，純粹只是用於插敘、交代之用。

至於《鴛鴦縧》十四齣〈餘驚〉，此折以演出方式交代楊直方的夢境：楊直方自強盜手中逃脫，途中歇息，夢見強盜前來追捉，而有睡夢中的強盜「睡魔」上場一番（劇本科介：「眾上」），並且演唱【香柳娘】曲牌一支後下場（劇本科介：「遶場轉下」），〔註 13〕將楊直方嚇出一聲冷汗，才又慌忙趕路。折末出批評謂：

> 夢似俗套，然從〈投羅〉折一氣趕下，非此莫能截斷急流，且得此一轉，便覺上段生姿。〔註 14〕

從這段批語可以發現：批點者所稱「夢似俗套」，可見這種夢境的運用形式在

〔註 12〕（明）陳汝元：《金蓮記》，林侑蒔編：《全明傳奇》114 冊，頁 42。
〔註 13〕（明）路迪：《鴛鴦縧》，林侑蒔編：《全明傳奇》70 冊，頁 41。
〔註 14〕（明）路迪：《鴛鴦縧》，林侑蒔編：《全明傳奇》70 冊，頁 42。

當時已經是一種常見的現象，是一種被劇作家們定型沿襲的固定套式；其次，本齣情節整體來說，與主要情節沒有什麼關係，從全劇整體故事來說，其實是不必要的贅枝，但是如果從全劇搬演的角度而言，自劇本第十齣〈投羅〉開始，便是楊直方一行人遇上盜匪落難之事，直到第十五齣〈推賢〉開始，引出奚友賢的情節，到第十七齣〈萍遇〉，楊直方才遇上了奚友賢的幫助，脫離險境；因此，自第十齣起至第十七齣以前，都是連扣緊湊的劇情故事，而以第十四齣〈餘驚〉的演出放緩情節的行進，平衡人物腳色與調度。古典戲曲的演出核心在於演員，劇情隨著人物而起伏、運作，所以在勞逸均衡的要求之下，情節有時會像本齣一般，隨著演員腳色的緩頓調整而暫時停歇。誠如許守白《曲律易知》所說：

> 作傳奇最不可少者惟短劇。蓋短劇者，於搬演所以均勞逸，於章法所以聯線索，繁簡相間，乃爲當行也。〔註 15〕

此種過場作用的短劇，在情節而言看似爲贅枝雜葉，但是從搬演腳色之需要、劇作情節之聯繫來看，卻有著調劑、銜接的重要功能。當然像這樣的狀況在現時今日的條件下是不會再有的陳例，然而，從腳色的均衡調度與情節的緩急起伏兩者間的關係來看，就能發現古典戲曲實爲一門高度重視表演需求的綜合藝術；儘管在明傳奇的時代尚有許多案頭作品的疑慮，但是從劇本的反映中不難見出它對於登場排演的考究，在今日看來是缺謬的安排，事實上卻是當時劇作者深諳其藝術本質的「傳奇當行」的表現。從此而論，夢關目除了安排插敘情節的布置，演出時亦有演員腳色調用、均衡分工的排場意涵在內。

不爲劇本情節樞紐的夢兆關目，還有供作丑腳人物插打諢的運用方式。一種是捏造夢境的諢語，多與情節無關，僅用於丑腳人物諢語的發揮。例如：《兩鬚眉》二十八齣〈歸旅〉，丑腳分巡道官捏造夢見流賊殺來一事；《四喜記》二十七齣〈泥金報捷〉，奴婢紅香夢見小相公宋祁被大相公宋郊割斷頭顱，分別由丑、淨、末稟報內容，但是內容有出入，亦屬於打諢；《浣紗記》二十八齣〈見主〉，在吳王夫差晝臥姑蘇臺夢見異兆之後，伍員因勢告誡夫差不當耽迷女色，然而丑腳卻打諢曰爲吉祥之夢，成爲一種兩造對比的反襯作用，藉丑腳人物增加些許趣味；《雙金榜》第九齣〈摸珠〉，排演莫飲飛潛入衙門

〔註 15〕許守白：《曲律易知．論排場》，《樂府叢書》（臺北：郁氏印獎會，西元 1979 年 7 月初版）之三，頁 132。

官庫偷珠之事，看守的庫官夢見腿上「被話個海巴狗兒」，又被一隻黃蜂叮咬而痛醒，夢中他被黃蜂叮咬二十下，後來也因爲寶珠被盜、怠失職守，也被杖責恰好二十下，是一種趣味滑稽的巧合手法。因此，夢境關目的穿插演出，時有丑腳的插諢演出，在非關主要情節的設計之下，加入諧趣與調濟腳色場面的功用。

綜上所述，本類夢關目以口敘念唱手法最爲常用，一來除了夢境被用於插科打諢、由丑淨人物運用諢語達到諧趣效果以外，尚有實際搬演上的顧慮。陳貞吟曰：「選擇實場演出，抑或暗場口述，端賴該夢在劇中的份量及作者意願的強調。實場並非就優於暗場，乃視劇情需要。」〔註16〕廖藤葉則謂：

> 劇作家有時只是單純藉由劇中人物口頭敘述。此類處理方式，有剪去瑣碎枝葉，迅速推展劇情的好處，使讀者或觀眾更明確了解所即將演出的劇情；再加上某些夢境正如現實人生的夢一般，是悠謬匪夷所思情境，難以用具體的舞臺加以演出，由口語描摹夢境或許較爲恰切。……另有些夢境太過於簡單，若要單獨演出則嫌單薄，不足以成爲一幕戲，如《題紅記》第十六齣于鳳妻謝氏：「我昨晚夢見一箇龍頭落在我家庭心裡，夜來又開著一朵碟子大的燈花。」……然而此類夢所以簡單，是劇作家刻劃結果，倘若願意刻繪成適合舞臺演出，似也無不可，但既然劇作家如此編排，也是認定用劇中人言語轉述夢境則可，毋須大費周章　設定夢的表演舞臺。〔註17〕

夢境的奇異雖能添加戲劇性，但是亦應避免過於誇大；就搬演層面而言，過於誇大、脫實的夢境情節，實有演出的困難，尤其在明傳奇時代的舞臺演出條件並不比現代的劇場舞臺；於是，基於演出的考量而以暗場敘述交代，或是用於插科打諢的需要，口敘念唱形式成爲現存明傳奇夢見兆象關目最爲常見的手法。

三、淨丑腳色之運用

夢關目中有一種專責解說夢境內容的腳色人物，依照劇作中的常例，多由淨、丑擔綱，依許子漢先生整理而見的「圓夢」關目，其內容爲：「演出請

〔註16〕陳貞吟：〈論明傳奇中夢的運用（下）〉，《文學評論》（臺北：黎明文化，西元1983年4月初版），頁326。

〔註17〕廖藤葉：《中國夢戲研究》（臺北：學思出版社，西元2000年3月初版），頁134～135。

人解夢之事。『圓夢』關目多由淨或丑扮演圓夢先生，其表演方式可分爲『打諢型』與『非打諢型』兩類。」〔註 18〕不過有時候由其他劇中人物腳色擔任此類功能，包括外、老旦、末等人，而有「圓夢、詳夢、占夢」等說。

中國的占夢由來已久，歷朝各代不僅有占夢的紀錄，甚至有占夢的專職官屬與專書；〔註 19〕例如：《詩經・小雅・正月》曰：「召彼故老，訊之占夢」，即是當時周天子喚人前來占夢的記載；〈小雅・無羊〉謂：

> 牧人乃夢，眾維魚矣，旐維旟矣。
>
> 大人占之，眾維魚矣，實維豐年，旐維旟矣。室家溱溱。〔註 20〕

《正義》曰：「牧人既爲此夢，以告占夢之官，又獻之於王，王乃令以大夫占夢之法占之。夢見眾維魚矣，實維豐年，事歲熟相供養之祥夢。」〔註 21〕可知這是百姓夢見兆象、而占夢官以占夢之法解析夢境的相關記載。《周禮・春官》則記載「掌夢」一職，其職「掌其歲時，觀天地之會，辨陰陽之氣，以日月星辰占六夢之吉凶：一曰正夢，二曰噩夢，三曰思夢，四曰寤夢，五曰喜夢，六曰懼夢。冬季聘王夢，獻吉夢于王，王拜而受之。」〔註 22〕可知中國極早以前就有占夢的活動、專書，甚至專職官務，也表示占斷夢境、解說夢兆在古人生活所占的一個地位。

此類專職占夢、解夢的腳色人物在古典戲曲當中亦早已存在，至少在南戲中即已出現——《張協狀元》第四齣，張協「夢時節卻未四更，此身兩山上行。瞥見個人如虎類，被它傷卻股肱。」〔註 23〕而在第四齣請教圓夢先生（丑）解夢，解爲豹變發旺之兆，預示張協將來可得功名。由此可知，「圓夢先生」自南戲以來即已存在，至少在明傳奇中成爲一種腳色人物的典型與運用。其他腳色人物則視情節關目的設定，有時也分任此種職能。關於此類人物的職能有下列兩點：

〔註 18〕許子漢：《明傳奇排場三要素發展歷程之研究》，〈甲編　襲用關目〉之「圓夢」條，頁 325。

〔註 19〕詳見洪丕謨：〈中國占夢史略〉，《夢與生活》（北京：中國文聯出版社，西元 1993 年 6 月 1 版），頁 227～253。

〔註 20〕《毛詩正義》，（清）阮元校：《十三經注疏附校勘記》（臺北：大化書局，西元 1989 年 10 月 4 版）第二冊，頁 939。

〔註 21〕《毛詩正義》，（清）阮元校：《十三經注疏附校勘記》第二冊，頁 939。

〔註 22〕《周禮注疏》，（清）阮元校：《十三經注疏附校勘記》第三冊，頁 1743。

〔註 23〕錢南湯校注：《永樂大典戲文三種校注・張協狀元》（臺北：華正書局，西元 1985 年 3 月版），頁 27。

（一）解說夢境

圓夢先生出現在劇中的例子，有：《趙氏孤兒》十七齣，趙盾全家有夢，而延請員夢姜先生（淨）解夢，姜先生認爲趙家諸人夢境俱爲不祥，唯有小僕周堅的夢境得有應救之兆，暗示情節的發展。又如《文公昇仙記》第九齣，韓愈之妻與侄媳各自有夢，而有張見鬼（丑）圓夢：「夢裡因由未得見，神靈報應甚分明。果然骨肉重相見，總使晨昏獨倚門。」〔註 24〕解爲團圓祥夢。《虎符記》二十二齣，有一位詳夢先生（淨）爲郜氏解夢，其夢見火雲、獼猴之兆，乃是暗示孫氏將會帶著花煒歸來相見。《義俠記》三十一齣〈解夢〉的解夢人物則稍有不同，乃由一位瘸子道姑（丑）解夢。《二奇緣》第六齣〈預兆〉中的解夢人物也並非所謂的圓夢先生，而是由廟宇中的廟官（淨）解釋夢境，此例涉及「神廟祈夢」關目之說，將於後文詳述。

除了圓夢先生以外的解夢人物，則有：《浣紗記》三十二齣〈諫父〉，伍員延請友人公孫聖（末）爲吳王占夢，占爲凶兆，將應吳國爲越國所滅之象。《繡襦記》第五齣〈載裝遣試〉，鄭元和母親夢見神人賜詩，而父親鄭儋（外）解爲吉夢，將是得中狀元之兆。《紫釵記》四十九齣〈圓夢〉，霍小玉夢見黃衣男子遞來一隻小鞋，鮑四娘（劇本中腳色記爲「鮑」）占夢曰爲重諧連理之兆。《春燈謎》二十六齣〈籲觸〉，由豆盧吏（末）解夢。《酒家傭》三十三齣〈梁冀伏誅〉，由郭亮（末）解釋夢境。而《白袍記》第六齣，唐帝夢見有一白袍小將前來協助擊退遼兵，自言住在「夆字邊三邊，三鎗點三點」，唐帝意欲尋得此將才，而由陰陽官徐茂公（小生）解夢，認爲此人住在絳州。可知除了由淨、丑充任的圓夢人物以外，在夢見兆象關目中還有其他的腳色人物可以擔任解說夢境，進而解開疑點、推展情節的職責，包括傳奇中的外、末、旦甚至是小生，沒有特別的腳色限制。

在劇中人物當下遇見困境、或是因爲夢境而有所疑問，於是尋求解夢的契機；在圓夢先生或是其他腳色人物的解夢、占夢之後，使得情節獲得推演發展的動力，例如《趙氏孤兒》因夢境而開啓全劇故事衝突點——趙氏滅門的發軔，或是像《浣紗記》中吳國將滅的夢象，此類的夢兆關目便是處於全劇情節推演、佈局的關鍵。

〔註 24〕（明）佚名：《文公昇仙記》，第九齣折末下場詩，林侑蒔編：《全明傳奇》15 冊，頁 19。

（二）插科打諢

夢見兆象關目擁有推進情節的作用，相對的，有時也在情節以外的配合插科打諢的調劑運用。由於夢見兆象關目據整理表顯示，多以口敘念唱的形式表現，因此以諢語、諧謔手法爲常見。例如：《精忠記》十三齣〈兆夢〉，岳飛妻子張氏請道士（淨丑）設壇解禳，道人即唱【頌】曰：

> 爐聞【香遍滿】，【紅蓮花】、【西河柳】、【寄生草】高插金瓶，【金絡索】、【對玉環】、【八寶粧】疊成御座，整肅【三段子】之壇場，莊嚴【四邊靜】之法界。一心奉請：【鳳凰閣】上【二郎神】，【高陽臺】中【菩薩蠻】，速架【風馬兒】之雲程；暫搬【降黃龍】之聖馭，供獻【雙瀏鶒】、【鬪鵪鶉】之珍羞，擺設【紅林禽】、【奈子花】之異品，進【梅花酒】，獻【玩仙燈】，打【三棒鼓】，作【五供養】，【稱人心】愿訴衷腸。今有【虞美人】同女【七娘子】壻、【劉潑帽】外甥【耍孩兒】等投誠，伏爲張氏，忽於今年【十二月】內【月上海棠】時分，在【銷金帳】中夢見【山下虎】爭食【山坡羊】，思念不祥；因【上小樓】，【卜算子】聊施【桂枝香】十百二十炷，【金字經】五百五十卷，兼施【十段錦】、【一疋布】、【一錠金】等件，恭設【小梁州】內【水仙子】、【瑞鶴仙】等，恭就家庭啓建【四朝元】道場，一會荅酧前愿，仍用祈保夫君【出隊子】，在外身中不【犯胡兵】之凶，早獲【得勝令】之喜，方解【長相思】之苦，得安【望遠行】之心。伏愿【普天樂】、【醉太平】，家家【雙勸酒】、【歸朝歡】，【人月圓】户户【慶青春】。熱盪【沽美酒】，辣煮【水底魚】，請到【七兄弟】和佛兒相隨，唱起【洞仙歌】，喫得【醉扶歸】，【步步嬌】難行。【月兒高】照【亭前柳】，【謁金門】催【玉漏遲】，撲凿了【油葫蘆】，汙了【鬱金衣】；情知【不是路】，【杜韋娘】早到，點起【剔銀燈】，手執【引軍旗】，將我打破【點絳唇】，血流【滿江紅】，痛到【五更轉】、【霜天曉角】。貪口食，天尊不可私議功德。〔註25〕

在這段由淨丑唱敘的曲牌中，一共引用了七十五支曲牌的名稱來鋪唱曲詞，頗見曲家之巧心妙運，同時也藉由淨丑的表演，配合前述的詳夢情節而在本折當中增飾了趣謔的表演。又如《四喜記》二十七齣〈泥金報捷〉，在奴婢紅香夢見宋祁、宋郊的夢兆、同時傳來兩位相公高中的消息，丑、淨兩位泥金

〔註25〕（明）姚茂良：《精忠記》，林侑蒔編：《全明傳奇》21冊，頁37～39。

爲了爭先報訊討賞，而彼此爭執：

【前腔】（淨）月轡霜鞍，千里馳驅。疋馬寒，心如箭，泥金報喜敢遲延。（見科）且喜二位相公都高中了。（外）方纔有人來報，我知了。（淨）天殺的，又搶我的頭報去了，他敢是不實的？（外）他道宋祁中了狀元，宋郊就中了榜眼，是榜上看來的（淨）我道休不實，宋郊前，宋祁第二俱優選。（外）莫非是你悮看了？（淨）榜上分明豈誤看？（丑）我是榜上看來的，顛倒不實，偏你是實的？（淨）我不與你爭見，有試錄在此作証。（旦）兩下言語不同，莫非都是騙子？（外）事有可疑，休相騙，兩辭不合，如何辨轉，令心亂轉令心亂。（末）一舉首登龍虎榜，十年身到鳳皇池。大相公小相公都中了。（外）兩個報捷的在此相爭求賞，你且說个端的。〔註26〕

此間以一段【前腔（不是路）】讓淨、丑二腳配合夢境應驗的現實事件而雜入科諢，這一段插諢對於情節而言可有可無，甚至就劇情來說是不必要的；但是，這段插諢卻也反映了古典戲曲滑稽諧趣的用意。

《虎符記》二十二折，花雲府上請詳夢先生（淨）解夢，詳夢先生便表演了大段念白炫語：

（末云）花將軍衙內，請先生詳夢也。有驗麼？（淨云）爲何無驗。巫陽有掌夢之對，明堂有占夢之所，黃帝夢華胥，我知他有鼎湖之仙；高宗夢良弼，我詳他得傅巖之相。光武乘龍之夢，我決他並定中興；和熹捫天之夢，我許他定生聖嗣。巫山之夢，我詳那楚王有荐枕之歡；鈞天之夢，我詳那秦主有定霸之應。南柯之夢，曾斷淳于西堂之夢；魯知靈運夢推上天，我便說文帝有黃頭之寵。夢灶上樹，我便知霍顯有赤族之危。太姒之夢，我就知周王受命；長庚之夢，我就知李白將生。宋元夢豫且，我勸他殺龜以卜；漢武夢昆明，我勸他放魚得珠。夢九鶴集庭，我就知九齡當降；夢玉燕入懷，我就知張說封燕。竇禹鈞夢名掛天曹，我道他陰德之報；馬裔孫夢神授二筆，我許他入相之機。三刀之夢，我說有得州之榮；牢臂之夢，我說有平章之拜。夢看碑文，我段那杜鴻漸爲宰相；夢登塔，我斷那孫夢得探花。夢松生腹上，我知丁固位至三公；夢菜與殿齊，我知蔡齊必當及第。又如羅浮山之夢，香雪侵肌；芙蓉城之夢，錦雲滿眼。皆能先明吉凶，預報

〔註26〕（明）謝讜：《四喜記》，林侑蒔編：《全明傳奇》162冊，頁20。

> 災祥。（外云）且住，他都是異代人物，你何緣得與他詳夢？（淨笑云）你不知，他原是夢裡來教我詳，我也夢裡去詳他的夢，正是黃粱已熟，邯鄲遁蕉鹿，何須問士師。〔註 27〕

整段念白的鋪敘作用，在於圓夢腳色的自報出場——不同的人物腳色在首次登場時，多有自己的上場詩，而圓夢腳色也不例外；同時，也插入了諧趣的表演成分，增加表演的質量與說唱的意味。

綜合本節所述，夢見兆象關目常爲全本劇情故事中的樞扭，依其夢境作用而爲主線情節之一環、或爲情節預示之伏線，而常以口敘念唱方式表現；若不爲情節衝折關鍵，亦當有搬演緩劑的功效，或以一折搬演來舒緩情節與腳色上下場，或以夢境話題作爲丑腳插科打諢之用。另外，此類關目排場因應生出「圓夢人物」的腳色，以淨、丑專職充任，有時也以其他行當腳色稱演相同作用的人物，爲劇中人物解說夢境中蘊含的可能發展與意義——也就是預說情節後續可能發生的衝突，是揭示故事衝突的重要腳色。此種預兆性質的夢境內容千奇百怪，有人事上的曲折、有神人的現身、也有詭譎而不可解的異象，但是都指示了後續情節裡劇中人物與其他人物的關係對應——結交、分離、團聚重圓等等，或是人物狀態的變化——飛黃騰達或是窮途潦倒，所以本類關目當爲第一種自身衝突、第二種人際衝突與第三種外力衝突的結合運用，諸如《趙氏孤兒》、《浣紗記》、《繡襦記》都是很好的例子。

「（外）夢幻非是莫亂傳，（生）科應幾事總由天。」〔註 28〕神秘的夢境自來一直都是小說戲劇家的創作題材，因爲它能適時的表現人物的潛藏意識，也能因應在故事發展的預示伏線之中。在情節上，它是可以供作鋪敘、結合三種戲劇衝突的素材，而在搬演上，它也是可供劇家靈活調度、調動排場的材料。

第三節　全境皆夢

一、使用劇作

全境皆夢關目乃指劇中人入夢之後，主要情節即進入夢境當中而搬演，長度可跨越數折乃至數十折，而由劇中人出夢作一段落告終。雖然全境皆夢

〔註 27〕（明）張鳳翼：《虎符記》，林侑蒔編：《全明傳奇》165 冊，頁 2～3。
〔註 28〕（明）佚名：《重訂趙氏孤兒》，林侑蒔編：《全明傳奇》168 冊，頁 32。

關目的內容跨越了數十折以上，但是關目的演出並不一定以情節爲分計段落的依據，〔註 29〕除了情節的內容與意義，戲曲關目更重要的核心主旨乃在於場上表演的要素，而本關目所欲討論者，即包含了夢境情節設計之意義及其相關的表演手法運用，因此本關目乃指相應於該主題情節上的相關表演要素，而非該主題情節的內容安排。依《全明傳奇》所輯，運用此關目的劇作數量並不多，而且集中在第四、五期出現，可能在明傳奇發展鼎盛的後半時期才發展爲沿用的定例，如下所列：

第一期：無

第二期：無

第三期：無

第四期：南柯夢、櫻桃夢、夢境記

第五期：竹葉舟、墨憨齋邯鄲夢

未知：無

以上共 5 部劇作。

第一期					
劇　目	齣　目	腳色人物	表現形式	情節內容	作　用
無					
第二期					
劇　目	齣　目	腳色人物	表現形式	情節內容	作　用
無					
第三期					
劇　目	齣　目	腳色人物	表現形式	情節內容	作　用
無					
第四期					
劇　目	齣　目	腳色人物	表現形式	情節內容	作　用
南柯夢	八－二十一	主要腳色：淳于棼	夢者參演	淳于棼參禪，求問禪師因果，而夢入南柯國爲駙馬，歷盡官祿，富貴二十餘年，以至妻死被讒遭疑，遣送回原處睡榻處，紫衣人推生就榻，生仍前作睡介而夢醒。	重要

〔註 29〕許子漢：《明傳奇排場三要素發展歷程之研究》，頁 27。

櫻桃夢	三－三十五入夢－出夢		夢者參演	黃里道人喚睡魔王予盧王一箇櫻桃大夢，使他知道人間世得失枯榮都不過一夢。盧生於夢中經歷一生富貴婚姻大事。	重要
夢境記	一－三十入道－夢醒		夢者參演	呂洞賓為求仙道，漢鍾離下凡為其度脫，趁呂洞賓假寐時使顯神通，讓他藉繁華夢境因剖人間虛幻。	重要
第五期					
劇　目	齣　目	腳色人物	表現形式	情節內容	作　用
竹葉舟	四－二十七		夢者參演	石崇夢登竹葉舟入畫牆世界，後得富貴、建金谷園，得綠珠，後因罪被判刑，脫逃後被追補時夢醒。	重要
墨憨齋邯鄲夢	三－二十八		夢者參演	因何仙姑入仙班，呂洞賓奉張果老命再覓一人代替其掃花之職；覓得邯鄲縣趙州橋盧生，贈其一枕令其入夢。盧生夢中娶親，為官帶兵，極盡富貴，後遭謗，老病將死時夢醒。	重要
未知					
劇　目	齣　目	腳色人物	表現形式	情節內容	作　用
無					

二、情節作用

全境皆夢關目主要用於度脫劇，〔註 30〕而且夢境本身可說即是全劇的主要情節與排演內容。《南柯夢》第八齣至二十一齣，敘演淳于棼求問因果，於是禪師引導其夢入南柯國，享盡二十餘年的榮華富貴之後，在夢中遭逢人生之大落，醒轉之後了悟人間因果；《櫻桃夢》第三齣至三十五齣，黃里道人令

〔註 30〕「度脫劇」之名首見於青木正兒之說。（日）青木正兒著、隋樹森譯：《元人雜劇序說》（臺北：長安出版社，西元 1981 年 11 月 2 版），將《太和正音譜》所述的「雜劇十二科」之「神仙道化」類，分為「度脫劇」與「謫仙投胎劇」兩種，頁 32 曰：「如果對於名目略加一點說明，那麼『神仙道化』不消說是取材道教傳說的，就現存的作品來看，則有兩種：一種是神仙向凡人說法，使他解脫，引導他入仙道；一種是原來本為神仙，因犯罪而降生人間，既至悟道以後，又回歸仙界。我私意把前者稱為度脫劇，把後者稱為謫仙投胎劇。」

睡魔王給予盧生一場櫻桃大夢，「要使他曉得夢中遭際」，讓盧生知道人間得失枯榮都不過一夢，點化他上山修道。《夢境記》第一齣至三十齣，乃是呂岩、即呂洞賓求道之事，漢鍾離下凡爲其引夢度脫，爾後飛昇成仙。《竹葉舟》第四齣至二十七齣，石崇夢登竹葉幻舟而進入畫中夢幻世界，獲富貴、得美人，最終也因落罪被追補而夢醒。墨憨齋《邯鄲夢》依據湯顯祖同名傳奇改編而成，於原本場次關目並無更改，僅有改定曲詞；故事第三齣至二十八齣，敘演何仙姑列入仙班，張果老命呂洞賓再尋覓一人以代替何仙姑的掃花原職，呂洞賓尋得邯鄲縣趙州橋盧生，贈他一枕而入夢，盧生在夢中娶親、任官，享盡富貴，而後遭受貶謗，老病將死之際自夢中醒轉。

而《櫻桃夢》劇中更有許多針對夢境奇異特性的討論：

> （生易初服上）繡轂、塡香、頤珠泉、泛御溝、堂候官那里？各色衹候人那里？怎麼都那里去了？鹵簿也不見了？（驚科）連這衣冠也都不是了！奇怪奇怪！（遇丑科）（丑）官人怎只管進去了，這會兒纔出來，我好不餓，那驢兒也餓底慌了。（生）什麼時候？（丑）卓午了。（生歎科）唉，我夢見應了舉、中了狀元、娶了大小夫人、做了許多官、遇了許多起倒、受享了許多富貴、歷徧了許多離合悲歡。（丑）如今在那里？（生）在那里？（丑）這纔喚做夢哩。（生）夢便是夢，怎地六十年光景都攢促在一兩箇時辰？〔註31〕

度脫劇的情節特色在於「六十年光景都攢促在一兩箇時辰」，夢境與現實不僅在空間的認知感上相異，在時間的流逝、感知上也完全不同；淳于棼入南柯國二十餘年，盧秀才入夢走盡人世得失、歷徧人生悲歡離合，在現實的時間中卻不過一場聽講的時間。爾後，醒來的盧秀才又與引他入夢的黃里道人繼續討論：

> （外）貧道黃里先生。秀才，你在此何幹？（生）聽一老僧講經。（外）講僧在那里？那講僧就是貧道一化。你夢中有一道者，兩次三番勸你學道來？（生）正是，是俺崔家表兄。（外）那崔閒博士也是貧道一化。你夢中曾見一道者，引看鉅鹿鏖戰來？（生）正是，是寧陽子。（外）寧陽子也是貧道一化。（生）夢中有這許多轉折、許多聚散，敢有這等一箇大夢？敢叩先生。（外）自古道：痴人前不可說夢，

〔註31〕（明）陳與郊：《櫻桃夢》，第三十五齣〈出夢〉，林侑蒔編：《全明傳奇》124冊，頁89。

達人前不可說命。怎好說底？（生）望先生指點一二。（外）既要我指點，生試問，俺試說一迴。（生）怎麼喚做夢、喚做醒哩？（外）夢物以生死爲夢醒，天地以混沌開闢爲夢醒。日夢于朝醒于暮，此一日之夢醒；月夢于朔醒于晦，此一月之夢醒；歲夢于春醒于冬，此一歲之夢醒。人既醒，始知醒前有夢；人正夢，何知夢後有醒？（生）怎麼有夢短、夢長、夢虛、夢實、夢大、夢小？（外）數十年而夢一覺，短也，未嘗不長也；隱几而夢登天，實也，未嘗不虛也；一枕而夢一個，小也，未嘗不大也。（生）請問夢界廣狹？（外）四海九州盡夢醒之界限，闔天之宇、闢宇之宙，盡夢醒之窟宅，道廣道狹來？（生）請問夢中形色有無？（外）夢中不口而言，別有口也；不手而招，別有手也；不足而行，別有足也；不天而晴雨，別有天也；不地而山川艸木，別有地也。別有身、別有天地，且別有君臣父子兄弟賢聖仙佛。（生）夢中既有這許多，於我亦相干涉否？（外）吾方夢冠冕佩玉而入朝，妻妾以我爲布衾，不掩骭；吾方夢荷校帶索，而即刑于市，妻妾以我爲繡，裀井寢；吾方夢乘黃臂蒼，射飛鳥而搏猛獸，妻妾以我尫羸，憂不起。有何干涉？（生）請問夢中有貴有賤、有弔有哂，云何？（外）夢王侯而賤，乞丐是以金鏡之影賤瓦鐺之影；夢螽斯而哂螟蛉，是以五湖之泡哂一啼涔之泡；夢耋耄而弔嬰孩，是以暮死之蜉蝣弔朝亡之蜉蝣。問他怎麼？（生）請問夢中有毆我者、有詈我者，是我是他？夢中之榮瘁，醒時元不相干，醒後才悲懽，夢裏未曾相襲，是眞是幻？（外）空中花可以道眞，亦可以道幻；波中相可以道我，亦可以道他。總之，人在世間，正墮在牢獄中一樣，顯白者每日勞勞碌碌，沉埋者終年哭哭啼啼，夢長則獄長，醒早便脫早。秀才，你醒了也？〔註32〕

在盧秀才和黃里道人這一問一答的過程中，可以看出劇作者反映於其中的夢境思想，而劇作者賦予劇作的主題意識也相當強烈：「大顯一場因果，點撥世人」；〔註33〕同時，也能看出當時劇作家、文人士子甚至是當時社會普遍的如何看待夢境的思想；所謂夢大夢小、夢長夢短、生死弔唁、虛實形色、貴賤榮瘁，雖然非盡現實，但也不盡虛幻，藉由虛實相映、無邊無限的境來喻說

〔註32〕（明）陳與郊：《櫻桃夢》，林侑蒔編：《全明傳奇》124冊，頁89～90。
〔註33〕（明）畢魏：《竹葉舟》，〈幻舟〉，林侑蒔編：《全明傳奇》30冊，頁7。

人生，從中勘破人生的有限困境，繼而自有限的人生當中尋求超脫於人世貴賤生死的相對無限，好比所謂貴賤，其實是我們以「金鏡之影、瓦鐺之影」彼此侷限的相對價值觀矣，而所謂生死有限，也只是「暮死之蜉蝣、朝死之蜉蝣」這般同等價值但立點不同的偏差而已。不讓自己再受囿於這些身形天地的價值偏執，在世間找到一個退讓於外的脫醒之地，正是本劇中藉由跨越全本的夢境敷演而表達的意義觀念。

「度脫劇中對被度脫者的人生境遇的描寫是對生活的濃縮和提煉」，〔註34〕因此夢境是一種足以反映現世的「空中花、波中相」，而又脫離於現實的時空感知，上天下地、廣狹邊界均不受限；於是夢境便成爲最適合運用表現虛實、因果的文本載體。

三、人物腳色

（一）度脫道人

在腳色上下場而言，如同夢見兆像關目有相應的圓夢先生，全境皆夢關目也有固定的襲例與人物，即是引領劇中人入夢的神道腳色。「『度脫劇』就是『被度者』通過『度人者』的幫助，經過度脫的過程和行動，領悟生命的眞義，最後得到生命的超升——成仙成佛。」〔註 35〕這便是度脫劇的既定模式，而所謂「度人者」，便是劇中的度脫道人腳色。

例如《南柯夢》的禪師、《櫻桃夢》的黃里道人，以及墨憨齋《邯鄲夢》的呂洞賓，此類人物在劇中身分都是神仙、佛僧、道士之屬，而多以外腳充任點化啓示劇中人的度脫道人腳色。例如《櫻桃夢》的黃里道人曰：「此夢與呂洞賓黃粱夢一般。要使他曉得夢中遭際，不免喚魔王揭去此子睡魔，纔好分點化，引領他上山修道也。」〔註 36〕就盧秀才在夢中走遍人間倒起之時，黃里道人也在夢境中幻化爲盧生所結識遭遇的人物，意圖都在於要指點他看破人間之有限，領他上山修道。《竹葉舟》第四齣〈幻舟〉，法師知悉石崇肖慕人間富貴，於是「就借此人大顯一場因果，點撥世人」，〔註37〕便讓石崇夢入牆上的畫中世界，藉夢境遭遇指示點化石崇，讓他參透死生、皈依法寶。

〔註34〕沈敏：〈元明度脫劇異同辨〉，《武漢大學學報》第58卷第1期，2005年1月，頁62。

〔註35〕沈敏：〈元明度脫劇異同辨〉，《武漢大學學報》第58卷第1期，頁58。

〔註36〕（明）陳與郊：《櫻桃夢》三十五齣，林侑蒔編：《全明傳奇》124冊，頁89。

〔註37〕（明）畢魏：《竹葉舟》第四齣，林侑蒔編：《全明傳奇》30冊，頁7。

以度脫有緣者、煩惱者，並且曉喻世人其因果眞理爲主旨的度脫劇，自然會借助神道人物或是相關的人物，在他們的引領之下，協助世人尋求解脫；又因爲度脫劇爲求反映人生、解讀人生。

「宗教劇中仙人度脫劇中角色令其得道的劇情幾乎是貫串全據的情節重心，而神力相助一般而言對於劇情變化亦是有相當影響的，有時候甚至是扭轉事件發展的契機，故而不可視爲非關鍵情節。」〔註38〕在全境皆夢關目中，於夢境中進行的度脫過程即是全劇故事的主要情節，其重心在於神道人物對於劇中人的作用、點化與開示，因此，所謂的神道人物，亦即現實人事以外的「神力相助」，便是推動情節的第三種衝突來源。

（二）睡魔

另一個需要關注的名詞，便是「睡魔」。睡魔一名在明傳奇夢關目中時有所見，例如《桃符記》、《異夢記》、《喜逢春》、《黃孝子尋親記》、《鴛鴦絲》等劇，在人物的念白唱詞中皆曾出現睡魔之名，而《牡丹亭》以及本類關目劇作之《櫻桃夢》，以及墨憨齊《人獸關》、《玉玦記》等等，睡魔更以腳色身分（末、淨）出場。

例如：《桃符記》第七齣〈包公謁廟〉，劉天儀入夢時即念白：「爲何睡魔神又早攪擾」，而城隍則念白「把劉秀才睡魔揭起」；〔註39〕《異夢記》第八齣〈夢圓〉，主婚使者念道：「夢中再顯些神異，以爲後日應驗。叫小鬼把王奇俊的睡魔揭了」；〔註40〕《喜逢春》三十二齣〈夢勘〉，城隍楊漣在夢人亦呼「揭起□□睡魔」；〔註41〕《黃孝子尋親記》十九齣〈祈夢〉，聖妃娘娘亦曰：「叫鬼判，把二人睡魔揭起來」。〔註42〕這些例子當中的所謂睡魔，當指劇中人的「睡意」，而以生動化、借代性的「揭起睡魔」話語，表示「將他從睡夢中叫醒」的具體動作。至於《鴛鴦絲》十四齣〈餘驚〉，楊直方夢見的虛幻盜匪們唱曰：「那裏是睡魔」，〔註43〕這句唱詞可解爲夢中的盜匪們稱述自己並非虛幻的夢中幻相，強調本折劇情在楊直方躲避盜匪的緊張情境，似乎

〔註38〕高禎臨：《明傳奇戲劇情節研究》（臺北：文津出版社，西元2005年5月），頁162。

〔註39〕（明）沈璟：《桃符記》，林侑蒔編：《全明傳奇》145冊。

〔註40〕（明）王元壽：《異夢記》，林侑蒔編：《全明傳奇》87冊，頁19。

〔註41〕清嘯生：《喜逢春》，林侑蒔編：《全明傳奇》15冊。

〔註42〕（明）佚名：《黃孝子尋親記》，林侑蒔編：《全明傳奇》181冊。

〔註43〕（明）《鴛鴦絲》，林侑蒔編：《全明傳奇》70冊，頁41。

暗指睡魔擁有具體的形相。在一笠菴《人獸關》第一齣〈慈引〉有睡魔的穿戴指示，乃是「付淨赤面金冠扮睡魔上」，〔註44〕並且觀音大士向睡魔囑咐：「桂薪負恩造孽，汝可引彼入夢，變作犬形，以爲負心果報。」〔註45〕睡魔必須聽從觀音大士的指示，而奉命主持劇中人的夢境。

《櫻桃夢》當中的睡魔亦以實際的腳色人物登場排演。第三齣〈入夢〉，由睡魔王（末）開場登演，自報稱曰：

> 春閒居士青松院，晝靜仙人白玉壺；鳳闕鷗汀開混沌，葛巾藜仗上虛無。自家睡魔王是也，奉着俺師父法旨，着俺魔障盧秀才一番，只教那秀才一夢裏富貴從天降下，婚姻剗地諧來；正榮華忽變枯枝，恩交反面、剛冷淡重還熱地，暴客奴顏，逞生平欲逞之雄心，逢意想難逢之快事，歷徧人情世態，無非破妄歸眞。須索魔障那秀才去也。（下）〔註46〕

從這段末腳的自報家門可以得知：睡魔王主掌劇中人夢境中一切事物因果的安排，而且奉受黃里道人的差遣，不過從這段念白尚無法判斷睡魔王的身分是爲現實人物或是神道人物。由《櫻桃夢》卷前的圖版〈入夢〉一幅之中，可以看到這位睡魔王的服飾打扮，乃是「頭戴知了巾，口戴黑巾搭」，〔註47〕身著官服。同劇第八齣〈破嗔〉，則由另一位小魔神（末）開場報敘：

> （末扮小魔神上）則俺是睡魔王案下一箇小魔是也。俺魔王因見盧秀才時常披閱史書，但到不平之處，便投編拍案、豎眼掙眉，聲聲道：「恨不撲殺鼠子。」魔王笑那秀才雄心易動，俠氣難除，着俺引他將史書上武健吏盡情殺取，教夢中做夢，待醒後重醒。……〔註48〕

此段情節爲盧秀才夢中遇上不順不稱之事，爲了幫助夢中的盧生勘破煩惱，已經掌持夢境的睡魔王，又派遣他底下的一位小魔，進入夢中盧生之夢；夢中有夢，睡魔王又有小魔神，各自掌持不同層次的夢境。

睡魔的腳色形相可以在乾隆年間演出的《牡丹亭·驚夢》版本中發現，《崑曲辭典》曰：

〔註44〕（明、清）李玉：《人獸關》，林侑蒔編：《全明傳奇》45冊，頁2。
〔註45〕（明、清）李玉：《人獸關》，林侑蒔編：《全明傳奇》45冊，頁2。
〔註46〕（明）陳與郊：《櫻桃夢》，林侑蒔編：《全明傳奇》124冊，頁5。
〔註47〕元鵬飛：《戲曲與演劇圖像及其他》（北京：中華書局，2007年7月1版），頁210。
〔註48〕（明）陳與郊：《櫻桃夢》，林侑蒔編：《全明傳奇》124冊，頁16。

《牡丹亭·驚夢》原作中，杜麗娘與柳夢梅相會，無睡魔神相引，約乾隆年間舞臺演出增加了睡魔神，引柳夢梅與杜麗娘夢中相會。近代演出〈驚夢〉，一般依照乾隆年間舞臺演出的戲路。小面扮夢神，套夢神面具。〔註49〕

從這裡可以看出睡魔神在舞臺上實地演出的記敘，而編記清代乾、嘉年間舞臺演出的琴隱翁《審音鑑古錄》，收錄該劇的劇本資料則謂：

（副扮睡魔神上作夢中話白介）睡魔睡魔，紛紛馥郁，一夢悠悠，何曾睡熟？某睡魔神是也，奉花神之命，説杜小姐與柳夢梅有姻緣之分，着我勾引他二人香魂入夢。（引小生折柳上，又引小旦與小生對面……）〔註50〕

此處的睡魔有詳細的科介動作，將生旦二人引入夢境之中；詳細的舞臺演出內容，據梅蘭芳的舞臺演出經驗爲：

「《驚夢》的演出慣例，是在杜麗娘唱完《山坡羊》曲子以後，場上接吹一個【萬年歡】的牌子，她就入夢了。吹打一住，睡夢神就要出場。手裡拿着兩面用綢子包紮成的鏡子，唸完『睡魔睡魔，紛紛馥郁。一夢悠悠，何曾睡熟。吾乃睡夢神是也。今有柳夢梅與杜麗娘有姻緣之分，奉花神之命，着我引他二人香魂入夢者！』這幾句，就走到上場門，把右手拿的一面鏡子舉起來向裡一照，柳夢梅就拱起雙手，遮住眼睛，跟著出場了。睡夢神把他引到台口大邊站住，再用左手拿的一面鏡子，在桌上一拍，也照樣把杜麗娘引出了桌外站在小邊。然後睡夢神把雙鏡合起，就匆匆下場了。……」〔註51〕

在這段舞臺演出的記敘中，可以看到實地演出時，睡魔擁有一項引人入夢的砌末：「鏡子」。這項設定並非近代專有，在墨憨齋改本的《人獸關》二十九折〈冥中證誓〉當中，睡魔因桂薪違誓忘恩，將其引入冥途，此時「小淨扮睡魔持鏡上」，並且「將鏡引淨介」，〔註52〕可見睡魔的砌末、腳色設定都已

〔註49〕洪惟助主編：《崑曲辭典》（宜蘭：傳統藝術中心西元2002年5月初版）上冊，頁241。

〔註50〕（清）琴隱翁編：《審音鑑古錄》（臺北：臺灣學生書局，影印清道光十四年東鄉王繼善補雕刊本，西元1987年11月初版），頁553。

〔註51〕許姬傳、許源朱：《梅蘭芳回憶錄：舞臺生活四十年》（北京：團結出版社，西元2006年1月1版），頁172。

〔註52〕（明）馮夢龍：林侑蒔編：《人獸關》，《全明傳奇》57冊，頁31。

有固定的因襲沿用。

因此，「睡魔」在明傳奇中當是一個襲用的名詞，也是一個腳色人物，乃是掌管夢境、安排夢中事宜與發展的神靈。在《櫻桃夢》圖版中睡魔的穿關——官服、朝帽、髯口，顯示祂屬有神格，是個相當正式的腳色人物，但是可能原指一種神格不甚高的神靈。〔註53〕若劇作當中念介「把睡魔揭起」，多是夢中神道人物把劇中人叫醒的用語，又如「為何睡魔神又早攪擾」，則是睡意湧起之意，睡魔是將其具體顯示化的名詞。在全境皆夢關目的情節意義上，是推動故事情節的重要人物——《櫻桃夢》中為盧生擺置夢中人事，《牡丹亭》中為生旦兩人牽繫相會，而引發故事情節的起伏，是屬於外在力量牽引的第三種衝突意義。

據元鵬飛所述，《櫻桃夢》插圖中的睡魔神形象應當取自舞臺，應屬可信；同時，元鵬飛亦統計了睡魔分別以出腳色、不出腳色在劇作中出現的劇作數量，認為就明清劇本考究睡魔表演程式出現的時間年代大幾無差，多見於明代萬曆年間。〔註54〕若就《全明傳奇》所見的劇例裡，運用睡魔表演程式者有第一期的《黃孝子尋親記》，第二期的《玉玦記》，第四期的《桃符記》、《櫻桃夢》、《異夢記》，未知年代的《喜逢春》，第五期的墨憨齋《人獸關》、《鴛鴦絛》，可知除了元鵬飛所述的萬曆年間，其實早在宋元明初時期睡魔即已運用於舞臺上，待到明傳奇發展興盛之際，始有襲用的現象。

四、入夢與出夢

在腳色上下場的科介動作中，「入夢、出夢」是舞臺上表現現實、夢境轉換的重要科介。一般而言，劇本中所見夢境虛實轉換的手法便是「打睡、打夢」科介，有開眼閉眼、昏厥與醒來兩種手法，〔註55〕譬如：《蝴蝶夢》十一齣〈夢疑〉，莊周夢中與骷髏（末）對論生死，當莊周即將夢醒時，「復睡介，末下，生欠伸醒介」，表示場上環境由夢境回到現實；《異夢記》第八齣〈夢圓〉，主婚使者（小生）帶領生入夢時，「生做合言隨小生介」，夢醒時「生做睡醒介」。在劇中人入夢、夢醒之際，都會有相應的科介動作指示。然而，在入夢與出夢的程式動作裡比較特別的涵意與例子有：

〔註53〕廖藤葉：《中國夢戲研究》，頁126。

〔註54〕詳見元鵬飛：《戲曲與演劇圖像及其他》，〈劇本中的夢境與舞臺搬演·從夢境插圖看睡魔王的演出〉，頁209～212。

〔註55〕元鵬飛：《戲曲與演劇圖像及其他》，〈夢境搬演與時空轉換談略〉，頁255～260。

（一）離魂

在某些劇作當中，夢境的活動與人的靈魂活動有很大的關係：夢是靈魂離開身體所見的景象，而夢中出現的其他人物，也是屬於靈魂的狀態。〔註 56〕在《灑雪堂》三十四齣〈西廊哭殯〉（夢者未演），魏鵬入夢之時「生作離魂介」，表示夢境其實就是靈魂離開軀體的活動；《靈犀錦》十八齣〈旅夢〉（夢者參演），張善相夢見瘦紅時，「生入夢，小旦夢魂上」，可知張善相所謂的夢見瘦紅，實則是瘦紅的魂魄；又如《焚香記》二十六齣〈陳情〉，旦入夢曰：「一覺放開心未穩，夢魂先已到陽臺」，以及入夢相會關目中的《偷桃記》十四齣〈追魂攝魄〉，明言勾攝張氏魂魄赴夢，又科介指示曰「丑粧張娘魂上」，〔註 57〕明顯表達出夢境與離魂之間的直接關係。

（二）替身

人物入夢以後，為了在舞臺上同時表達現實、夢境的活動，如同在明傳奇版畫、插畫中見到的人物在現實中入夢、卻又同時浮現夢境內容的景象，便會採用由兩位演員腳色分別扮演現實與夢境中的劇中人物。例如：《紅情言》三十五齣〈京第〉，皇甫曾入夢以後，由另一位生腳上場扮演夢境中的皇甫曾，劇本科介為：「生睡，又一生上」（夢者未演），當皇甫曾被驚醒之際，夢中的生腳旋即下場，而飾演現實中的皇甫曾的生腳即作醒科；《楚江情》二十齣〈錯夢〉，生扮于鵑入睡以後，有「小生扮生魂上」，而當要出夢醒轉之時，則「內鳴鑼，小生急下」，然後生始醒轉過來。此外，也有不同行當扮演同一劇中人的例子，例如《眉山秀》二十六齣〈點悟〉，佛印施法，讓蘇東坡（生）在夢境中夢見自己的前生五戒禪師（外），蘇東坡與五戒禪師實為同一人，而由外腳汾演前世的五戒，入夢時自蘇東坡入睡處跳出上場，待蘇東坡驚醒時又「從小生睡處趕下」（夢者未演），由生、外同飾蘇東坡；《夢磊記》第二齣〈夢授磊字〉，生腳文景昭在入夢之後，有「末另扮生上」，由生、末同飾文景昭。因此，此種「扮飾夢中自己的兩種方式」，〔註 58〕亦即夢者參演與夢者未演的表演差異，就在於表現人物入夢時腳色運用的不同：前者由同一位演員腳色演出，在場上以作睡科介代表夢境與現實的轉換，後者由不同演員腳色飾演同一劇中人，代表夢境與現實並列於場上。簡而言之，此種手法即是「替身」

〔註 56〕廖藤葉：《中國夢戲研究》，頁 21。

〔註 57〕（？）吳德修：《偷桃記》，林侑蒔編：《全明傳奇》98 冊，下卷頁 10。

〔註 58〕廖藤葉：《中國夢戲研究》，頁 140。

的運用，由另外一位演員腳色演出夢境中的人物，此種手法多見於「夢者未演」——作睡介的演員與演出夢中人物的演員不同，甚至有如《眉山秀》、《夢磊記》中替身演員行當也不同的例子。

比較特別的替身運用，是入夢相會關目中的《偷桃記》十四齣〈追魂攝魄〉，由末、丑二人粧扮旦（劇本稱作假旦）演出，也是由不同的演員、不同的行當飾演另外一位劇中人，不過本段情節主要用於詼諧逗笑，是較爲特殊的例子。

（三）回復原狀

「一夢到南柯，醒來還依舊」，〔註 59〕劇中人在夢境中走過一遭、排演遍歷之後，在即將出夢之時，又會回復到原來的狀態——打扮、姿勢或是位置，以顯示方才的大段夢境，雖然經已演出了數十折之久，但是在現實中卻不過短短須臾之間，達到「六十年光景都攢促在一兩個時辰」的時空認知差異。短促的例子像是《清忠譜》第八齣〈忠夢〉，周順昌夢見入宮彈劾魏忠賢，醒過來時「作跌在舊處坐介睡去介，爾後夢醒」（夢者參演）；以及一笠菴《人獸關》二十齣〈冥誓〉，桂薪夢入冥府，醒來時「淨身在原睡處作夢醒介」。〔註 60〕《意中人》第五齣〈夢緣〉，史玉郎在將醒之際，劇本科介指示爲「生趕上介仍跌舊處睡介」。〔註 61〕而長緩的例子，比如本類夢關目的《櫻桃夢》，盧生在第三齣〈入夢〉時「作睡介」而進入夢境，到了三十五齣〈出夢〉夢醒時「生易初服上」（夢者參演），在劇中先回到原先睡榻之處「推其就榻而作前睡介」，〔註 62〕自夢中嘗盡的人生百態中回歸到原來現實中的狀態；墨憨齋《邯鄲夢》二十八齣，盧生出夢時「換舊衣巾，向舊睡處枕土倒介」（夢者參演），不僅衣著打扮回復爲原狀，同時，也回復到原先睡著入夢時的姿勢。而像是《鸚鵡墓貞文記》二十四齣〈夢游〉，玉娘夢見回到龍宮，一切事物盡知分曉以後，當夢中的玉娘要醒轉回現實之際，場上由丑腳夜叉將玉娘背回她在舞臺上入夢的原處〔註 63〕（夢者參演），運用了丑腳本身插科打諢與出戲的

〔註 59〕（明）羅懋登：《香山記》，林侑蒔編：《全明傳奇》8 冊，【旦引】曲詞，頁 12。

〔註 60〕（明、清）李玉：《人獸關》，林侑蒔編：《全明傳奇》45 冊，頁 41。

〔註 61〕闕名：《意中人》，林侑蒔編：《全明傳奇》39 冊，頁 8。

〔註 62〕（明）陳與郊：《櫻桃夢》，林侑蒔編：《全明傳奇》124 冊，頁 89。

〔註 63〕（明清）孟稱舜：《鸚鵡墓貞文記》林侑蒔編：《全明傳奇》73 冊，頁 35 科介曰：「丑背旦到睡介」。

特性，暫時使用了與情節、舞臺無關的科介，讓腳色達到「出夢後，回復原來狀態」的要求，是一種比較特別的設計。

而在表現夢境虛實轉換之時，場面會有因應的設計，也就是「鳴鑼」、「吹打」。例如：《意中人》第五齣〈夢緣〉，在史玉郎入夢、四仙女引領劉夢花出場時，有「內細吹打」；〔註 64〕《雙金榜》十二齣〈散花〉，在天女登場時、以及女主角盧弱玉將要睡醒之時也有「內細吹打介」。〔註 65〕以此表現場上夢境與現實場景的交替變換。

夢關目有三種表現形式：夢者參演、夢者未演與口敘念唱，入夢與出夢科介爲前二者之所必需，代表場上環境、劇中人狀態的轉變，同時也反映了夢境和魂魄活動的觀念；而藉著腳色的靈活運用，又可以表現出夢境與現實虛實交錯的表演效果。「醒不出思慮之中，夢卻出思慮之外，則怕夢也不假」，〔註 66〕並且「大顯一場因果，點撥世人」便是此類度脫劇運用夢關目的主要核心精神。在夢中遍遊人間世事，「祇將桑海千秋事，付與槐南一夢中」，〔註 67〕則是此類關目表演的特色與效果。

第四節　神靈入夢

一、使用劇作

神靈入夢關目乃指劇中人於夢中逢遇神靈人物，與其互動或是受其幫助，構成主線情節之一，或是成爲推進情節的重要因素。本關目使用頻率極高，僅次於夢見兆象關目，推動情節的作用也更爲重要；而且相較於夢見兆象關目常用的口敘念唱形式，神靈入夢關目運用了更多的夢者參演的表現形式，腳色和表演都有更爲豐富的表現。使用的劇作如下列整理：

第一期：《周羽教子尋親記》、《原本王狀元荊釵記》、《琵琶記》、《黃孝子尋親記》

第二期：《玉玦記》、《舉鼎記》、《寶劍記》

第三期：《綵毫記》、《曇花記》

〔註 64〕闕名：《意中人》，林侑蒔編：《全明傳奇》39 冊，頁 7。

〔註 65〕（明、清）阮大鋮：《雙金榜》，林侑蒔編：《全明傳奇》53 冊，頁 40、頁 41。

〔註 66〕（明）陳與郊：《櫻桃夢》第二齣〈聽講〉，林侑蒔編：《全明傳奇》124 冊，頁 5。

〔註 67〕（明）王錂：《春蕪記》，林侑蒔編：《全明傳奇》101 冊，頁 42，小生之念白。

第四期：《三祝記》、《牡丹亭》、《長命縷》、《春蕪記》、《桃符記》、《彩舟記》、《異夢記》、《焚香記》、《橘浦記》、《雙鳳齊鳴記》、《靈寶刀》

第五期：墨憨齋《人獸關》、《一種情》、《女丈夫》、《天馬媒》、《太平錢》、墨憨齋《永團圓》、《衣珠記》、《二胥記》、《風流夢》、《明月環》、《望湖亭》、《萬事足》、《夢花酣》、《夢磊記》、《翠屏山》、《嬌紅記》、《磨忠記》、《雙金榜》、墨憨齋《雙雄記》、《雙螭璧》、《鸎鵡墓貞文記》、《金鎖記》、《意中人》

未　知：《三社記》、《金花記》、《金貂記》、《香山記》、《喜逢春》、《粧樓記》、《玉釵記》

以上共50部劇作。

第一期					
劇　目	齣　目	腳色人物	表現形式	情節內容	作　用
周羽教子尋親記	十五 託夢	小生（金山大王） 鬼判 末（解子） 生（周羽）	夢者未演 （小生、末、生：念唱）	解子張文押周羽途中欲加害，爲金山大王解縛，反綑張文，並於夢中傳話曰：勿害周羽，日後當與其子富貴團圓。	重要
原本王狀元荊釵記	二十八	官外（錢安撫） 丑 旦（錢玉蓮）	口敘念唱 （官外：念白）	錢安撫夢見神道囑咐，救助投江節婦，並收爲義女，即爲錢玉蓮因王十朋休妻重婚相府，被母親逼改嫁，不願事二夫而不從。錢安撫收留之。	重要
琵琶記	描容	旦（五娘） 外（土地山神） 丑（白猿使者） 淨（黑虎將軍） 末（張大公） 丑	夢者未演 （外、丑、淨：念唱）	趙五娘夢見土地山神率領陰兵與猿虎二將幫助修墳，並囑咐改換衣衫進京尋夫，將有仙長指引去路。	重要
黃孝子尋親記	二十二	末 丑 生 外（姜半仙） 付	口敘念唱 （生：念白）	黃孝子於客船講述尋親一事，姜半仙指點黃孝子所祈之夢並爲其解夢。	重要
第二期					
劇　目	齣　目	腳色人物	表現形式	情節內容	作　用
玉玦記	二十五 夢神	旦（秦慶娘） 丑 外（癸靈廟神） 淨（鯨波使者）	夢者參演 （旦、丑、外、淨：念唱）	慶娘自縊，癸靈廟神令鯨波使者救起，預示「叛賊將誅滅，夫君已顯榮，團圓逢玉玦，咫尺在神京」。	重要

	三十一	小旦（李娟奴） 淨（鬼） 丑（鬼使） 占	夢者參演 （小旦、淨、丑：念唱）	李娟奴夢見鬼卒索命。	重要
	三十四	外（癸靈神） 睡魔 生 鬼卒 淨 小旦	夢者參演 （生、小旦、外、鬼卒、睡魔、淨：念唱）	王商夢中與癸靈神折證李娟奴欺人欺天，罰三世爲牝豬，並預示王商將與妻子重逢，得獲大祿。	重要
舉鼎記	三 夢助	生（伍員） 老（老君） 大力（大力神）	夢者參演 （生、老、大力：念唱）	伍員夢李聃率大力神傳奪命神槍、賜金丹、石匣神飛槍與盔甲。	重要
寶劍記	三十七	生（林冲） 淨（伽藍）	夢者未演 （淨：念白）	林冲奔赴梁山，睡夢中伽藍警示後有追兵。	交代
第三期					
劇　目	齣　目	腳色人物	表現形式	情節內容	作　用
綵毫記	三十八 仙官列奏	旦（直殿仙官） 貼（直殿仙官） 外（司馬子微） 小外（葉眞人） 末（清虛道士） 老旦（李騰空）	口敘念唱 （外：念白）	李白誕生時，其母夢太白入懷，又夢金粟如來手執青蓮，摩頂授記；眾仙請詣太上道君，應允李白夫妻證道升仙。	交代
曇花記	五十二 菩薩降凡	旦（衛氏） 貼 小旦 靈照	口敘念唱 （旦：念白）	木清泰夫人衛氏夢土地說明三年前說法是靈照菩薩；土地扮木清泰模樣回家測試衛氏道心，且說明靈照菩薩今午降臨；靈照菩薩見衛氏與二妾道心甚堅，親臨授與妙訣。	重要
第四期					
劇　目	齣　目	腳色人物	表現形式	情節內容	作　用
三祝記	九	旦 末 小生 生（范仲淹） 淨（威靈大王）	夢者未演 （淨：念白）	范仲淹二子將遠行，范仲淹夢威靈大王威逼不能拆廟改建書院，不然將禍及子女。	交代
牡丹亭	十 驚夢	旦（杜麗娘） 貼 生（柳夢梅） 末（花神） 老旦	夢者參演 （生、旦、末：念唱）	杜麗娘夢書生持柳枝，兩人於花園中幽會。	重要

長命縷	十七 導師	貼（觀音） 小生（善才童子） 小旦（龍女） 淨（氤氳大使） 旦（邢春娘） 貼（女弟子）	夢者參演 （全部演員：念唱）	觀音囑令氤氳大使，引楊玉（邢春娘）入夢，前來會勝寺相會，而邢春娘夢見向觀祈福問法，此夢爲觀音主導。	重要
春蕪記	十四 宸遊	小生 淨 外 末 眾 小旦（神女） 二旦（仙女） 三旦（女使）	夢者未演 （小旦、二旦：念唱）	楚襄王巡遊雲夢臺，夢二位神女敘詩「塵緣未了意徘徊，暫向人間去復來，欲問妾家何處是，行雲行雨在陽臺」，襄王意尋人將此事撰成一賦紀異。	預示
桃符記	七 包公謁廟	外（城隍） 生（劉天儀） 淨（包公） 道士	夢者未演 （外、生：念唱）	劉天儀夢城隍囑咐些言語示功名婚姻事，然詩意不清；紅杏龍頭，想是明歲登第之兆，又言跨鳳偏宜年少，當是婚姻之事。	預示
	二十七 城隍賜丹	外（城隍） 老旦（曾氏）	口敘念唱 （外：念白）	城隍託夢傳樞密，教養育青鸞爲女，招劉天儀爲婿，並且將還魂丹設計與裴老嫗曾氏拾去，以救活青鸞。	重要
彩舟記	二十六 悔罪	生（江情） 淨（龍王）	夢者參演 （生、淨：先念白，後念唱）	江情夢吳小姐寄情詩一首，醒來成誦並和詩而作；隨後入夢，夢見龍王敘江、吳一人合分離之因，皆乃不敬於氤氳大使、出言譏謗所致。	重要
	二十八 奪解	小生（試官） 小旦（門子） 淨（龍神）	夢者參演 （小生、淨：念唱）	試官敘述入夢同時，龍神將江情的卷子放至面前，並且手書江情二字於考官案桌上，指示令江情高中。	重要
異夢記	八 夢圓	生（王奇俊） 小生（主婚使者） 鬼 旦 外	夢者參演 （小生、生、旦：念唱）	王奇俊在主婚使者主導下到顧客容房中幽會，互贈紫金碧甸環、水晶雙魚珮，醒後果見信物交換。	重要
焚香記	二十六 陳情	外（海神） 旦（敫桂英） 外（謝德惠） 丑（老媽媽）	夢者未演 （外：念白）	桂英因王魁負心、被媽媽逼改嫁金壘，向海神哭訴，海神於夢中喻示：與王魁前世有善惡相鬪爭，待陽壽終時才能折證明白。桂英醒後，自絞而死；謝德惠、老媽媽因算命而發現桂英有兩晝夜的黃泉之厄，尚有回生之兆。	重要

	三十 回生	外（謝德惠） 丑（老媽媽） 淨（青牛道人）	口敘念唱 （外：念白）	謝德惠夢海神指示已放桂英還魂，但因咽喉氣絕無由接引，近日有個青牛祖師常到廟間閒遊，明日到來，可拜求於他；此青牛道人乃受海神之託，延請至此。桂英醒轉，述說海神辨非之事，方知王魁並未負心，乃是金壘所設之休書圈套。	交代
橘浦記	十九 夢應	老旦（柳氏） 小生（白黿）	口敘念唱 （老旦：念白）	靈蛇托夢與柳毅母親，賜金丹使醫治虞相女兒，讓柳毅脫去牢獄之災，並得良緣。白黿義助柳母盤纏赴京。	重要
雙鳳齊鳴記	六	關 倉 小外（李全） 末（趙雲）	夢者未演 （關、倉、末：念唱）	關羽命趙雲夢中教李全鎗法。	交代
靈寶刀	二十七 窘迫投山	生（林冲） 淨（伽藍）	夢者未演 （淨：念白）	林冲夜奔梁山，暫宿伽藍殿，伽藍示警，使林冲急急醒來趕路。	交代
第五期					
劇　目	齣　目	腳色人物	表現形式	情節內容	作　用
一笠菴人獸關	二十 冥誓	淨（桂薪） 付淨（睡魔） 外（閻羅天子） 鬼判 生（施濟） 旦	夢者參演 （全部演員：念唱）	桂薪忘恩負義，違背誓言，睡夢中被引入冥途顯示善惡因果，爲惡的妻女受變爲犬狗之處罰	重要
	二十七 獸訣	旦（桂妻／施濟） 小旦 淨（桂薪）	口敘念唱 （淨：念唱）	桂薪妻子病重，並化身爲施濟。桂薪向女兒敘述先前夢人冥途之事	交代
墨憨齋人獸關	二十九 冥中證誓	淨（桂薪） 小淨（睡魔） 外（閻羅大王） 生（蘇州府都土地・施濟） 旦（桂妻） 丑（桂喜）	夢者參演 （全部演員：念唱）	桂薪忘恩負義，違背誓言，睡夢中被引入冥途顯示善惡因果，妻女接受變爲犬狗之處罰。	重要
	三十 犬報驚心	貼 旦（桂妻／施濟） 淨（桂薪）	口敘念唱 （淨：念唱）	桂薪妻子病重，並化身爲施濟。桂薪向女兒訴說前夢。	交代
一種情	二十三	淨（何家蒼頭）	口敘念唱 （淨：念白）	何家奴僕轉述二小姐慶娘夢於周王廟中與已亡大姐	預示

				與娘相見，並言有日再生；奴僕於廟中得神道囑咐四句言語，回復家主夢中得語。	
女丈夫	六 西岳示夢	外（西岳大王） 雜（鬼判） 生（李靖）	夢者未演 （全部演員：念唱）	李靖於西岳廟傾吐抱負後入睡，夢西岳大王，李靖卜問是否有天子之命，神靈預示李靖後事之發展，以〔西江月〕一辭指示婚姻前途：遇紅拂、李世民、張仲堅。	預示
天馬媒	十三 夢讖	小旦（薛瓊瓊） 老旦（織女） 丑（牛郎） 生（黃損）	夢者參演 （全部演員：念唱）	薛瓊瓊七夕拜禱織女牛郎，織女入夢寬慰與黃損情事，繼夢黃損入夢而不理睬瓊瓊，使瓊瓊有負心感歎。	交代
太平錢	六	小生（韋固） 淨（赤虬兒） 外（月老）	夢者參演 （小生、外：念唱）	韋固於廟中夢月下老人告以與曲江公小姐無緣，已妻目前是周之歲嬰兒，乃是集義村一瞽目老嫗抱著的小兒。此兒日後與韋固成婚，女鬢邊傷痕為韋固所致。	預示
墨憨齋永團圓	二十七－都府摇婚	淨（江納） 外 貼 維 生	口敘念唱 （生：念唱）	高中丞敘女兒幼時夢神人指為蔡郎之妻。此為捏造。	交代
衣珠記	六 墜水	小生（龍王） 旦（劉湘雲） 眾水族	夢者參演 （全部演員：念唱）	龍王因得趙旭搭救，為相報而將言托夢王氏，以合姻緣、成進取，完其報恩。劉湘雲墜水而入龍宮，龍王送往夷陵與王母為女，並交付湘雲在衣衲一件，中藏明珠，囑咐於指定時日贈予一貧士，亦即趙旭。	重要
	九 相救	老（王寡婦） 旦（劉湘雲）	口敘念唱 （老：念白）	王寡婦夢見龍神囑咐：申時左側有一貴人之妻遇難，可救為兒，即為劉湘雲。	重要
二胥記	二十 投菴	丑（尼姑） 老旦（尼姑） 貼 旦 末	口敘念唱 （丑：念白）	湘皇廟尼姑夢神女娘娘說有兩位女貴人落難到此，須好生供養，日後定有好處。	預示
風流夢	七 夢感春情	旦 貼 生 末（花神）	夢者參演 （旦、生、末：念唱）	幾同牡丹亭十齣〈驚夢〉。	重要

明月環	二十二 魂斷	外（氤氳使者） 淨（荊棘） 旦（三仙羅浮） 小旦（青娥） 小生（石鯨）	夢者參演 （全部演員：念唱）	氤氳使者攝荊棘入夢，審斷荊棘奸計：覬朋友妻、逼妹自殺，與化身青娥、石鯨、羅浮三仙的愛情糾葛。	重要
望湖亭	三十四 嗜酒	生（錢萬選） 外（店主人） 丑 旦 末（文昌帝君） 小丑（魁星）	夢者未演 （生、丑、旦：末、小丑：念唱）	文昌星命魁星引錢萬選夢魂，授予制策，使及第狀元。	交代
萬事足	三 評文受教	外（周約文） 淨（土地） 副淨（判官） 生（陳循） 小生（高谷） 丑（顧愈）	夢者未演 （淨、副淨：念唱）	城隍廟土地判官入周約文夢中泣訴被其學生陳循醉後戲筆，而文曲星貶雲南、冀北，先此代求情。	預示
	八 旅中佳夢	生（陳循） 丑（顧愈） 旦（嫦娥） 老旦（侍女） 淨（吳剛） 小生（文昌帝君） 貼（侍童） 副淨（雷神） 淨（紅臉鬼）	夢者參演 （生、旦、老旦、淨、小生、貼、副淨、淨：念唱）	陳循進京趕考途中夢仙人贈予丹桂第一枝，杏花第一枝。嫦娥託吳剛領陳循入夢，以丹桂一枝預示，並有雷神領文昌帝君，授陳循杏花第一枝；文君曰陳循本該連中三元，但因先前戲筆貶謫土地判官之神，杏花被紅臉鬼奪去，上帝命其罰去一元；今再授予杏花第二枝、宮花第一枝以賜錦程。此乃暗示後事：陳循被革會元，殿試始中狀元。	重要
	二十五 貞女拒奸	小淨（胡謅） 老旦（道姑） 貼（柳新鶯） 雜	口敘念唱 （貼：念白）	胡謅意欲設計強娶柳新鶯。柳新鶯臨產夢神人贈五色鳳毛，以此名命子。	交代
秣陵春傳奇	十五 思鏡	旦（黃展娘） 貼 老旦 末（鏡神）	夢者未演 （末：念唱）	黃展娘在鏡神的引領之下，在睡夢中離魂，與徐適相見、合婚，分離後再次還魂醒轉。	重要
夢花酣	一 夢瞥	生（蕭斗南） 丑（憨哥） 小旦（花神） 貼旦（花神） 旦（魂）	夢者參演 （小旦、貼旦、旦、生：念唱）	蕭斗南夢花間女子微笑不答語，花神於其間粧演。	預示
夢磊記	二 夢授磊字	生（文景昭） 小生（鄭彬） 外（白玉蟾）	夢者未演 （外、末：念白）	文景昭夢見道士白玉蟾授一磊字，喻示未來婚姻功名俱在其上。	預示

		末（文景昭） 淨（鄭興）			
翠屏山	二十五	正旦（潘巧雲） 占（迎兒） 生（楊雄）	口敘念唱 （生：念白）	楊雄託言夢神道見責未還舊願，藉燒香名義尋機手刃巧雲、迎兒二人。	交代
嬌紅記	五十 仙圓	生（申純） 旦（王嬌紅） 外 貼 老旦 小生 末 外（東華帝君）	夢者參演 （生、旦、貼、外：念唱）	飛紅夢小姐與申生明說墳邊相見，兩人魂靈題詩壁上，以爲應驗。隨後東華帝君告知二人，原乃瑤池上之金童玉女，因一念思凡而貶謫人世，今歷經人間相思之苦，合歸正道，分別受封玉皇案下修文侍史、王母臺前司花仙女。	重要
磨忠記	二十九 夢激書生	小外（錢嘉徵） 雜（關帝／周倉） 書童	夢者未演 （雜：念白）	關羽托夢錢嘉徵勉勵掃盡魏忠賢妖孽，完結公案。	重要
雙金榜	十二 散花	旦（盧弱玉） 小旦（天女） 老旦（天女） 小旦（梅香）	夢者參演 （唱：旦、小旦、老旦）	盧弱玉於自家綉閣夢見天女拋下一枝牡丹花於髻上，醒來時發現一株牡丹花在旁，丫鬟梅香見狀，連稱此爲姻緣吉兆。	預示
墨憨齋雙雄記	十 幫興計訟	丑（留幫興） 淨（丹三木）	口敘念唱 （丑：念白）	留幫興夢觀音菩薩讚美自己寫狀子，始終如一，翌日必有事業上門。應兆丹三木前來，請予協助狀告丹信。	預示
雙螭璧	十七	付（奚屺） 旦（梅氏） 外（城隍） 淨（土地） 老旦丑	夢者參演 （付、旦、外、淨：念唱）	花園土地攝奚屺魂，與冤死梅氏魂對理被奚屺殺害情事。	重要
鸚鵡墓貞文記	三 衷詢	生（沈佺） 丑（尼僧）	口敘念唱 （生：念白）	沈佺父親夢菩親送善才來，而生下一子沈佺。	預示
	四 家訓	外（張懋） 淨（劉氏） 旦（玉娘） 老旦（紫娥） 貼（霜娥）	口敘念唱 （外：念白）	張玉娘父夢菩薩賜瓊珠三顆，母吞其一，有孕生女，即爲玉娘。	預示
	二十三 魂離	末（觀音） 生（善才） 旦（龍女） 淨（老僧） 生（沈佺） 褋（夫） 貼（夢中沈佺） 旦（玉娘）	夢者參演 （末、生、旦、淨、貼：念唱）	觀音告示善才、龍女之降生，並且要二人於沈佺夢中指點；沈佺於觀音庵夢一對男女，男即自己，女爲若瓊，而有不知孰眞孰假的疑問。	重要

	二十四 夢游	旦（玉娘） 丑（夜叉） 外（龍王） 淨（龍母） 生（沈佺） 老、貼（紫娥、霜娥） 小生（鸚鵡）	夢者參演 （全部演員：念唱）	張玉娘夢回到龍宮，而不識原本的父母姐妹；沈佺、紫娥霜娥、鸚鵡俱入夢，與其有一番搬演。觀音現身指示，沈佺／善才即歸本位，玉娘再往人世遍歷惡趣，然後指引還歸大道。	重要
金鎖記	二十六 魂訴	眾 外（竇天章） 丑（胡圖進，山陽縣知縣） 淨（典告進，山陽縣吏） 丑（土地） 小旦（竇天章亡妻）	夢者未演 （丑、小旦：念唱）	竇天章到山陽縣審查炎天降雪奇冤，竇娥母親鬼魂因土地引領，得似托夢竇天章敘說女兒冤情，指示將竇娥文卷翻在上面，並喻言「欲知金鎖事，須問賽盧醫」。	重要
意中人	三 遊園	外（劉章） 小旦（劉夫人） 旦（夢花） 貼（茜紅）	口敘念唱 （外：念白）	劉章夢神仙贈海棠一枝，遂生其女，命女名爲夢花，又綉花王聖像拱於園中，夫人女兒朔望禮拜。	交代
	十八 驛夢	末（花神） 付 雜 旦（劉夢花） 貼（花仙） 喜娘	夢者參演 （旦、貼、喜娘：念唱）	因史劉二人雖有姻緣，但緣分尚遲，故先以夢境相感。故先以夢境相感。青條夢花神指示救助投水自殺的劉夢花，而劉夢花的自殺亦是花神安排。此折爲夢花夢得下嫁吳公子，以爲不得再見史玉郎，興起投水之念。	重要
未　知					
劇　目	齣　目	腳色人物	表現形式	情節內容	作　用
三社記	四 入夢	丑（賣字帖） 小丑（賣畫） 生（孫子眞） 小生 末（鄭虔）	夢者未演 （末：念唱）	孫子眞夢鄭虔道人指示遊仙修道，訪海內名家，以省悟苦海紅塵，可以名世資身。	預示
金花記	二十	小生（鈕耿） 末 生（周雲） 外 淨	口敘念唱 （生：念白）	周雲因故再度誤考，蒙獲鈕耿等人見召面試，通過而得以領軍報國。試中言道夢得九天玄女授兵書劍術，學悉行軍進退之法。	交代
金貂記	三十七	小生（薛丁山） 末（土地）	夢者未演 （末：念白）	薛丁山夢孝眞仙子使者土地轉贈寶劍一口，醒來後果眞有一劍，助薛丁山成功破敵。	重要

香山記	六 花園受難	旦（妙善） 外（世尊）	夢者未演 （外：念白）	妙善夢世尊說明自己前身是天正法明王，因觸犯佛法，被罰投胎的始末，並賜木魚素珠，使修佛法。	重要
喜逢春	三十二 夢勘	生（毛士龍） 小生（楊漣） 淨（魏忠賢） 丑（崔呈秀） 老旦（客氏）	夢者參演 （全部演員：念唱）	楊漣死後成城隍，攝毛禹門入夢同勘魏忠賢、崔呈秀、客氏罪責，以爲不臣者戒。	重要
粧樓記	三 燒香	貼（春梅） 旦（周意娘） 生（陳宜中）	口敘念唱 （貼、旦：念白）	周意娘夢圓清寺金佛相語，醒來至寺進香；陳宜中適逢意娘，心生愛慕，兩人暗生情愫。	重要
	三十五 投水	老旦（觀音） 外（土地） 生（判官） 淨（鬼） 小淨（吳元） 小生末（金兵） 旦（意娘） 老旦（尼僧） 占（春梅） 丑（白蓮）	口敘念唱 （旦：念白） （丑亦有一夢，但爲打諢，無干情節）	觀音護佑被吳元逼婚的周意娘，引她到圓清寺；庵中尼僧、白蓮助意娘脫逃，憶及當初夢金佛相語：得遇陳宜中，後又入夢，未知其凶吉，意欲投江於粧樓前之柳塘；春梅因不見意娘蹤影，也隨之跳水。兩人先後得土地等神相救。此時吳元殺入，眾神靈上場，指示將陳宜中夫婦接至漢中圓清寺相會、吳元押赴酆都，受罪之尼僧白蓮，令其速行甦醒。	重要
玉釵記	十三	小淨 末（何家奴僕） 生（何秀文）	口敘念唱 （生、末：念白）	何文秀夢神道說明父母雙亡，全家星散，第二日有難星過度口；何家奴僕夢指示與主人相會，並救助小主人脫困。	預示
	十四	旦（王瓊珍） 丑 末（土地）	夢者未演 （末：念唱）	王瓊珍夢土地指示與何文秀有夫妻姻緣，次日當西園邂逅。	重要

二、情節作用

（一）重要、預示：即實演出

「鬼神如不助，空有筆如刀」，〔註68〕神靈入夢的情節作用，最主要在於推動情節的發展——當劇中人遭逢困難，藉由神靈於夢中的指示、協助，使問題獲得解決的契機，或者暗示往後的線索。

〔註68〕（明）汪庭訥：《彩舟記》，林侑蒔編：《全明傳奇》131冊，頁30。

例如：《周羽教子尋親記》十五齣《託夢》，周羽在被押解的途中差點被解子張文加害，後來被金山大王解救，並且反綑張文，更在張文的夢中傳話，要他不得加害周羽，讓他往後得以富貴團圓。《舉鼎記》第三齣〈夢助〉，伍員夢見李聃老君率大力神傳授奪命神槍、金丹、石匣神飛槍與盔甲，順應情節的走向與需要使伍員獲得協助而上戰場。《牡丹亭》第十齣〈驚夢〉，杜麗娘、柳夢梅在花神的幫助，兩人於夢中幽會，是本劇生旦情節的關鍵核心。《異夢記》第八齣〈夢圓〉，王奇俊在主婚使者的主導下，來到顧雲容閨房相見，並且互贈定情信物：紫金碧甸環與水晶雙魚珮，亦是全劇情節的特殊關鍵。墨憨齋《人獸關》二十九齣〈冥中證誓〉，桂薪忘恩負義，由睡魔神勾領入夢，引至閻羅大王殿前顯示惡報，妻女遭受化犬之苦，反應劇作本身顯映善惡果報的主題思想，更是劇情的高潮之一。然而除了主要情節的一環之外，也可用作重要預示的例子，例如：《女丈夫》第六齣〈西岳示夢〉，李靖在西岳廟入睡後，夢見西岳大王，贈以〈西江月〉一詞，暗示他的婚姻與前程。《太平錢》第六齣，主人公韋固夢見月下老人，告知自己與心儀的曲江公女兒沒有緣分，未來與自己成親的妻子，現在還只是滿周歲的嬰兒，在集義村某位瞽婦的襁褓中，韋固因而心生怨懟，找到這位瞽婦的嬰兒並且持刀刺傷了她；然而，在往後的劇情發展中，她將應驗月下老人之說，和韋固成婚，在她髮鬢邊的傷痕即是當年韋固持刀所致，月下老人一夢成爲了至關緊要的伏筆。《萬事足》第三齣〈評文受教〉，由於陳循一日酒醉行經土地堂，戲書一聯，將城隍廟土地與判官分貶雲南、冀北，土地與判官乃夜入陳循之師周約文夢中求訴，結果成爲日後陳循先被革去會元、再次經過殿試始成狀元的呼應伏筆。神靈入夢關目一則用於主線情節之內之一，一則用於劇作起伏之隱筆，於情節意義而言相當重要。

神靈入夢關目在一部劇作中有時不只出現一次，在主線情節中占有更爲重要的分量，甚至貫串全劇。例如：《玉玦記》二十五齣、三十一齣與三十四齣，先有癸靈神與鯨波使者救起本欲自縊的慶娘，而欺人欺天的李娟奴夢見鬼卒前來索命，寢食難安；爾後癸靈神在主人公王商的夢中折證李娟奴的惡行，罰她三世化爲牝豬，並且預示王商將與妻子重逢，更能得獲富祿。《桃符記》第七齣與二十七齣，劉天儀先是夢見城隍囑咐他紅杏龍頭、跨鳳年少，預示他往後的功名婚姻；之後，城隍託夢給傅樞密，要他將女主腳青鸞收爲女兒，並且招劉天儀爲女婿，更設計將還魂丹經過一番轉手以後救活青鸞，讓男女主腳終成眷屬。《彩舟記》二十六齣與二十八齣，江情鍾情於吳秩之女，日夜思念；龍王乃入江情夢中告知他倆情事分合之關鍵，並且幫助江情奪解、入京赴試高中，終與吳女成婚。《焚香記》二十六齣與三十齣，桂英向海神哭訴王魁負心，被逼改嫁，海神入夢喻示，必須等到陽壽終盡，方得折證，桂英乃自縊；在經過海神的辨非折證之後，方知王魁並未負心，而是垂涎桂英的金壘設下的圈套，海神便讓桂英復生，重回陽間。《鸚鵡墓貞文記》前後運用三、四、二十三、二十四共計四齣關目，貫串全劇中心情節。這些劇作中的神靈入夢關目，重複運用於劇中，而且更是主線情節的重要發展。

（二）交代：聯繫補綴

相較之下，也有和劇情甚少關連、用於交代枝節的劇例，例如《寶劍記》三十七齣與《靈寶刀》二十七齣，都是林冲在夜赴梁山途中夢見伽藍，向他警示後有追兵，快快上路，在全劇故事鋪敘的必要性而言，這段關目情節可有可無；此種關目的作用有如前述的《鴛鴦絛》十四齣〈餘驚〉一般，實用於場面與節奏的調整。又《望湖亭》三十四齣〈嗜酒〉，在全劇末折之前，文昌帝君命魁星引領錢萬選魂魄入夢，授予制策，助他及第狀元，此二段關目都已近尾聲，在情節上同樣地無足輕重，而且劇終在即，僅有補綴、交代與收攝情節之用，難以再行鋪敘。《萬事足》二十五齣〈貞女拒奸〉，則以口敘念唱的方式，僅僅是交代柳新鶯因爲臨產之際夢見神人贈予五色鳳毛，便以此故爲子命名矣矣。以口敘念唱表演的例子，有：《綵毫記》三十八齣〈仙官列奏〉，將入結局之際，因爲李白誕生之時，母親夢見金粟如來爲其摩頂授記，而今眾仙請詣太上道君，求允李白夫妻證道成仙，以口敘方式交代；《曇花記》五十二齣〈菩薩降凡〉，木清泰夫人衛氏夢見土地神說明種種情事，均是驗證衛氏與兩位小妾的道心是否堅正，對比於全劇故事，僅是在結局時對於前述情節的交代。墨憨齋《永團圓》二十七齣〈都府挜婚〉，高中丞揑造女兒幼時曾經夢見神人爲其指婚，是爲誆造，對於情節本身沒有太大的影響。

舉《萬事足》前半主要情節爲例，陳循因爲一時戲筆，無意間貶謫了土地神與判官，兩位神祇來到周約文夢中說訴，因而導致往後陳循先被革去會元、然後再得狀元的曲折情節。而在第八齣〈旅中佳夢〉，陳循於進京趕考途中夢見仙人贈花：嫦娥託吳剛領陳循入夢，贈予丹桂第一枝，雷神也引領文昌帝君前來，授付杏花第一枝，此時卻有一紅臉鬼奪去杏花；文昌帝君告知陳循，原本他應當連中三元，由於先前戲筆貶謫土地與判官，因此上帝罰去一元，暗示陳循將會先被革去會元，而文昌帝君再授予杏花第二枝、宮花第一枝，乃是喻示陳循往後將會再通過殿試而中狀元。在《萬事足》劇作的安排之下，重要情節先行在前十折之內埋下伏筆，而且夢境與前後情節互相呼應、各自交代，以編夢故事來說，實屬成功的佳品。

「夢中神語還堪信，莫道無神也有神。」〔註 69〕神靈入夢關目作爲重要情節關鍵時，對於全劇故事有相當的積極意義，就情節而言，當屬「外在力量」的第三種衝突；若從搬演的層面來看，某些看似不需要的情節枝末，其實有著場面調度、勞逸均衡與交代情節的用意。

三、人物腳色

神靈入夢關目的關鍵人物，便在於這些安排登場的神靈腳色，而某些神靈人物就如同睡魔一般，以襲用前例的方式運用在相應的劇作故事當中。

（一）氤氳使者

「傳奇十部九相思」，生旦情愛是傳奇劇作中常用的題材，而爲了克服困難、成就情緣，能夠掌持人間姻緣的神祇自然成爲了傳奇劇作中設定襲用的對象。例如氤氳使者，《長命縷》十七齣〈導師〉，觀音吩咐氤氳大使（淨）引領邢春娘入夢，令她前來會勝寺與楊玉相見，於是「（淨扮氤氳大使，盔甲上舞介）天乙氤氳使，人間撮合山。某乃氤氳使者是也，專一掌管世界婚姻之事。」〔註 70〕《明月環》二十二齣〈魂斷〉，氤氳使者（外）勾攝荊棘入夢，審斷荊棘覬覦友人之妻、逼親妹自殺的奸計，以及他與羅浮、青娥、石鯨之間的愛情糾葛。《夢磊記》第二齣〈夢授磊字〉，道士白玉蟾在夢中授字喻示文景昭未來前程，上場詩曰：「年來符握氤氳使，主定人間百歲緣。」〔註 71〕可知所謂的氤氳使者，實爲掌管人間姻緣的神靈人物。《彩舟記》第二齣〈歸舟〉中說明氤氳帝爲「金幞頭，蟒衣，玉帶」，〔註 72〕可知其地位當自不低；〔註 73〕而在《長命縷》中則敘示其身著盔甲，並且受觀音差遣，神格地位反

〔註 69〕（明）沈自晉：《翠屏山》卷下，林侑蒔編：《全明傳奇》66 冊，頁 11。
〔註 70〕（明）梅鼎祚：《長命縷》，林侑蒔編：《全明傳奇》136 冊，頁 31。
〔註 71〕（明）馮夢龍：《夢磊記》，林侑蒔編：《全明傳奇》68 冊，頁 3。
〔註 72〕（明）汪庭訥：《彩舟記》，林侑蒔編：《全明傳奇》131 冊，頁 3。
〔註 73〕劇中氤氳大帝著蟒衣，蟒在戲曲服裝中爲帝王將相的官服，圓領大襟，上繡雲龍、花朵、鳳凰等等，下擺與袖口繡有海水，後有擺兩塊，又有男蟒、女蟒之分。著蟒的人物如皇帝、包拯、楊貴妃等人，都具有相當的地位。見《中國戲曲曲藝詞典》（上海：上海辭書出版社，西元 1985 年 2 月 3 刷），頁 152。

而不高。

（二）龍王、龍神

另外在傳奇中主掌人間婚姻的神祇，還有龍王、龍神。例如：《彩舟記》二十六齣〈悔罪〉與二十八齣〈奪解〉，龍王「淨扮龍王，角巾野服扶杖上」，〔註 74〕先是現身於江情夢中，爲他解釋他與吳家小姐之所以遭受分別之苦，乃是因爲不敬氤氳大使在先而遭降罰，然後又在試官入夢之時，將江情被試官拋棄的卷子又放回試官桌前，並且在桌上寫上「江情」二字，以自身的顯示神異暗示試官，讓江情得以高中；並且在劇作中的圖版附有龍神的形相，由其穿關——龍頭戴冠、龍袍玉帶，可知龍神在該劇也是極正式的腳色人物。〔註 75〕《衣珠記》第六齣〈墜水〉，龍王（生）獲趙旭搭救，爲了報恩而爲他設計姻緣：將墜水的劉湘雲救起，並且在夢中囑咐王氏收劉湘雲爲女，又當前指示劉湘雲一番，促成趙旭與劉湘雲的姻緣。《鸚鵡墓貞文記》二十四齣〈夢游〉，龍王是女主腳張玉娘原身的父母，由外腳應工充任。在這些例子中，《彩舟記》有比較明確的穿關指示，龍王著角巾、野服而扶杖登演，而且龍王、龍神在諸劇中並沒有固定的行當——《彩舟記》爲淨腳、《衣珠記》爲生腳，而《鸚鵡墓貞文記》爲外腳，可知龍王、龍神在劇作家心目中並沒有一個固定鮮明的形象。同樣的，觀音也有貼（《長命縷》十七齣〈導師〉）、老旦（《粧樓記》五十三齣〈投水〉）、末（《鸚鵡墓貞文記》二十三齣〈魂離〉）等等不同的行當演出。

除了氤氳使者與龍神之外，尚有其他在神靈入夢關目中出現的神靈人物，例如：《琵琶記》、《金鎖記》與《玉釵記》中的土地神，《曇花記》的菩薩，《牡丹亭》、《風流夢》、《夢花酣》與《意中人》當中的花神，《桃符記》、《雙螭璧》與《喜逢春》的城隍，《焚香記》的海神，《天馬媒》的牛郎織女，《太平錢》的月下老人，《望湖亭》與《萬事足》的文昌帝君，《萬事足》中的嫦娥、吳剛與雷神，《雙鳳齊鳴記》與《磨忠記》的關公，《長命縷》、《粧樓記》、《鸚鵡墓貞文記》的觀音等諸位神靈。

在《曇花記》的〈凡例〉中，則提到飾演本劇神靈人物時演員必須遵守的規定：第一，由於本劇扮演俱是聖賢仙佛，所以「不當以嬉戲傳奇目之，各宜齋戒恭敬」，演出之前演員必須齋戒，戒除一切大蒜葷食；第二，

〔註 74〕（明）汪庭訥：《彩舟記》，林侑蒔編：《全明傳奇》131 冊，頁 24。
〔註 75〕（明）汪庭訥：《彩舟記》，林侑蒔編：《全明傳奇》131 冊，頁 27。

演出當日禁止淫慾之事，否則不許登場；第三，觀眾務需保持恭敬的態度觀戲，「登場梨園，雖在官長富貴家，須命坐扮演；裝扮多係佛祖上眞、靈神大將，愼之愼之」，「一遇聖師天將登場，諸公須坐起立觀。如有官府地方，體統不便起立者，亦當□□敬整肅之念，不然，請演他戲」，不論自己的身分地位尊卑與否，場上有重要神靈人物登場時，觀眾必須離席起站，以示誠敬，而且要爲演員準備坐席、允許演員在達官貴人們面前坐下扮演而暫時忘卻尊卑禮節。因爲「人以聖賢視登場者，則登場者亦聖賢也，必也毛髮；無信心而直以戲視之，則褻矣。」〔註 76〕《曇花記》是宗教意識非常強烈的劇作，以主人公木清泰經歷世事磨練、得證成仙之宣揚宗教思想，「專爲勸化世人，不止供耳目娛玩」（凡例），所以對於觀眾、演員都要求抱持虔敬信仰的心理，在觀戲之餘更接受宗教精神的本義，是一種特別的劇例，同時也是一種創作態度及其目的的反映。神靈人物不僅在劇中發生重大的作用，在宗教劇中甚至更延伸影響至戲外而產生了信仰的意義。然而從不同的行當應工、神格地位、圖版中不同的形相，可知顯示神通奇幻的神靈人物在劇作家的心目，甚至是普遍大眾的心目中並沒有固定的形貌，但是在情節推動的意義上——例如掌主姻緣、升科高中等，卻是一致的。

四、相關表演

神靈入夢關目中，神靈腳色有幾個固定襲用的科介程式，在劇中成爲定制而運用，茲述如下：

（一）下場詩

本關目中神靈人物在顯示一番神能、安排一陣布置後，以固定相應的下場詩來顯示表示自於現實以外的一種助力，使劇中人獲得指引契機，免得困躓羈絆。例如「大抵乾坤都一照，免教人在暗中行」，如《周羽教子尋親記》的金山大王，《琵琶記》、《粧樓記》與《金貂記》的土地神，《雙鳳齊鳴記》與《磨忠記》的關羽，《女丈夫》的西岳大王，《望湖亭》的文昌帝君，《鳴鳳記》的金甲神人，一笠菴《人獸關》的閻羅天子等等，均使用此套下場詩，間有「大抵乾坤打一照」（《周羽教子尋親記》）、「大抵乾坤只一照」（《雙鳳齊鳴記》）之例，其他夢關目如祈夢關目之《二奇緣》第六齣〈預兆〉的劉猛將，

〔註 76〕（明）屠隆：《曇花記》，林侑蒔編：《全明傳奇》137 冊，頁 1。

亦有「點破迷夫生死路，免教人在暗中行」〔註 77〕的下場念介。此外，又有「今日得吾提掇起，免教人在汙泥中」之詩句，但是此語並非固定由神靈人物所念敘，有時則是由得到神靈人物在夢中預示、幫助的腳色念介，如《桃符記》二十七齣〈城隍賜丹〉，是城隍的下場詩，而在《原本王狀元荊釵記》二十八齣中則是夢見神道囑咐的錢安撫。

（二）科介程式

除了下場詩以外，還有一類與場上腳色動作相關的念介程式。《桃符記》第七齣〈包公謁廟〉，一開場即是城隍（外）與鬼判上場，報敘一番，然後城隍念道「吽鬼判，與我整肅威儀者。」〔註 78〕然後劉天儀（生）始上場，進入城隍廟向神靈乞賜。祈夢關目類的《黃孝子尋親記》十九折〈祈夢〉，先是眾神將引聖妃娘娘上場，念敘一番後，念介「鬼判，與我肅整威儀者。」〔註 79〕由該二劇的劇本描述來看，在神靈人物念「整肅（肅整）威儀」之後，劇中主要人物上場，此時場面上便是神靈人物與劇中人物同時存在的狀態，此刻的神靈人物便傭演爲廟內的神像泥塑，固定不動；待劇中人入夢以後，舞臺氛圍便由現實轉入虛幻夢境，神靈人物由神像的狀態恢復活動表演，開始顯示所謂的神異指助，因此「整肅（肅整）威儀」是神靈人物在虛實轉換之間表現不同狀態的程式之一。此例在祈夢關目的《灑雪堂》第九齣〈伍祠祈夢〉中亦可見到：伍員神分說一番之後，「叫鬼使肅了威儀」，等待魏鵬前來。

另外像《雙鳳齊鳴記》第六齣，先由關聖、周倉上場自報家門之後，科介指示「作聖像坐」，〔註 80〕李全便上場，此語亦有相同的用意。至如《焚香記》二十六齣〈陳情〉，由海神（外）與鬼判先行上場，與桂英折證一番，令桂英出夢、命小鬼將桂英扶出殿門，爾後念道「收拾威嚴」，然後下場；《黃孝子尋親記》十九折〈祈夢〉，聖妃娘娘亦在曉喻夢境之後，即念「吽鬼判，收拾威嚴，速歸後殿。」〔註 81〕旋即下場，也是表示虛實狀態的轉換，但是與「整肅（肅整）威儀」相反的是，它表示神靈人物表演告一段落的下場念介，而不是神靈人物開場之後與現實劇中人物同場表演的狀態轉換。「整肅（肅整）威儀」代表神靈人物噤聲停止動作、不可在現實人物面前露出馬腳而變

〔註 77〕（明）許桓：《二奇緣》，林侑蒔編：《全明傳奇》48 冊，頁 19。
〔註 78〕（明）沈璟：《桃符記》，林侑蒔編：《全明傳奇》145 冊，頁 11。
〔註 79〕佚名：《黃孝子尋親記》，林侑蒔編：《全明傳奇》181 冊，頁 12。
〔註 80〕陸華甫：《雙鳳齊鳴記》，林侑蒔編：《全明傳奇》99 冊，頁 10。
〔註 81〕佚名：《黃孝子尋親記》，林侑蒔編：《全明傳奇》181 冊，頁 16。

回神像，又可以與現實人物同臺演出，爾後下場；此種手法在更爲早期的《張協狀元》中的山神、小鬼由神靈腳色變作廟門的表演方法類似，〔註 82〕演員以一個腳色同時扮演劇中人物的不同狀態，甚至是人物與砌末、物品之間的轉換表演，是戲曲舞臺以演員爲核心的演出特色與寫意精神的沿續。

綜前所述，神靈入夢關目運用的特點在於神靈人物與劇作情節、主要人物關係的重要性，例如《舉鼎記》、《萬事足》、《牡丹亭》、《異夢記》、《女丈夫》、《太平錢》等等；而像《玉玨記》、《彩舟記》、《焚香記》等，則多以聯繫情節脈絡之關目方式運用。其次，與其他夢關目——入夢相會、夢見兆象運用方法的差異，在於本關目以夢者參演／未演爲主要表現方式，而全境皆夢關目因爲題材之故，僅以夢者參演形式表現。因此，本關目運用了許多神靈人物的腳色登場搬演，塑造了更多樣化的劇中人，表演內容也更爲充實而豐富，舉凡前三類夢關目的入夢與出夢手法，在神靈入夢關目均可適用。

第五節　祈夢

一、使用劇作

祈夢關目乃是劇中人主動向神靈乞求夢境，希冀在夢中獲得指示，使全劇情節浮現預示與發展推動。本關目雖然與神靈入夢關目近似，皆有神靈人物的登場，但是本關目劇中人具備主動向神靈請求的動機和意願，並非神靈入夢關目中被動式的、忽得神助的意義。本關目在《全明傳奇》當中運用的情形如下：

第一期：黃孝子尋親記》

第二期：無

第三期：《鳴鳳記》

第四期：無

第五期：《二奇緣》、《灑雪堂》

〔註 82〕《張協狀元》第十齣，淨演山神、丑演小鬼、末演判官，念白謂：「（淨）狀元張協，因被賊劫。忽到此來，我心怏怏！外　面門兒，破得蹺蹊。差你變作，不得稽遲！（丑）獨自只作得一片門，那一片教誰做？（淨）判官在左汝在右，各家縛了一隻手！」而有「末丑作門」的科介指示。見錢南揚校注：《永樂大典戲文三種校注．張協狀元》，頁 55。

未　知：無

以上共計 4 部劇作。

第一期					
劇　目	齣　目	腳色人物	表現形式	情節內容	作　用
黃孝子尋親記	十九 祈夢	旦（聖妃娘娘） 淨（提典） 生（黃覺經） 小生（周昌） 眾	夢者未演 （生、小生：念白）	黃覺經、周昌至福建仙遊縣聖妃娘娘廟祈夢，兩人各睡東西二廊，分別祈求尋親與覓利。爾後廟中提典解夢，但不得其解；黃覺經夢中聖妃娘娘賜予八句口占，示尋親結果，也賜句于賈利人。	預示
第二期					
劇　目	齣　目	腳色人物	表現形式	情節內容	作　用
無					
第三期					
劇　目	齣　目	腳色人物	表現形式	情節內容	作　用
鳴鳳記	八	副末（鄒家小童） 丑（船家） 生（鄒應龍） 小生（林潤） 末（孫丕揚） 旦（廟主） 淨（金甲神人）	夢者未演 （生、小生：念唱）	福建仙游縣，一廟其神靈應，凡富貴功名、未來之事，俱在夢中預報先機。鄒、林二人前往祈夢求機，孫路上結伴同行。鄒、孫、林至仙遊祈夢，四十齣印證祈夢語金甲神夢中各賜孫、林、鄒四句口占，預示終身事業。	預示
第四期					
劇　目	齣　目	腳色人物	表現形式	情節內容	作　用
無					
第五期					
劇　目	齣　目	腳色人物	表現形式	情節內容	作　用
二奇緣	六 預兆	淨（道士，廟官） 小旦（劉猛將） 襍（鬼判） 生（楊慧卿） 小生（費懋） 外（老舉人潘得鈔） 小丑（錢可通） 旦（內扮金甲神）	夢者參演 （生、小生：念唱）	楊慧卿、費懋、錢可通趕考途中，遇潘得鈔薦往揚州猛將堂祈夢；眾人夢見被大海阻絕去路，所騎青驢變作老虎，逢虎挑撲，將兩人衝散，費爲金龍抓下，楊見一女子持盧阜救援渡過弱水，見報錄人送考中匾額至家，又爲虎所驚。廟官爲眾人解夢。	預示

灑雪堂	九 伍祠祈夢	生（魏鵬） 末（伍員） 丑（巫先生）	夢者未演 （生：念唱）	魏鵬祈夢以求與雲華之姻，伍員神對魏鵬婚姻預示：灑雪堂中人再世，月中方得見嫦娥。巫先生圓夢。	預示
未　知					
劇　目	齣　目	腳色人物	表現形式	情節內容	作　用
無					

二、情節作用

（一）預示：神廟祈夢

祈夢關目的情節作用，近同於神靈入夢關目，在現實人事無法企及之處，仰賴外力的協助，因此其情節衝突也屬於第三種衝突，藉由外來的神靈幫助使劇情獲得推展。然而，祈夢關目雖然所見劇作不多，但是卻融入了許多前述夢關目的內涵與手法。

《黃孝子尋親記》十九折〈祈夢〉，黃覺經、周昌來到福建仙遊縣聖妃娘娘廟祈夢，黃覺經祈求尋母，周昌則祈求利祿；夢中兩人同樣獲得聖妃娘娘的喻示：

> （二生睡介）（旦）吽鬼判，把二人睡魔搨起來。東廊下黃孝子，你聽我道：「昔日曾經未遇，他時相見非常，女人臨水似徜徉，更有三刀相傍。鸚鵡洲邊得語，崆峒山下求糧，三人捧日慶占，重見萱花再放。」你可牢牢記著。西廊下覓利人，聽我道：「孟子見梁惠王，王曰：『叟不遠千里而來，亦將有以利吾國乎？』孟子曰：『王何必曰利。』牢記牢記。吽鬼判，收拾威嚴，速歸後殿。（下）〔註83〕

兩人醒來以後，廟官（淨）前來爲兩人解夢：睡於東廊下的黃覺經，廟官先是表示解不出夢語，但於本折劇末則又告知日後到江湖上自有異人爲他詳解，並且再告訴他夢語中有重見萱花，自然尋得着；睡於西廊下的周昌，廟官解爲好夢，「足足有十分財氣」，實則爲打諢詼諧作用——既然何必曰利，又豈有十足財氣？

《鳴鳳記》第八齣，鄒應龍與林潤兩人聽聞福建仙游地方，「其神靈應，凡富貴功名、未來之事，俱在夢中預報先機，朝內公卿、江湖商賈到彼祈夢，無有不驗。」於是兩人也決定前往當地祈夢，並且和路途中結識的孫丕揚一

〔註83〕佚名：《黃孝子尋親記》，林侑蒔編：《全明傳奇》181 冊，頁 16。

同來到福建仙游縣；三人在廟主的引領下歇宿小房之中，金甲神人在夢中爲三人終身事業贈以十二句占言：孫丕揚爲「三人名，一在內，千一來，高山退。」鄒應龍爲「高山退，功爲最，八丘同，南北異。」林潤爲「南北異，木之川，郡無君，諸不言。」〔註84〕廟主認爲三人所夢俱爲好夢，諒必三人將來俱爲大貴。

《二奇緣》第六齣〈預兆〉，則運用了夢者參演的形式表演：楊慧卿、費懋、錢可通三人在趕考途中，聽道揚州猛將堂神道最靈，凡求名祈夢者無不應驗，眾人議同齊往猛將堂祈夢；劉猛將預見此途僅有楊、費二人文星顯護可得脫難，於是入夢指導二人。兩人在殿上入夢之時，「內鳴鑼鼓，褋舞跳攝魂介」，楊、費二人在夢境中遇見大海攔道，跨坐青驢變爲白虎；費懋被一條金龍救離，楊慧卿則遇見一位女子贈與一根蘆葦渡海，又遇見金甲神仗劍趕走追趕而來的兩隻白虎，最後夢見自己的狀元牌匾被高掛於順天府。出夢之際，劉猛將命鬼判把二人魂魄還歸舊體，於是「褋得令，下負生、小生上，放舊處介」。〔註85〕而後廟官道士爲二人解夢：金龍出現，必得帝心，而且楊慧卿夢見本年狀元金匾，必中狀元；青驢變虎，乃是以小物變大物，暗喻平步青雲之意；大海攔道，乃指海闊從魚躍、天高任鳥飛，前程必定高遠富貴。而獨自在文昌閣入寢的錢可通夢見自己做了丞相，道士解曰：丞相者宰也，是宰殺眾廝之兇兆。錢可通聽了大爲光火，上前撲打道士臉面，直呼「放你娘的辣臊屁，叫官家打打打」，於是「淨做蓬頭叫王靈官爺介」，狼狽的「奔下」，〔註86〕一場占夢的結果是打鬧叫罵、諧謔嬉戲的收場。

《灑雪堂》第九齣〈伍祠祈夢〉，先是伍員神開場敘念一番，繼而魏鵬來到伍相祠，求問伍員神他與賈娉娉是否有結成連理的可能，「望尊神明示一夢」；〔註87〕伍員神趁入魏鵬夢中曉喻他的一番情意將會有結果，並且告知兩句預言：「灑雪堂中人再世，月中方得見嫦娥。」〔註88〕魏鵬不解詩語，便求教於一位儒命巫先生解夢，巫先生道曰：

> （丑）圓了。灑者，揮灑也；雪者，天上之白雪也；堂者，屋也。敢是相公府上有這箇堂？（生）沒有。（丑）敢是那人兒家裡有這箇

〔註84〕（明）王世貞：《鳴鳳記》上冊，林侑蒔編：《全明傳奇》166冊，頁41。
〔註85〕（明）許桓：《二奇緣》，林侑蒔編：《全明傳奇》48冊，頁23。
〔註86〕（明）許桓：《二奇緣》，林侑蒔編：《全明傳奇》48冊，頁25。
〔註87〕（明）馮夢龍：《灑雪堂》，林侑蒔編：《全明傳奇》56冊，頁18。
〔註88〕（明）馮夢龍：《灑雪堂》，林侑蒔編：《全明傳奇》56冊，頁19。

堂？（生）也沒有。（丑）想必久後自有此堂出現，這也罷了。人再世者，三十年為一世，六十年後，這段姻緣一定是到手的。（生）這等胡說！（丑）是有出處的，吳歌有云（唱介）六十歲做親，八十歲死，還有廿年夫婦好風光。（生）休得取笑！還請再詳。（丑）月中方得見嫦娥，那月裡嫦娥是極標致的，敢是那人兒也就如月裡嫦娥一般。（生）果是有顏色的。（丑）小子圓的何如？夢已圓完，久後斷然有驗。乞賜謝禮。（生）這夢是怎生圓？（丑）相公，你不曉得，若要穩，幫題滾，這叫幫題圓法。（生）如此圓法，小生也自會圓得，不消賜教了！〔註89〕

巫先生此番打諢胡言的，自然讓魏鵬不耐與不得頭緒。巫先生又繼續唱道：

【其二（解三酲）】〔換頭〕自來是這般圓夢，（生）須明明白白、斷箇吉凶方是。（丑）阿呀，這謂之穿鑿，就不準了。那穿鑿虛言豈敢乎？你魂靈自是忒奇古。這夢呵，天上有，世間無，那神明作怪，教你來戲子。是書上有的就好圓了，似這等啞謎兒，何曾上夢書非差誤，便袁天罡難剖，何況區區。（生）謝禮在此。（丑）多謝了。（生）買卜稽疑是買疑，（丑）你與我癡人說夢轉教癡。（生）天台有路終須到，（丑）若問傍人那得知。請了。（先下）（生）圓夢不明，越添氣悶，怎麼處、怎麼處。〔註90〕

結果魏鵬花錢請人占夢，終究是花得冤枉迷糊，被巫先生戲耍了一頓，也只有姻緣必定到手一語是應驗的。這一段祈夢爾後再出的占夢，便產生了滑稽諧謔、惹人發笑的表演效果。

綜合四段祈夢關目的內容，可以發現本關目的情節衝突發生來自於人事與神明：結伴祈夢、聽述圓夢，乃是緣於人事的情節關節，是為第二種衝突；神靈入夢喻示，則是外來力量的推助，是為第三種衝突；而就劇作情節意義來說，俱是全劇情節的關鍵點或是重要的預示。而祈夢關目亦是全劇當中搬演的重心，腳色各門齊備，表演分量吃重，在情節、在表演來說都需要格外著力。

（二）祈夢緣由

祈夢是將夢境的尋覓切實地貫徹在現實生活之中，在面對現實中的種種疑難問題時希望能瞭解是吉是凶，而把夢境視為一種求取解決的途徑。〔註91〕

〔註89〕（明）馮夢龍：《灑雪堂》，林侑蒔編：《全明傳奇》56冊，頁20。
〔註90〕（明）馮夢龍：《灑雪堂》，林侑蒔編：《全明傳奇》56冊，頁20。
〔註91〕洪丕謨：《夢與生活》（北京：中國文聯出版社，西元1993年6月1版），頁61。

前述《周禮・春官・占夢》曰：「季冬聘王夢，獻吉夢于王，王拜而受之。」〔註 92〕乃謂周代掌夢官於年終冬末，爲周王來年聘求吉夢，並且將吉夢獻給周王，而周王拜領受之，正是一種「祈求夢境」的表現。宋代費袞《梁溪漫志》卷十〈二相公廟乞夢〉亦載敘了古人祈夢的事例：

> 京師二相公廟，世傳子游、子夏也，靈異甚多，不勝載；于舉子問得失，尤應答如響，蓋至今人人能言之。大觀間，先大夫在太學，有同舍生將赴廷試，乞夢于廟，夜夢一童子傳言云：「二相公致意先輩，將來成名在二相公上。」覺而思之：子游、子夏，夫子高弟也，吾成名在其上，必居巍科無疑。竊自喜。暨唱名，乃以雜犯得州文學，大憤悶失意。私念二相之靈，不宜有此，沉吟終夜，忽駭笑曰：「《論語》云：『文學子游、子夏。』今果居其上乎！」詰旦以語同舍，皆大笑曰：「神亦善謔如此矣！」〔註 93〕

這是爲求功名而在廟中祈夢的事例，這與《鳴鳳記》、《二奇緣》的主腳們在廟中祈問功名，然後入夢尋覓契機的事件是一樣的。又晚清梁紹壬《兩般秋雨盦隨筆》也記載了相關的祈夢事例，例如卷二〈於廟祈夢〉載：

> 毘陵周蓉和先生未遇時，祈夢於忠肅廟，夢神予字一幀，錄唐詩云：「寒雨連天夜入吳，平明送客楚山孤。洛陽親有如相問，一片冰心在玉衡。」先生曰：「結句是玉壺，何云玉衡？」神曰：「玉衡妙，玉壺便不妙矣。」醒而不解所謂。後舉博學鴻詞，制題爲〈璿璣玉衡賦〉，恍憶前所夢，文思沛然，遂中選，授檢討，所謂玉衡妙也。後歷官清要，以宮詹予告，謝恩訖，賜印章一方，出廟視之，其文云：「一片冰心在玉壺。」尋思舊夢，忽然驚悸，反第而卒。所謂玉壺不妙也。又韓城相公未遇時，祈夢忠肅廟，至則先有人在焉。問占何事，曰：「求子也。」遂並舖而臥。其人夢神賜以竹管二枝，再叩，則曰：「問汝並臥之人。」寤而各述所夢，公告其人曰：「昔孤竹君有二子，今夢此是佳兆也。」其人喜極，舉手加額而祝曰：「願你狀元宰相。」後皆如其言。〔註 94〕

〔註 92〕《周禮注疏》，（清）阮元校：《十三經注疏附校勘記》第三冊，頁 1743。

〔註 93〕見任繼愈、傅璇琮總主編：《文津閣四庫全書》（北京：商務印書館，西元 2005 年 1 版）286 冊，頁 408。

〔註 94〕（清）梁晉竹：《兩般秋雨盦隨筆》（臺北，廣文書局，西元 1986 年 10 月初版），頁 15。

卷三〈祈夢〉又曰：「杭城於于忠肅公廟祈夢，蘇人於况太守廟祈夢，京師於二相公廟祈夢。」〔註 95〕可知中國各地俱有神廟祈夢的說法，入廟祈夢是各地皆然的習俗。〔註 96〕因此，祈夢一事，在明傳奇以前即已存在，爾後劇作家們依據現實生活中的事件經驗，將祈夢編入情節故事，成爲劇本的關目情節之一。

相應於現實祈夢盛行的風氣，祈夢的劇作在明傳奇以前即已存在，《張協狀元》第四十四出有曰：

> （丑）如何不討旅店？不借寺觀？終不成教相公倒廟！（末）莫是去求夢？覆相公：這一帶都無旅店，又無寺觀。此廟雖無敕額，且是威靈。〔註 97〕

據錢南揚注釋所述，溫州方言謂臥曰「倒」，倒廟意指無家可歸的乞丐等人才被迫臥在荒廟當中，丑腳原要尋找一個可以歇宿的地方，而末腳會錯意，誤以爲要前往廟中求夢，因爲舊時求夢吉凶者，也「倒在廟裏」，〔註 98〕從中顯示當時已有在廟中祈夢的風俗，而被劇作家編寫入戲文之中；在元雜劇《緋衣夢》當中也有祈夢破案之情節，可知祈夢關目的源起亦可追溯至南戲、雜劇的早期大戲時期，同時也呼應宋代以後祈夢大盛的流行情況，〔註 99〕由來不可謂之不久。

「經綸功業匡時志，盡在仙游一夢中。」〔註 100〕在《黃孝子尋親記》與《鳴鳳記》中，都提到福建仙游縣神靈應驗，而吸引許多人來到仙游縣祈夢之事，現實中的福建仙游縣確實也因爲當地的夢文化特色，獲授中國夢文化之鄉的稱譽，並且授予設立中國夢文化研究中心。〔註 101〕《萬曆野獲編》中的「夢宗汝霖」即記有與仙游縣相關的祈夢事例：

> 鎮江守君許葵東國誠，先人南宮所錄士也。少年祈夢于其鄉九鯉湖，夢神人告之曰：「子生平功名，一如宋宗澤。」自以爲他年事業不凡，

〔註 95〕（清）梁晉竹：《兩般秋雨盦隨筆》，頁 21。

〔註 96〕鄭傳寅：《傳統文代與古典戲曲》（臺北：揚智文化，西元 1995 年 1 月初版），頁 290。

〔註 97〕錢南揚校注：《永樂大典戲文三種校注．張協狀元》，頁 187。

〔註 98〕錢南揚校注：《永樂大典戲文三種校注．張協狀元》，頁 188。

〔註 99〕廖藤葉：《中國夢戲研究》，頁 56。

〔註 100〕（明）王世貞：《鳴鳳記》上冊，林侑蒔編：《全明傳奇》166 冊，頁 34。

〔註 101〕2009 年 11 月 4 日，中國民間文藝家協會於福建省莆田市仙游縣九鯉湖舉行授牌儀式，見《福建日報》11 月 9 日。

> 友儕亦以此期之。登第後，爲邑令爲比部，積資郡守，至九年推皋副者十餘次，大參者三次，俱不報，遂乞歸不出。其報第三考也，例不視事，以候上臺處分，因命攜壺觴、屏儀衛，日出嬉遊。最後去城闉稍遠，忽遇暴雨，亟得一古廟息駕，其門榜則宗汝霖祠也，心已憬然不寧；因巡廟讀碑，至後銘詩末句云：「許國之誠，死而後已。」讀未竟，疾驅還郡，投牒星邁，意恐未必及家。抵里門已數年，至今無恙，豈祿料已盡于此耶？抑尚有小草望也？是不可曉。
>
> 〔註102〕

記中所說九鯉湖即位於仙游縣，此記述說仙游人許國誠在家鄉九鯉湖祈夢，夢見神人之語，說道他的功名將有如宋代抗金名士宗澤一般，沒想到是預言他有如宗澤一生勤國卻不得償願、死而後己，也就是難以強求，否則性命難保。另外尚有明代弘治進士王獻臣、萬曆進士鄭瑞星先後於仙游九仙祠祈夢的傳說，仙游縣祈夢之奇聞，古今之說可見一斑。至如《二奇緣》的揚州猛將堂與《灑雪堂》的伍員祠皆有祈夢之事，然而劉猛將是驅蝗將軍，伍員則爲水神，當是各地神廟祈夢習俗的反映，以及人民求冀於神靈全知力量庇佑的普遍心理，是民間信仰所賦與的期望，不一定是固定的宗教體系，〔註103〕也非指該神眞是專掌夢職一事。

三、內蘊齊備的表演內容

在祈夢關目中可以發現，前述各個關目的運用程式與手法，在此一應俱全——神靈入夢、淨丑解夢、打諢詼諧，以及情節的重要關鍵與預示，夢關目大體的表演內涵在此關目中齊備。

以《二奇緣》爲例，有神靈劉猛將主持夢境、以夢中兆象曉喻劇中人一番，並且有淨腳充任的道士爲其解夢，兼且該段關目以丑淨的滑稽諧謔作結，而夢境本身又是暗示劇中人楊慧卿、費懋兩人未來的前程，也就是往後情節的發展伏筆。又《鳴鳳記》以福建仙游縣祈夢爲始，夢見金甲神人賜與口占，出夢後由旦腳爲劇中人詳夢，預示後續情節，而劇中三人的夢境在第四十齣應驗。《二奇緣》與《鳴鳳記》的兩段祈夢關目，但凡其他四種夢關目的表演手法與內涵，都可見於其中；除此之外，兩段祈夢關目更是眾腳齊備，場上

〔註102〕（明）沈德符：《萬曆野獲編》（臺北：偉文圖書出版社，西元1976年9月），頁1899～1900。

〔註103〕廖藤葉：《中國夢戲研究》，頁58。

生、旦、淨、末（外）、丑都有所發揮，眾位腳色的表演分配，可以從唱工的分配來看，茲舉《二奇緣》第六齣〈預兆〉的曲套與腳色上下科介爲例：

〔仙呂入雙調過曲〕淨扮道士上，淨唱【普賢歌】→小旦、襍上場立介（扮神像）；生、小生、小丑唱【前腔】→合【北雙調新水令】→【駐馬聽】→【喬牌兒】→【攪箏琶】→【雁兒落】→【得勝令】→【折桂令】旦上→【甜水令】內扮金甲神→【收江南】→生、小生、合【鴛鴦煞】→【黃鍾過曲出隊子】小旦立起，令鬼判護送。〔註104〕

再以《鳴鳳記》第八齣的曲套與上下科介來看：

副末、丑念白上。生、小生俱上。生、小生合【鵲橋仙】→末【霜天曉角】→末、合【朝元歌】→生【前腔】→小生【前腔】→旦上。合【皂羅袍】→念白淨上，眾【如夢令】〔註105〕

在兩齣關目的套曲中，所有腳色均有唱曲發揮的空間，舞臺上並沒有敷衍虛應的腳色，每位腳色都有唱念的分配。鑒此可知，祈夢關目在情節意義上糅合了第二種與第三種衝突，有劇中人物人際關係的發展，也有外來助力（神靈）的推動情節，多爲劇情情節的重要預示；在表演意義上集合了四種夢關目所應有的表演程式與設計，有入夢出夢、淨丑占夢、插科打諢等等內容，表演內容相當豐富，更好的是還能兼顧到腳色的均衡發揮、眾腳同臺，調劑場面，不論在情節、在表演而言，都具備豐富的內涵與積極意義。

第六節　小　結

「災迍目下到，關節夢中求。」〔註106〕夢境自古以來就爲人們所注意，也很早就被曲家們用於戲曲表演之中，至晚在南戲當中已可見到像《張協狀元》中的圓夢先生與祈夢情事的例子。然而，古典戲曲並非不重視情節，而是在「合歌舞以演故事」的要求之下，除了劇本情節以外，更有舞臺搬演的考量；相對來說，古典戲曲理論在腳色搬演、劇本結構、關目布置三方面已經卓然完備，但是對於情節本身之於全劇的發展意義並未獲得等同的關注。因此，本論文引用西方戲劇的衝突理論，旨在凸顯夢境之於全劇情節的意義：是否處於全劇情節發展的核心，抑或僅有交代、甚至無關情節的發展？如果

〔註104〕（明）許桓：《二奇緣》，林侑蒔編：《全明傳奇》48冊，頁15～25。
〔註105〕（明）王世貞：《鳴鳳記》上冊，林侑蒔編：《全明傳奇》166冊，頁34～42。
〔註106〕（明）馮夢龍：《萬事足》，林侑蒔編：《全明傳奇》59冊，頁4。

處於推動情節、製造情節起伏的樞紐，又是受到哪一種情節因素的影響——是劇中人自身心理表現的第一種衝突，還是劇中人與其他人物互動而產生的第二種衝突，抑或是來自於現實人事以外的助力（神靈）的第三種衝突？藉此而進一步地瞭解夢境情節如何與其他關目的內容、程式配合運用，對於劇作故事與舞臺表演有什麼樣的影響或效果，進而了釐清在情節、腳色、音樂與場面互相搭配運行的「夢關目」的內涵。

入夢相會關目的情節起伏，源於和夢中人物相遇、互訴衷情或是警示的第二種戲劇衝突，以口敘念唱和夢者參演的形式爲主，在生旦故事中往往是重要的關鍵情節——例如《古玉環記》、《牡丹亭》、《異夢記》等等，李漁的〈出腳色〉更印證了入夢相會關目於生旦情節中的重要性。

夢見兆象關目的表現形式多以口敘念唱爲主——夢境兆象的迷詭神幻在某種程度上製造了情節的曲折離奇，卻也考驗了舞臺是否能切實達成其效果，於是多以口敘念唱表現夢境，而間有夢者參演／未演的方式；運用調度較爲靈活，可用於主要情節的關鍵、鋪敘、預示，或是情節的交代補綴，或是插科打諢，甚至作爲全劇關目布置中的緩急調劑，截斷情節與搬演之急流。在情節而言，由於夢兆內容多樣繁複，所以情節衝突的源由也涉及多種層面，第二種與第三種衝突兼具，也是夢關目中運用頻率最高的一種，反映本關目適用於多種情節的特色。

全境皆夢關目主要用於度脫劇，雖然度脫劇在元雜劇中爲專屬一科、不乏此類劇作，但在《全明傳奇》中僅見於萬曆中葉以後，在明傳奇當中屬於體製成熟以後才固定下來而沿襲的關目種類。在本關目中可以明顯地見到幾種夢關目的重要程式與手法，腳色方面有度脫道人與睡魔，科介方面有入夢與出夢的手法，屬於表演的重要內涵；全劇主要情節即爲夢境本身，並以境曉喻劇作主旨，則屬於情節的重要內涵，再者，劇中人因爲神道人物的指引而入夢，並且在夢中遍歷一生，所以也是第二種與第三種衝突的結合運用。

神靈入夢關目是在應用次數僅次於夢見兆象關目的一類，在劇作意義上亦有很大的影響；表現形式以夢者參演／未演爲多，並且也能因應題材而製造多種奇異的夢境，因此在舞臺搬演而言較具可看性。除了全境皆夢中提及的睡魔，本關目中設計了許多舞臺形象突出的神靈人物——氤氳使者、龍神以及其他神靈，有時神靈人物更是全劇情節的重要人物之一，貫串全劇，對於情節產生了有機性的作用。神靈人物如出現多部劇作中氤氳神、龍神，仍以主掌生旦愛情為主要作用，某種程度也反映「傳奇十部九相思」的創作心理，其他則主掌功名利祿或是劇情推展的重要指示，屬於現實以外的推動助力的第三種衝突。然而神靈人物在各部劇作中並沒有一種固定的形相樣貌，甚至有不同的行當充任。

祈夢關目在《全明傳奇》中相對少見，但是隨著祈夢風俗於民間的流行，至晚在南戲時期已可見到運用的迹象。祈夢關目融匯了各種夢關目中常見的程式手法，內容極其豐富完備；在情節上由於具有預示關鍵情事的作用，對於全劇故事有一定的積極作用，同時在表演上眾腳齊出，分量吃重，更是舞臺表演的重要場面。所以，祈夢關目可謂集夢關目內涵之大成。

「夢語細推求，冤情免滯留。」〔註 107〕夢關目的設計，在情節意義上實有推動進展的用意——夢關目中的戲劇情、高潮起伏，源自於夢中人物的遭遇和互動，或是神靈異兆所曉喻的非現實力量，也就是西方戲劇論中所謂的第二種、第三種衝突。所以，明傳奇夢關目在情節設計而言，亦有實質的戲劇情節作用，而非純為荒誕、場上表演之能；相對來說，除了情節作用，古典戲曲亦須關注場上表演的呈現——亦即關目、腳色、音樂的排場考量。所謂關目，其實即已包含了腳色上下與音樂聲情的因素，論述夢關目的情節作用之餘，尚有場面布置的安排考究。關目的布置與情節的安排並非同一回事，它雖以完整劇情為基礎，但是又須因應場上表演的衡量而決定演出的段落——第一，決定何者為必要的表演段落，何者不適於場上而需要以暗場處理，例如夢關目有時以夢者參演形式表現，但是有時因為夢境內容的關係而不適合在場上搬演，所以使用口敘念唱的方式帶過；第二，那些本非情節因果所必須，卻為表演所需要之段落，例如淨丑二腳的插科打諢，或是圓夢先生的出現，有時在情節上並不是絕對必要，卻因為淨丑科諢的加入，使得場面添加諧謔滑稽的演出氛圍，此乃戲曲傳統至關甚切之要素。〔註 108〕

除了劇本情節的關注之外，戲曲關目之研究尚應論及舞臺表演的調度，始能得見關目與戲曲之完整內涵。本論文下一章將討論關目當中為表演之基礎的排場調度在夢關目之中的意義。

〔註 107〕（明清）袁于令：《金鎖記》下卷，林侑蒔編：《全明傳奇》105 冊，頁 18。
〔註 108〕擇選關目的兩項要點，見許子漢：《明傳奇排場三要素發展歷程之研究》，頁 28。

第五章　夢關目場面布置分析

戲曲的結構不在於情節，而在於分場；〔註1〕如果論戲曲關目僅僅比附於情節之上，將會有很大的侷限。除了劇本情節以外，戲曲還包括了場上表演的要素。誠如許子漢謂：

> 關目是組成排場的核心要素，因爲它對該場的演出內容做了最基本的規範，套式、賓白、科諢、舞臺布置的運用皆必須與關目配合，而腳色人物與穿關則幾乎已大致被限定了，所以所有的組成要素都是從關目出發的，其重要性當然不言可喻。〔註2〕

全本關目的排場調度尤其重要，因爲它將決定全劇表演的均衡與否，在所謂正場大場、過場短場等分場的調度上不能有所偏漏，也不得過重過輕；而在單一關目而言，由於戲曲襲定套式的運用、以及曲牌特色和腳色的相應兩大要素演出，而具備了高度的程式性，使得單一排場的關目內容也形成了一定的模式。劇作家在一一排定所有演出的場面之後，便各依關目的事件內容，按照基本模式進一步完成單一場面的安排。〔註3〕所以，情節確實只是關目的依據基礎，還必須由腳色、套式等等表演要素配合情節的需要、全本劇情的分場結構來決定關目的內容。因此，要明究夢關目的內涵與運用，就必須論究分場。

經過對於夢關目的情節、腳色與科介的分析之後，本章將進行夢關目的

〔註1〕曾永義老師課堂講述內容，2010年3月29日於成功大學藝術研究所。

〔註2〕許子漢：《明傳奇排場三要素發展歷程之研究》（臺北：國立臺灣大學出版委員會，西元1999年6月初版），頁28。

〔註3〕許子漢：《明傳奇排場三要素發展歷程之研究》，頁29。

分場調度討論，包括情節、腳色、宮套之間的連繫，顯示夢關目表演與排場的關係。

第一節　分場的涵意

一、傳奇排場與分場

爲了瞭解關目安排的眞正用意，除了故事情節意義的推究以外，還必須由「分場」的內涵論起。王季烈曰：「作傳奇者，情節奇矣，詞藻麗矣，不合宮調，則不能付之歌喉；宮調合矣，音節諧矣，不講排場，則不能演之氍毹。」〔註4〕又曰：「悲歡離合，謂之劇情；演劇者之上下動作，謂之排場。欲作傳奇，此二事最須留意。」〔註5〕古典戲曲的排場包括了「情節、音樂、演員上下」三個要素，綜言之，亦即許子漢所論「關目、套式、腳色」的明傳奇排場三要素。因此，欲論究傳奇的劇作藝術，除了情節上的著眼，還要瞭解場上人物與音樂的調度。張敬論傳奇分場謂：

> 傳奇的分場，以故事關目爲據點，有大場、正場、短場、過場、鬧場、文場、武場、文武全場、和同場等的區別，一部傳奇表現的手法，全都依據在這些場面的組成上。所以這些場面，在組成的分量上，假使失去比例，一部傳奇表現的手法，便會立刻受到決定性的影響。而表現的手法完整與否，也都依存於這些場面組合的分量上，所以必先把握分科的原則，去搜集資料，再依分科的特質，選配場面，惟有這樣場面的構成，才能和表現目的和手法完成一致。〔註6〕

傳奇分場的著重，正反映了戲曲「演員合歌舞以演故事」〔註7〕揉合種種要素的藝術本質——以故事情節爲其基礎，加以音樂、歌舞、雜技的運用，運用

〔註4〕王季烈：《螾廬曲談》，王雲五編：《人人文庫》（臺北：臺灣商務印書館，西元1971年7月1版）147冊，頁26。

〔註5〕王季烈：《螾廬曲談》，頁23。

〔註6〕張敬：《明清傳奇導論》（臺北：臺灣東方書店，西元1961年3月初版），頁101。

〔註7〕舉凡「演員合歌舞以代言演故事」者，俱爲戲曲雛型小戲之屬，而戲曲藝術完成大戲乃是「搬演曲折引人入勝的故事，以詩歌爲本質，密切融合音樂與舞蹈，加上雜技，而以說唱文學的斜述方式，通過演員妝扮，運用代言體，在狹隘的劇場上所表現出來供觀眾欣賞的綜合文學和藝術。」見曾永義：《戲曲本質與腔調新探》（臺北：國家出版社，西元2007年7月初版），頁24。

演員的表現，在安排表演均衡的同時更要滿足觀眾的觀賞心理和視聽娛樂。汪志勇云：「傳奇之情節，變化萬端，而組場僅能正場、短場、過場，欲曲盡其妙推在聯曲之時與腳色之配合，盡量機動以赴，始克有濟。」〔註8〕所以，欲明關目之運用，必明分場之用意；為明分場之用意，則須由腳色、音樂兩者與劇情的配合著手。傳奇分場說，依張敬〈傳奇分場的研究〉〔註9〕一文所論，可大略整理如下：

（一）大場、正場

大場謂之一部傳奇中最高潮的表現，組成大場的條件有三：第一，在意義上、唱腔上、扮演上、故事的發展上和文詞結構中為全劇最出色之組合；第二，登場腳色數量最多，而又各有表演，故事亦具備重要發展的條件；第三，場景佈置、故事穿插、人物登場為全劇最為富麗熱鬧的場面。至於正場，則係劇情的重要關目之一，而由全劇中的主腳或是副腳等主要人物登場組演。

（二）過場、短場

過場有如小說中的平潮一般，僅在劇中發揮起承連絡、聯繫全部故事關目的作用，不能有最大分量的演出；依其形式又可分為三種：

1. 普通過場

形式最為簡短，僅以一、二隻曲子組成，或是全用說白，或是間用短白而連唱三四隻輕快短曲即下場。

2. 大過場

上場人物多，也間用引子、定場詩，也有兩、三隻曲牌，但是只為彌補關目之間隙，在情節上沒有太大的發展意義。

3. 半過場

兼具關目填空與情節創造的性質，唱做不得過簡過重，宜以半細或是明快之曲牌組成，稍具關合起落之間架。

4. 短場

用以調劑過場、正場不及之處，分量不及正場、組成過場又不能盡適其用、本身又僅是資料補充而沒有啓承關節者，即以短場處理。倘若全劇中過

〔註8〕汪志勇：《明傳奇聯套研究》（臺北：嘉新水泥公司文化基金會，西元1976年1月），頁66。

〔註9〕張敬：《明清傳奇導論》，頁101～121。

場過多，也用短場代替，具有暗過場之作用。因此，短場處於正場、過場之間的地位，在故事發展上不輕不重，人物又必須爲主腳或副主腳，唱做與形式結構也不宜過重過輕，以意味雋永、具體而微爲要。

（三）同場、群戲

以其情節發展之分量來說，傳奇分場有大場、正場、過場、短場，就其表現形式而言，有文場、武場、文武全場、鬧場之分，然表現形式又依附於情節分量性質之上。〔註 10〕同場與群戲即指表現的形式。同場乃指多數腳色於同一場面時，其唱作分量有明顯的軒輊、來往；群戲則是各個腳色在同場上都有發揮唱做的機會，而以眾唱眾作合成一場。群戲不同於同場之處，在於各門腳色分配勻稱、各有唱做表演的條件，而且適合用於眾次要腳色，或是武打、諧鬧的熱鬧場面；同場則是一位腳色以上的發揮，並非各門腳色群起而做，實有分量上的差異。然而，「分腳之爲主爲副，是以唱做分量爲依據的。」〔註 11〕例如：《長生殿》第五齣〈禊游〉，該齣出盡各門次要腳色，多採同唱方式，生旦不出場，無主演之腳色，排場變動迅速，所敷演者非劇本之主脈關目，故可視爲羣戲熱鬧大過場。〔註 12〕而如果同場者爲生旦主腳，例如：《牡丹亭》第十齣〈驚夢〉，《異夢記》第八齣〈夢圓〉，則因爲情節與腳色的重要性而成爲正場，甚至配合排場而成爲大場。

（四）鬧場

鬧場主要特點在於插科打諢、熱鬧繁華、滑稽突梯、冷嘲熱諷，既有趣味的情節，但是情節分量不宜太重。例如：《幽閨記》第六齣〈圖形追捕〉爲「粗細鬧場」，〔註 13〕《長生殿》三十三齣〈神訴〉則謂「神怪粗口北曲鬧場」。〔註 14〕

排場的優劣將決定傳奇全本的表現高下，王季烈推崇《長生殿》爲傳奇

〔註 10〕曾永義：〈《長生殿》注〉，《中國古典戲劇選注》（臺北：國家出版社，西元 1980 年 9 月），頁 526。

〔註 11〕張敬：《明清傳奇導論》，頁 124。

〔註 12〕曾永義：〈《長生殿》注〉，《中國古典戲劇選注》，頁 548。

〔註 13〕張敬：《明清傳奇導論》，頁 105。粗細謂爲粗曲、細曲，依許守白之說，細曲又稱套數，適宜用於長套而纏綿文靜的曲式；粗曲又稱非套數曲，適用於短劇過場而鄙俚俗謔之曲。詳見許守白：《曲律易知》，《樂府叢書》（臺北：郁氏印獎會，西元 1979 年 7 月初版）之三，頁 90。

〔註 14〕張敬：《明清傳奇導論》，頁 118。

排場之最，原因在於：

> 《長生殿》全部傳奇共五十折，除第一折〈傳概〉，爲上場照例文章外，共計四十九折。不特曲牌通體不重複，而前一折之宮調與後一折之宮調、前一折之主要角色與後一折之主要角色，決不重複。……其選擇宮調、分配角色、布置劇情，務使離合悲歡，錯綜參任；搬演者無勞逸不均之慮，觀聽者覺曾出不窮之妙。自來傳奇排場之勝，無過於此。〔註15〕

此評點出了戲曲的宮調之音樂、腳色之搬演、劇情之安排三大要素，也點出了排場的重要性：實即爲戲曲藝術表現的眞正內涵。所以不明排場，即無法明瞭戲曲「專爲登場」的藝術本質。演員腳色的運用，便是排場顯而易見的第一個先決標準，曾永義曰：

> 而排場的組合和腳色的分配也有很密切的關係。在原則上，必須使用勻稱，使勞逸均等。每場的腳色，必須尋求變化；或唱做變位，或文武易腳，相間爲用，不能專偏一色。〔註16〕

腳色的交替變化與均衡運用，才能使表演場面出現高低起伏的韻致；專偏一色，就無法產生變化，平板而無味。王季烈論《長生殿》排場之勝，其意在此。

二、宮調、曲牌與分場

（一）宮調的聲情

曾永義謂：

> 就傳奇的結構來說，關目情節的剪裁布置固然很重要，但更爲重要的，則是排場的處理。因爲它是將關目情節，藉著腳色的搬演，以具體的方式表現出來。而其所表現的喜怒哀樂與排場分配的關鍵，則又依存於套數的配搭。蓋某折爲喜境，宜用歡樂之調；某折爲悲境，宜用悲哀之調。某折爲情話纏綿，某折爲線索過渡，都要先定大局，然後選調依循一定的規矩，進而按調填詞，成竹在胸，自然

〔註15〕王季烈：《螾廬曲談》，王雲五編：《人人文庫》147冊，頁28。

〔註16〕曾永義：〈評騭中國古典戲劇的態度和方法〉，《說戲曲》（臺北：聯經出版社，西元1976年9月初版）頁14。其排場說法可參見〈說排場〉，《曾永義學術論文自選集・甲編　學術理念》（北京：中華書局，西元2008年7月1版），頁71～107。

> 順理成章，無不妥貼之病。倘若不明排場的訣竅，誤將獨唱之曲改由眾人合唱，歡樂之曲施之於哀怨的排場，或者以淨、丑唱【懶畫眉】，生、旦唱【普賢歌】，以致冠履倒置；那麼雖如陳厚甫紅樓夢傳奇皆一一遵照四夢聲調，俞曲園自撰新曲，雖亦規依彈詞，但排場更易，終屬外律；不僅不能搬演，又且遺人以笑柄。因之套數的配搭，實和排場的組合有着密極其密切的關係。〔註17〕

因此，若論及排場，除了上一章節專論的情節，還有前述腳色的上下場，以及音樂的運用——亦即宮調、曲牌的配置用運。傳奇的分場不僅要顧及折數與分腳，尚需「審奪場面，選定宮套」——配合場面所欲表現的特質以搭配宮套的聲情運用，始能與情節、表演契合無間。〔註18〕宮調聲情之說，在現存古典戲曲的聲樂論述中，開先啓後、影響最鉅者當屬元代燕南芝菴的《唱論》，保留了原先北雜劇因應一人獨唱的體製，而表現各色宮套之特性的記載，周德清《中原音韻》、陶宗儀《輟耕錄》與朱權《太和正音譜》都引用了《唱論》的見解，〔註19〕可見《唱論》影響之久遠。中國律呂原有七音、十一調共計八十四宮調，但是鑒於演出之斟酌，僅保留了適宜演出與經常運用的宮調，至《唱論》所見，僅有六宮十一調共十七宮調，其曰：

> 大凡聲音者，各應於律呂，分於六宮十一調，共計十七宮調：仙呂調唱，清新綿邈。南呂宮唱，感嘆傷悲。中呂宮唱，高下閃賺。黃鐘宮唱，富貴纏綿。正宮唱，惆悵雄壯。道宮唱，飄逸清幽。大石唱，風流蘊藉。小石唱，旖旎嫵媚。高平唱，條物滉漾。般涉唱，拾掇坑塹。歇指唱，急併虛歇。商角唱，悲傷宛轉。雙調唱，健捷激裊。商調唱，悽愴怨慕。角調唱，嗚咽悠揚。宮調唱，典雅沉重。越調唱，陶寫冷笑。〔註20〕

每個宮調各自有相應的性質以配合情節、腳色運用，但在南曲當中，實際運用者又僅有十三種，〔註21〕到後世所常用者又僅餘《九宮大成》所述的

〔註17〕曾永義：〈評騭中國古典戲劇的態度和方法〉，《說戲曲》，頁14。

〔註18〕張敬：〈傳奇的分腳和分場〉，《明清傳奇導論》，頁130。

〔註19〕見〈唱論提要〉，《中國古典戲曲論著集成》（北京：中國戲劇出版社，西元1982年11月初版4刷）第一冊，頁155～158。

〔註20〕（元）芝菴：《唱論》，《中國古典戲曲論著集成》第一冊，頁160～161。

〔註21〕許守白：《曲律易知》，頁57曰：「南曲宮調，有仙呂、正宮、中宮、南呂、黃鐘、道宮、越調、商調、雙調、仙呂入雙調、羽調、大石、小石、般涉共十四種，其商、角、高平、揭指宮調四種均無南調。般涉雖列其目，然所屬

九種宮調。宮調套曲的特質必須能夠符合與情節相符，始能扣合曲情與聲情，達到曲詞、感情、身段等等緊密相連的完美境界。例如：《牡丹亭》第十齣〈驚夢〉，杜麗娘與春香上場，唱商調引子【遶地遊】與仙呂調套曲，以商調「悽愴怨慕」與仙呂調「清新綿邈」的聲情特質，唱敘杜麗娘初見春辰美景的願慕情懷，回返閨房，想起方才觸動的春情，又悲嘆自己的青春餘生不爲得見，以商調【山坡羊】的悲哀之曲詠敘其無以形容而又無法償願的情感；〔註 22〕杜麗娘入夢以後，夢中持柳的柳夢梅以越調【山桃紅】在夢中向杜麗娘訴情、溫柔繾綣一番，爾後花神上場唱【鮑老催】，杜柳二人又再次上場，以【山桃紅】合唱表現兩人夢中幽會的美好癡情。在一齣情節當中，腳色詠唱的宮調套曲必須能夠配合當下的情感表現，而且還要配合文武、粗細的曲套性質，才不致唐突錯亂表錯情。宮調的聲情與腳色的特性也需要密切的配合，例如吳梅記北曲商調【集賢賓】時，論及宮調聲情與腳色的關係：

> 此調例在首支，普通皆散板，間遇用細腔唱，亦有加板唱者，如《長生殿．疑讖》折是也。……商調曲皆纏綿低咽，宜施生旦之口，若激昂慷慨之作，可取正宮、雙調等詞，非所語於商調矣。洪昉思號稱知音，而〈疑讖〉一折，以老生唱此套，未免鑿枘，不得不改用尺調以遷就之，乃至宮調凌亂，余甚惜焉。〔註 23〕

蓋〈疑讖〉一折，乃是郭子儀未得官職、無法爲國正綱而抒吐不平之聲，其【集賢賓】曲詞爲：「論男兒壯懷須自吐，肯空向杋天呼？笑他每似堂間處燕，有誰曾屋上瞻烏！不提防柙虎樊熊，任縱橫社鼠城狐。幾回家聽雞鳴，起身獨夜舞。想古來多少乘除，顯得個勛名垂宇宙，不爭便姓字老樵漁！」此乃「激昂慷慨」、豪壯賁發之語，實與商調「悽愴怨慕」的聲情相違，應該施以正宮調的「惆悵雄壯」，或是雙調的「健捷激裊」爲宜；而且商調就其性質，應當由生、旦應唱，才能適切表達其低迴纏綿的曲情，但是〈疑讖〉一折卻以外腳（郭子儀）、亦即吳梅所指的老生應唱，有違曲調之口法，所以吳梅就該折之音樂，而指出洪昇此處「宮調凌亂」，不合聲情、腳色與劇情的應對，

僅哨遍一曲，傳奇家殊不適用，可置不論，實只十三種而已。」

〔註 22〕許守白：《曲律易知》，頁 105 曰：「山坡羊屬悲哀之曲，然或先悲而後喜者，則接仙呂或仙呂入雙調均可，視其情節而定之。」

〔註 23〕吳梅：《南北詞簡譜》，王衛民校注：《吳梅全集》（石家庄：河北教育出版社，西元 2002 年 7 月 1 版）第 5 冊，頁 222。

成爲遣曲排調上的失誤。

（二）曲牌的特性

除了宮調之外，每支曲牌在高度的精緻規範下，而擁有各自鮮明的特色，簡述而論，例如：

> 曲牌之性格，舉南曲爲例：雙調過曲【武陵花】高亢之極，生腳難於運腔，而越調過曲【綿搭絮】低迴之至，旦腳難於啓口，故曲界有「男怕唱武陵花，女怕唱綿搭絮」之語。正宮過曲【錦纏道】音調至爲悲壯，好施之淨口表奸雄失路之悲即頗爲合宜。中呂過曲【鏤鏤金】與【剔銀燈】宜淨丑之口，故例作過場短劇之用。【柳穿魚】、【撼動山】、【十棒鼓】、【蛾郎兒】、【急急令】、【恁麻郎】等皆小曲性質，非快板即乾唱，止能施之各門副腳色；同理【字字雙】、【雁兒舞】亦爲小曲，只能用爲淨丑沖場。商調過曲【山坡羊】與【水紅花】宜於眾唱，故《長生殿》四十三齣〈改葬〉三支【水紅花】皆由明皇主唱，首悼妃子，次哭香囊，末哭錦囊。三支【水紅花】一作掘墳、再作築墳、結作繞場，皆屬同唱。可見其排場用曲之匠心與得體。南呂引子【哭相思】二句必用於排場轉折之處，結上啓下，甚爲分明。而大部分的「舊曲」屬細曲，只宜生旦抒情寫懷之用。〔註24〕

可見各支曲牌各自有其運用的屬性與特質，若從曲牌的調性來說，「男怕唱武陵花，女怕唱綿搭絮」便是顯著的例子；而從曲牌的屬性來說，【錦纏道】屬悲壯之曲，適宜淨腳表現強烈的情緒，至如【急急令】、【恁麻郎】此種小曲，則適用於各門副腳等等。又如南曲黃鍾宮【出隊子】，吳梅謂其爲快板小曲，用於沖場；〔註25〕南曲中呂宮【太平令】則是曲套中的過搭小曲，由情節分量輕腳色運唱以點綴帶過。〔註26〕曲牌必須視其特色而搭配情節、腳色施用，例如吳梅曰南曲中呂宮【大影戲】：「此亦快板曲，宜用淨丑色。《西樓》此曲，在〈折書〉

〔註24〕曾永義：《從腔調説到崑劇》（臺北：國家出版社，西元2002年12月初版），頁129～130。

〔註25〕吳梅：《南北詞簡譜》，王衛民校注：《吳梅全集》第6冊，頁256曰：「此爲快板小曲，所以代引子用者，或一或二或四俱可。此種謂之沖場短曲，大都不拘宮調，如用此曲二支後，再接別宮調大套曲，亦無不可，其用在首支加贈板者，殊不多見也。」

〔註26〕吳梅：《南北詞簡譜》，王衛民校注：《吳梅全集》第6冊，頁416曰：「此爲過搭小曲，在大套中，不緊要角色，歌一二曲，點綴景物而已。」

齣內，於趙伯將破口大罵時用之，情景恰合。」〔註 27〕又同宮調的【粉孩兒】謂為：「此為贈板快曲，唱時止作一板一眼，亦宜於情節緊迫時用之，例列首支。《長生殿．埋玉》折，最合情理，至《四弦秋．改官》，便不十分熨貼矣。」〔註 28〕便是曲牌與情節、腳色密切配合妥當的例子。如果情節、腳色與曲牌的特色不能吻合，將導致聲情與劇情相違，也使演員拗嗓捩喉，便是度曲製劇上的失誤；例如吳梅謂南曲正宮【福馬郎】：「此亦淨丑口吻相宜，且有用乾板唱者。《西樓》以老生唱此曲，實是不合。」〔註 29〕原本適合淨丑聲口的曲子，卻由老生應唱，以致曲牌特色和腳色特質相牴觸，即是一誤。又如吳梅記南曲中呂宮【撲燈蛾】謂：「此曲宜施淨丑口吻，而《幽閨》用作生旦合唱，實非格也。」〔註 30〕亦是曲牌特性與腳色聲口特質關係的例證。

如果再細研推敲至劇情與全齣聯套的關係，曲牌聯套便應該隨著劇情的由文而武、由靜至動的場面組合而變化，在宮調聲情、曲牌特色、腳色特質與劇情表現上適當的調配運用，才是一齣成功的劇作。因劇情變化而改變曲牌聯套的方法，依汪志勇〈劇情變化與聯套之分析〉所述，共有七種方法，〔註 31〕例如《琵琶記．格墳》，此齣乃是趙五娘以手捧土為公婆築墳，勞累而睡，土地神率領陰兵為其築墳，墳成而五娘醒轉，其聯套為：

> 旦上唱【掛眞兒】（菩薩蠻詞）．【五更傳】．【卜筭先】作睡介，外扮山神上唱【粉蝶兒】丑扮猿、淨扮虎上。外唱【好姐姐】淨丑合唱。外淨丑並下．旦醒介唱【卜筭後】．【五更傳】．末丑帶鉏器上【鏵鍬兒】．【好姐姐】

在五娘入睡時，曲家將聯套中的【卜算子】分為前後兩曲，兩曲之間插入【粉蝶兒】、【好姐姐】兩支曲子，代表五娘入睡前後的場面變化，便是插入曲子以表現特殊情節的方法。又如《還魂記．驚夢》，分別以南北前後兩組套曲組場，代表「遊園」、「驚夢」兩段不同的場面，即以南北曲調之不同而表現劇情變化的方法。有的曲牌又依其特性而擁有適用因應的場合，例如吳梅記南曲中呂宮【永團圓】：「大概傳奇結束處，須有同場大套，方用此曲，《長生殿》

〔註 27〕吳梅：《南北詞簡譜》，王衛民校注：《吳梅全集》第 6 冊，頁 404。
〔註 28〕吳梅：《南北詞簡譜》，王衛民校注：《吳梅全集》第 6 冊，頁 405。
〔註 29〕吳梅：《南北詞簡譜》，王衛民校注：《吳梅全集》第 6 冊，頁 297。
〔註 30〕吳梅：《南北詞簡譜》，王衛民校注：《吳梅全集》第 6 冊，頁 401。
〔註 31〕詳見汪志勇：《明傳奇聯套研究》，有插入曲子、易其宮調、夾用集曲、集曲組套、弔場區隔、加入賺曲或【不是路】曲牌、以南北曲調相隔等七種方法，頁 53～56。

末折〈重圓〉可證也。」〔註32〕記南曲大石調【插花三台】謂：「此用在排場熱鬧時者，大抵在撥刀擀棒及神頭鬼面等戲用之。」〔註33〕皆爲其證，可知曲牌特性與排場之間的密切連繫。

北曲雜劇受限於一人主唱的體製，所以在一個腳色唱述表達感情、劇情之時，必然以自己的體認來表現曲調的聲情與詞情，使得北曲歌唱藝術產生性格化的傾向；直至南曲崑腔成立，也吸收了音樂性格化的特色——儘管每個曲牌擁有各自註明的聲情，但是並非在曲調產生之初即已確定其性情，而是在眾家演員的運用、表達、詮釋、發揮之後，因爲歌唱經驗的累積，使得曲牌的特質越來越明顯。〔註34〕於是，每個宮調套式的調配，便是劇作家們經過自己對於音樂曲套的體認，以及演員們長久的演唱經驗所定製下來的聲情特色，能夠讓宮套與關目情節適密貼切的配合表現，才能成爲佳作；在這調配的過程中，聲情之於腳色、情節、舞臺表演的考量定度，都會彼此相扣、互相影響，這也就是擬定排場的過程，亦即許守白所說：「排場一事，最爲繁難，大抵因劇情之變動，而定所用之曲牌。」〔註35〕

由此可知，宮調有其所屬的聲情表現，曲牌亦有各自的鮮明特色，如果宮調聲情、曲牌特色與場上表現的情節氛圍不合，那便犯了不知排場的錯誤——因爲音樂與情節無法吻合，演員也無法依照聲情、劇情兩者的配合演出，整個場面將會無所適從。所以，音樂聲情與腳色的運用正是排場的重要環節，必須與情節相輔相成、緊密搭配。以下將以本論文所析論之單一關目的夢關目爲內容分類，依張敬的傳奇分場說爲歸屬，舉例說明夢關目的分場與運用。

至於全境皆夢關目之運用，事涉全本劇作情節，其所謂排場，即已事關全本劇作的排場布置。若就其出夢、入夢的表演段落而視，主要腳色和情節樞扭俱在此處，當視爲正場，不在此特別列述。

第二節　入夢相會關目之分場

入夢相會關目在情節運用上，擁有關鍵、樞紐的地位，或是穿插脈絡的

〔註32〕吳梅：《南北詞簡譜》，王衛民校注：《吳梅全集》第6冊，頁413。

〔註33〕吳梅：《南北詞簡譜》，王衛民校注：《吳梅全集》第6冊，頁552。

〔註34〕見王安祈：〈音樂與賓白〉之「音樂性格化」，《明代傳奇之劇場及其藝術》（臺北：臺灣學生書局，西元1986年6月初版），頁287～288。

〔註35〕許守白：《曲律易知》，頁137。

功能，也能用於情節之交代，使用場合多變。因此，因應各種情節的需要，配合不同的腳色、宮套，排場也有各種變化；而夢關目之分場變化，端視情節、腳色、音樂之變化之外，尚有表現形式的表演性輕重之分別。茲列表整理入夢相會關目各齣劇目之排場如下：

第一期					
劇　目	表現形式	腳色人物	宮套分配	分　場	夢　境
原本王狀元荊釵記三十五	口敘念唱	占（王母） 生（王十朋）	占上唱【一枝花】生念白述夢‧【新水令】‧【步步嬌】‧【折桂令】‧【江兒水】‧【雁兒落】‧【僥僥令】‧【收江南】‧【園林好】‧【沽美酒】‧【尾】	正場	交代
第二期					
劇　目	表現形式	腳色人物	宮套分配	分　場	夢　境
陸天池西廂記三十	夢者參演	生（張生） 淨（隨從） 丑（店小二） 旦（鶯鶯） 外 末 丑	生【破掛眞】（浣溪沙詞）‧【香羅帶】‧【二】入夢‧旦上【梅花塘】‧【香柳娘】‧【二】‧【三】‧【四】‧【五】‧【一江風】	正場	交代
古玉環記十二寄容覓信	口敘念唱	淨（王小二） 末（店小二）	淨上【步步嬌】‧【前腔】‧【紅衲襖】‧【前腔】	過場	預示
第三期					
劇　目	表現形式	腳色人物	宮套分配	分　場	夢　境
南調西廂記二十九	夢者參演	生（張生） 淨（店小二） 旦（鶯鶯）	生【掛眞兒】‧【步步嬌】‧【江兒水】‧【清河水】入夢‧旦上【仙燈近】‧【香柳娘】‧【前腔】‧【前腔】‧【前腔】‧【前腔】‧【傍粧臺】‧【尾】	正場	交代
修文記三十六樞度	口敘念唱	生（蒙曜）	【菊花新】生唱，念唱述夢‧【駐馬廳】‧【前腔】	過場	重要
第四期					
劇　目	表現形式	腳色人物	宮套分配	分　場	夢　境
牡丹亭十驚夢	夢者參演	旦（杜麗娘） 貼 生（柳夢梅） 末（花神） 老旦	【遶地遊】旦上（烏夜啼）貼‧【步步嬌】‧【醉扶歸】‧【皂羅袍】‧【好姐姐】‧【隔尾】‧【山坡羊】入夢，生上‧【山桃花】末上‧【鮑老催】‧【山桃花】夢醒，老旦上‧【綿搭絮】‧【尾聲】	大場	重要

<table>
<tr><td colspan="2">彩舟記
二十六
悔罪</td><td>口敘念唱</td><td>生（江情）
淨（龍王）</td><td>生上【引子夜遊湖】念白述夢·【過前江頭金桂】生入夢·淨扮龍王角巾野服扶仗上【風入松】·【前腔】淨·【前腔】生·【前腔】淨忽然下，夢醒·【玉山供】</td><td>短場</td><td>重要</td></tr>
<tr><td colspan="2">異夢記
八夢圓</td><td>夢者參演</td><td>生（王奇俊）
小生（主婚使者）
鬼
旦
外</td><td>生上【夜行船】·【步步嬌】生睡介，小生扮神鬼上；生起介·【忒忒令】鬼引旦上·【尹令】生旦合唱·【品令】·旦唱【荳葉黃】·生唱【玉交枝】·小生唱【月上海棠】·生旦合唱【江兒水】生旦互換定物·【川撥棹】·【尾】外上，生做睡醒介·生唱【二犯朝天子】</td><td>大場</td><td>重要</td></tr>
<tr><td colspan="2">靈寶刀
二十九
哭女思夫</td><td>口敘念唱</td><td>旦
老旦（王婆）</td><td>旦【掛眞兒】念白述夢·【九迴腸（解三醒＋三學士＋急三鎗）】·老旦扮王婆上【一封書犯】·【前腔】</td><td>短場</td><td>交代</td></tr>
<tr><td rowspan="2">鸚鵡洲</td><td>十九佐酒</td><td>口敘念唱</td><td>生（韋皐）
外（祖山人）
淨（陳博士）
小旦</td><td>生【滿庭芳前】念白述夢·外扮祖山人淨扮陳博士上【滿庭芳後】·【好事近】·【泣顏回】·【榴花泣】·【前腔】·【尾】·【二犯傍妝臺】·【前腔】</td><td>正場</td><td>交代</td></tr>
<tr><td>二十出獄</td><td>口敘念唱</td><td>小生（姜荊寶）
末</td><td>小生枷杻上。念白述夢。末。小生【山坡羊】·【前腔】</td><td>過場</td><td>預示</td></tr>
<tr><td colspan="7">第五期</td></tr>
<tr><td colspan="2">劇　目</td><td>表現形式</td><td>腳色人物</td><td>宮套分配</td><td>分　場</td><td>夢　境</td></tr>
<tr><td colspan="2">一種情
六
病情</td><td>口敘念唱</td><td>正旦（何興娘）
付
小旦</td><td>付扶正旦上【尾犯】·正旦【榴花泣】·小旦上【前腔】·【漁家燈】·正旦【前腔】·正旦【尾聲】</td><td>短場</td><td>重要</td></tr>
<tr><td colspan="2">一笠庵
永團圓
十
貞夢</td><td>夢者參演</td><td>旦（江蘭芳）
老旦（石氏）</td><td>旦【越調引子霜蕉葉（霜天曉角＋金蕉葉）】·【越調過曲小桃紅】老旦魂上·【下山虎】·【山麻楷】·【江神子】旦醒·【亭前送別（亭前柳＋江頭送別）】·【餘音】</td><td>正場</td><td>重要</td></tr>
<tr><td colspan="2">墨憨齋
永團圓
十一
貞女異夢</td><td>夢者參演</td><td>旦（江蘭芳）
老旦（石氏）</td><td>同上</td><td>正場</td><td>重要</td></tr>
<tr><td colspan="2">西園記
三十三</td><td>夢者未演</td><td>淨（法僧大智）
雜（眾僧）
小旦（趙玉英）
外
老旦
小生
生（張繼華）
旦（王玉眞）
淨
丑</td><td>淨雜【引子南點絳唇】·【北醉花陰】·【過曲南畫眉序】外老旦小生上·【北喜遷鶯】·生旦上【南畫眉序】·【北出隊子】·【南滴溜子】·【北刮地風】·【南滴滴金】·【北四門子】·【南鮑老催】·【北水仙子】·【南雙聲子】·【北煞尾】</td><td>大場</td><td>重要</td></tr>
</table>

風流夢 八 情郎印夢	口敘念唱	生 淨	生上【仙呂引黃梅雨】口敘夢境．【仙呂犯南呂雙調九迴腸（解三醒＋三學士＋急三鎗）】淨上．【仙呂入雙調字字雙】．【桂花遍南枝（桂枝香＋瑣南枝）】．【其二】	正場	重要
花筵賺 十六	夢者參演	旦 小旦 小生（謝鯤） 生（溫嶠） 丑	【雙調引子船上紅蓮花】旦上；小旦．【雙調過曲九姑娘（山坡羊＋五更轉＋園林好＋江兒水＋玉交枝＋五供養＋月上海棠＋好姐姐＋玉山頹）】入夢；小生魂上．【仙呂過曲皀羅袍】生魂上．【前腔】夢醒，丑外上	正場	重要
夢花酣 一 夢瞥	夢者參演	生（蕭斗南） 丑（憨哥） 小旦、貼旦（花神） 旦（魂）	【南呂引子稱人心】生上．（鷓鴣天）丑上．【南呂過曲宜春令】．【太師醉腰圍（太師引＋醉太平＋太師引）】．【黃鐘過曲賞宮花】生沉睡介．小旦、貼旦上【降黃龍（換頭）】旦魂上；生醒介，旦、花神俱下．【商呂過曲大勝樂】	大場	重要
夢磊記 二十六 觀梅感夢	夢者未演	末（徽宗） 外（司馬齊） 生（蘇軾） 小生（程顥） 淨（秦觀） 雜 外 淨 小淨 老旦	末扮徽宗眾宦官宮女隨上【黃鐘引傳言玉女】．【黃鐘神仗兒】．【降黃龍】．【其二】．【黃龍滾】．【其二】．【尾聲】睡介。外二生淨各本色冠帶上．【仙呂解三醒】下，末醒介。外二淨老旦扮指揮上。下	大場	重要
嬌紅記 五十 仙圓	口敘念唱 夢者參演	生（申純） 旦（王嬌紅） 外 貼 老旦 小生 末 外（東華帝君）	生旦仙粧上【糖多令】．【二犯傍粧臺】．【前腔】貼上，上樓見生旦驚倒介。生旦仝閃下。貼痴醒介．末上【玉女步瑞雲】．貼述說奇事。下。外老旦小生從人上【菊花新】。末貼從人上，見介。眾仝悲介【駐馬聽】．末【前腔】合．老旦【前腔】合．小生【前腔】合．貼【前腔】合。見鴛鴦介．【催拍】．【前腔】．【一撮棹】下場詩，眾下．生旦上【一封書】旦先唱，生後唱．【前腔】生先唱，旦後唱。外扮東華君上。【紅繡鞋】．【馱環着】．【永團圓】．【尾聲】	大場	重要
麒麟罽 一本上卷 十八 見姑	口敘念唱	羅藝 秦氏 羅成 秦瓊	二家將引羅藝上【杏花天】．眾侍女隨秦氏上唱【引】羅藝念白述夢．秦氏悲介唱【小桃紅】．羅唱【下山虎】．【引】羅成上．【山麻稭】．【五韻美】秦瓊上．【蠻牌令】．秦氏上唱【五般宜】．【江頭送別】．【江神子】．【尾】	正場	重要

灑雪堂 三十四 西廊哭殯	夢者參演	丑（六橋） 生（魏鵬） 旦（賈雲華）	丑・生青圓領角帶上【越調引浪陶沙】丑捧紙錢等行介・【越調祝英臺】生哭拜介・【其二（換頭）】。丑諢下。睡介。魂旦上・【前調引金蕉葉】見生介，作驚退介・【前調本宮賺】生作離魂介，見旦介。抱旦介・旦【小桃紅】・生【下山虎】生又抱旦介。旦走介。生作喜介・【蠻牌令】・同唱【憶多嬌】行介。生趕上抱介・【鬪黑麻】旦作鬼聲下。生哭倒介。作醒介・【憶鶯兒（憶多嬌＋黃鶯兒）】	正場	重要
靈犀錦 十八 旅夢（小收煞）	夢者參演	生（張善相） 末（卜訪） 小旦（瘦紅） 丑（肥綠）	生上【生查子】・生進末見揖介。生背云。末【剔銀燈】襍持酒上末生交送唱・【啄木鶯兒（啄木兒＋黃鶯兒）】生進房吊場對燭長嘆介）・【二郎神】・【簇御林】生入夢，小旦夢魂上・【山坡轉（山坡羊＋五更轉）】生夢態起身開門介・【水紅花】摟小旦欲下，旦撞上介・【金蓮子】丑肥綠跑上，旦急同丑下，生大叫介，急追下	正場	重要
鸚鵡墓貞文記 三十 會夢	夢者參演	旦（玉娘） 貼（霜娥） 生（沈佺） 老（紫娥）	旦引貼上。【二郎神慢】・【金索掛梧桐】・【前腔】旦倦睡介。貼下。生上見畫介（沈佺真容）・【攤破簇御林】生遮旦背介・【囀林鶯】旦驚起介・【鶯集御林春】・【前腔】・【前腔】・【前腔】旦扯介，生推介。貼老上，見旦驚介。旦醒叫介・【琥珀貓兒墜】・【尾聲】	正場	重要
三十	口敘念唱	老（紫娥） 貼（霜娥）	老貼哭上，念白述夢・【紅衲襖】・【前腔】老倒下・【香柳娘】・【前腔】	短場	重要
三 同殉		外（張懋） 淨（劉氏）	貼自溢下。鸚鵡叫介。外淨仝哭上・【前腔】鸚鵡叫介鸚哥兒死也・【前腔】		
金鎖記 二十六 魂訴	夢者未演	眾 外（竇天章） 丑（胡圖進） 淨（典告進） 丑（土地） 小旦（竇天章亡妻）	眾小軍引外上唱【緱山月】・眾應介唱【朱奴兒】淨丑上白；丑扮土地上，拂外介，外入夢；丑引小旦上【普天樂】・夢醒【前腔】	大場	重要
紅情言 三十五 京第	夢者未演	生（皇甫曾） 旦（盧金焦） 淩 外（盧兼訪）	【破陣子】生（詞：如夢令）・【醉扶歸】生睡又一生上・【香柳娘】旦淩上・【紅納衣】・【解三星】外冠帶扮夢中盧兼訪。夢醒	短場	交代
秣陵春傳奇 三 閨授	口敘念唱	雜 外（黃濟） 老旦 旦 貼	雜扮院子隨外上【中呂引滿庭芳】外念白述夢・老旦上【商調引遶地遊】旦上貼隨旦上・【前腔】・【仙呂入雙調過曲玉山供】・【前腔】・【玉胞肚】・【前腔】・【尾】	正場	預示

意中人 五 夢緣	夢者參演	生（史玉郎） 旦（劉夢花） 丑（青條）	【仙呂過曲醉扶歸】生上・【前腔】睡介。內細吹打，四仙引旦上，四仙女下・【皂羅袍】・【前腔】旦下。生趕上介仍跌舊處睡介。丑急上。生醒介・【尾聲】	正場	重要
未　知					
劇　目	表現形式	腳色人物	宮套分配	分　場	夢　境
珍珠記 十七 憶別	口敘念唱	生 夫	【鵲橋僊】生。夫上・【鴈魚錦】・【前腔】念白述白・〔尾聲〕	過場	交代
袁文正 還魂記 十九 託夢救妻	夢者未演	旦（韓娘子） 丑 淨 占（金蓮） 貼 生（袁文正） 末、淨（張清）	旦丑上引【月兒高】淨上，占・【新水令】・【喬牌兒】・【攪箏琶】・【沉醉東風】・【喬牌兒】・【甜水令】・【折桂令】・【寶鼎兒】・【沽美酒】・【清江引】・【月上海棠】・【折桂令】・【鴈兒落】・【得勝令】・【歇拍煞】・【鴛鴦煞】旦下・生上【山坡羊】・【駐雲飛】生下，旦上・末上【又】・【小桃紅】・【前腔】	大場	重要
和戎記 三十四	夢者未演	生 旦 外	【賀聖朝】生・【皂羅袍】入夢，旦上・【新水令】・【清江引】夢醒・【紅衲襖犯】・【下山虎】外上	短場	交代
偷桃記 十四 追魂攝魄	夢者參演	淨（黎牛） 末、丑（趙虎、錢龍） 女丑（師婆） 神（急腳爺）	【彌陀僧】淨上，丑、末、女丑合唱。淨睡介，末粧扮假旦【山坡羊】。丑粧扮假旦【前腔】。丑扮假旦【前腔】。丑又粧張娘魂上【前腔】	群戲鬧場	交代
東窗記 三十	口敘念唱	秦（秦檜） 夫	秦上【生查子】念白述夢・【女冠子】・【前腔】	過場	交代

入夢相會關目以具備情節意義的正場為多，可見入夢相會關目的出現，多代表情節的起伏或關鍵之處。

運用於正場者，如：《原本王狀元荊釵記》三十五齣，本齣以南呂【一枝花】為引，轉入南北合套雙調【新水令】套曲，屬於傳奇曲家經常使用的曲套，〔註36〕是相當規矩穩當的排場。又如《麒麟閣》一本上卷十八齣〈見姑〉，用南曲越調【小桃紅】套，皆屬於節奏急快而無贈板的曲牌，〔註37〕乃依排場需要而聯套，例表悲哀場面；就其情節而言，乃是羅藝與秦瓊相認之事，並且切合於情節的衝突點（第二種衝突）上，就其表演分量言，雖然以過曲為主，但是配合情節的運用，仍足堪為正場。

〔註36〕許守白：〈附論南北合套・雙調〉，《曲律易知》，頁54～55。
〔註37〕許守白：〈論南曲宮調・越調過曲〉，《曲律易知》，頁77～78。

運用於大場者，如：《牡丹亭》第十齣〈驚夢〉，杜麗娘與柳夢梅在花神的指引下於夢中幽會，既有生旦主腳，腳色排場亦極為盛大，自以大場為宜。至如《夢磊記》二十六齣〈觀梅感夢〉，本齣引入黨人碑一事，套式主以【降黃龍】二支接【黃龍滾】二支成套，〔註 38〕排場盛大，但是腳色雖眾，又俱非本劇的主腳，因此帶有羣戲的性質。而《嬌紅記》五十齣〈仙圓〉，乃為大團圓結局，熱鬧紛紜，眾腳均有唱念，自以羣戲大正場為應。

運用於短場者，如：《彩舟記》二十六齣〈悔罪〉，龍王向江情訴說因江情不敬氤氳神、未有還願，以致姻緣不順遂，為情節上的關鍵之一；然本齣套式以過曲性質的【風入松】疊用為主，而非文細之曲，至多僅可成為短場。又如《和戎記》三十四齣，王昭君於夢中託訴元帝，冀望元帝與自己的妹妹續弦，曲套、腳色排場相對簡短，亦為短場之屬。《一種情》第六齣〈病情〉，該齣情節為何興娘魂魄出遊，帶箜篌演奏，與崔嗣宗夢中相見，此齣情節是男女主腳夢中相遇的契機，主要用以聯綴情節；但以其表演分量而論，應列為短場。

運用於過場者，例如《修文記》三十六齣〈樞度〉，蒙曜夢見死去的兒子蒙玉樞託夢，而具疏懇求慧虛仙師收為弟子、以入大道，在情節上屬於補充交代之用，又僅以一腳搬演，至多屬於過場性質。又如《古玉環記》十二齣〈穿容覓信〉，由王小二、店小二兩人旁敘玉簫、韋皋兩位主腳的情節發展，腳色與情節僅上為補充作用，宮套又僅用【步步嬌】、【紅衲襖】疊用，過場用意極重。又如【鸚鵡洲】二十齣〈出獄〉，姜荊寶獄中夢見薛濤以詩預示囹圄之災可望消解，旋即應兆出獄，實為交代之用，只用【山坡羊】疊用過曲，故為過場。

羣戲鬧場者，則有《偷桃記》十四齣〈追魂攝魄〉，乃是黎牛欲謀東方朔之妻張氏，相思病急，趙虎、錢龍誆稱能攝來張氏魂魄相見，實為兩人假扮的一齣諧鬧喜劇；本齣情節並無實質作用，功用在於調劑場面冷熱、以詼諧劇情寓以取笑，以次要腳色們的表演為主。

入夢相會關目主要配合夢境之於情節的重要性，以及上下場腳色而決定排場之運用；由於本關目涉及第二種衝突的產生，除了某些必要的滑稽、交代之設計，往往能夠帶動情節，兼且此類情節多以夢者參演／未演形式表現，具備一定程度的表演成分，因此常應用於主要情節之正場，甚至是大場。而

〔註 38〕南曲之南呂【降黃龍】例常緊接【黃龍滾】，此二支連用即可成套。見吳梅：《南北詞簡譜》，王衛民校注：《吳梅全集》第 6 冊，頁 264。

某些以口敘念唱形式表達，又屬於交代、點綴情節者，則以過場處理。可見夢關目排場的調度，雖然以情節為一定的依據，但是分場仍取決於表演的重要性與分量。

第三節　夢見兆象關目之分場

夢見兆象關目的運用場合也很多，使用頻率為夢關目之最，在情節上，可用於預示、伏筆，有時更是劇情發展的重要關鍵；也可以用於交代情節，甚至加入插科打諢，讓淨丑腳色充任圓夢人物以添綴場面的表演性。其運用之各齣劇目與排場列表整理如下：

第一期					
劇　目	表現形式	腳色人物	宮套分配	分　場	夢　境
黃孝子尋親記十六祭江	口敘念唱	四卒 外 生 院子 小生（樂善） 雜（船頭）	四卒外生卒外生院子引小生上【珠絡索】‧【傾杯賞芙蓉（傾杯序＋玉芙蓉）】念白述夢‧【朱奴帶錦纏（朱奴兒＋錦纏道）】‧【尾聲】	正場	重要
趙氏孤兒十七	口敘念唱	外（趙盾） 生（趙朔） 旦（公主） 末（程英） 淨（員夢姜先生） 小外（夢） 丑（屠氏門下）	外【風馬兒】‧外生旦末淨【普天樂四支】各自述夢。小外念白述夢‧丑。女織機	正場	重要
第二期					
劇　目	表現形式	腳色人物	宮套分配	分　場	夢　境
文公昇仙記九	口敘念唱	旦 貼（婆婆） 淨 丑（張見鬼先生）	旦貼旦上，貼唱【臨江仙】‧旦【前腔】‧貼唱夢境【黃鶯兒】‧旦唱夢境【前腔】丑今白解為吉夢	短場	預示
精忠記十三兆夢	口敘念唱	老旦（張氏） 小旦（岳氏） 末（院子） 丑（卜卦先生） 淨（道士） 丑	老旦、小旦【高陽臺】‧【山坡羊】‧【前腔】‧丑上【梨花兒】‧【柰子花】‧【剔銀燈】‧【前腔】丑下‧淨丑上【普賢歌】‧【頌】‧【排歌】‧【前腔】	羣戲正場	交代

<table>
<tr><td>舉鼎記
七
看表</td><td>口敘念唱</td><td>末（楚國黃門）
外（伍奢）
生（伯州犁）
平王
甘英</td><td>末上【點絳唇】。外生上·【前腔】平王上·【前腔】平王念白述夢·【繡帶兒】·【前腔換頭】·大鳥上飛舞下。合【太師引】·甘英上【前腔】·【東甌令】·【尾】</td><td>正場</td><td>預示</td></tr>
<tr><td>寶劍記
十</td><td>口敘念唱</td><td>生（林冲）
旦（娘子）
末（家童）
淨（算命先生）</td><td>生上唱【霜天曉角引】·旦上唱【前腔】·生唱所夢【畫眉序】·旦唱【前腔】·淨上唱【牧犢歌】念白解夢·生唱【前腔】·旦唱【前腔】·生旦唱【撲燈蛾】·生【尾聲】</td><td>正場</td><td>預示</td></tr>
<tr><td colspan="6">第三期</td></tr>
<tr><td>劇　目</td><td>表現形式</td><td>腳色人物</td><td>宮套分配</td><td>分　場</td><td>夢　境</td></tr>
<tr><td>浣紀記
二十八
見主</td><td>口敘念唱</td><td>淨（夫差）
丑
小外（王孫駱）
生（范蠡）
旦（西施）
外（伍員）</td><td>淨丑小外扮王孫駱上【臨江一剪梅】念白述夢·【前腔】生旦上·【鎖寒窻】生·【前腔】旦·【柰子花】丑·【前腔】外上又下·【解三酲】淨·【前腔】旦淨</td><td>大場</td><td>預示</td></tr>
<tr><td>虎符記
二十二</td><td>口敘念唱</td><td>旦
末
外
丑
淨（詳夢先生）</td><td>旦唱【謁金門】長相思·旦【生查子】淨大段念白逞炫·旦唱夢境【普天樂】淨解其爲吉夢</td><td>短場</td><td>預示</td></tr>
<tr><td>修文記三
論文</td><td>口敘念唱</td><td>小末（蒙玉樞）
小生（蒙玉璇）</td><td>【祝英臺】小末小生·【駐馬聽】·【前腔】念白述夢</td><td>過場</td><td>預示</td></tr>
<tr><td>鳴鳳記
十八</td><td>口敘念唱</td><td>小生（林潤）
貼（林妻王氏）
林相</td><td>小生上【傳言玉女】·【駐馬聽】作臥介·貼上【步蟾宮】（南鄉子詞）·【駐馬聽】·【素帶兒】小生念唱述夢·【昇平樂】·【素帶兒】·【昇平樂】·【神仗兒】·【排歌】·【前腔】</td><td>正場</td><td>交代</td></tr>
<tr><td>鮫綃記
十三
捉拿</td><td>口敘念唱</td><td>外（魏從道）
末（沈必貴）
淨（校尉）
眾</td><td>外上【引】末。外述夢·【駐馬聽】·【前腔】·眾校尉上【太平令】·【錦衣香】·【漿水令】·【尾】</td><td>正場</td><td>預示</td></tr>
<tr><td>繡襦記
五
載裝遣試</td><td>口敘念唱</td><td>外（鄭儋）
末（宗祿）
貼（鄭母）
丑
生（鄭元和）</td><td>外上【碧玉令】貼述夢。生上·【少年遊】·【催拍】·外【前腔】·貼【前腔】·【一撮棹】</td><td>短場</td><td>預示</td></tr>
<tr><td>雙珠記
三十四
因詩賜配</td><td>口敘念唱</td><td>貼（王慧姬）
老旦（劉氏）
旦（鄭氏）
末（內臣）</td><td>貼上【轉山子】念白述夢。老旦旦上·【薄悻】老旦解夢。末扮內臣上·【三學士】·【前腔】·老旦旦【前腔】·貼【前腔】</td><td>正場</td><td>預示</td></tr>
</table>

第四期					
劇　目	表現形式	腳色人物	宮套分配	分　場	夢　境
冬青記 三十一	口敘念唱	小生 貼 末	小生【南呂引子掛眞兒】念白述及昨夜之夢‧【南呂過曲柰子花】‧【前腔】‧末上【東甌令】‧【勝如花】‧【前腔】	短場	預示
四喜記 二十七 泥金報捷	口敘念唱	外 旦 紅（紅香） 丑 淨 末	外上【丹鳳吟】‧旦【行香子】紅念白述夢‧【石榴花】‧【前腔】‧丑【不是路】‧淨【前腔】‧末【掉角兒】‧【前腔】‧【餘文】	短場	預示
天書記 二十一	口敘念唱	旦 老旦 丑 外	旦【商調引子逍遙樂】‧【過曲黃鶯兒】老旦上，念白提及夜夢‧【山坡羊】‧外、丑【前腔】‧【金梧桐】念白述說夢境‧【前腔】‧【琥珀貓兒墜】‧【前腔】‧【尾聲】	短場	預示
東郭記 三十九 妻妾之奉	口敘念唱	旦（姜氏） 小旦 眾	【花心動】旦、小旦（詞：卜筭子）念白述夢‧【駐馬聽】‧【前腔】‧【不是路】眾上‧【榴花泣】‧【前腔】‧【急板令】‧【前腔】	短場	預示
金蓮記 三十 同夢	夢者參演	淨 眾 穎 黃 秦 生 坡	淨扮館使上。眾擁穎上【哭虔婆】‧眾擁黃秦同上【海棠春】‧【玉山頹】‧【前腔】入夢，生扮五戒禪師夢中上【北新水令】‧【北駐馬聽】夢醒‧【玉山頹】‧【前腔】‧坡便服上【卜筭子】‧【玉胞肚】‧【前腔】‧【前腔】‧【前腔】述說夢事‧【前腔】‧【前腔】‧【鷓鴣天】	大場	預示
紅蕖記　十	口敘念唱	生（崔希周） 旦 小旦 小生	生【雙調過曲步步嬌】‧【忒忒令】‧小旦上【沉醉東風】‧【園林好】念白述夢‧【尹令】‧【品令】‧【五供養】‧【玉交枝】‧【月上海棠】‧【江兒水】‧【川撥棹】‧【尾聲】‧【仙呂過曲醉扶歸】	正場	重要
十二	口敘念唱	末（古遺民） 丑	【雙調引子夜行船】末念白述夢‧小丑上【雙調過曲雁兒舞】‧【風入松】述夢‧【急三鎗】‧【風入松】‧【急三鎗】‧【風入松】	短場	重要
彩舟記 二十八 奪解	夢者參演	小生（試官） 小旦（門子） 淨（龍神）	小生試官忠靖官補褶，小旦扮門子隨上【過曲風檢才】‧【單調風雲會】‧【前腔】入夢，淨扮龍神上將取卷放開，易敗卷置小生面前，並有一番滑稽演出。小生唱【瑣窗寒】念白問龍神預示。淨下‧【三學士】‧【前腔】	短場	重要

焚香記	五允諧	口敘念唱	外（謝惠德） 淨 生 丑（老媽媽） 旦（敫桂英）	外上開場【西地錦】今白述夢‧【宜春令】‧生淨上【生查子】‧【宜春令】‧【前腔】丑上。旦上【黃鶯兒】生‧【前腔】旦‧【簇御林】外‧【前腔】丑‧【琥珀貓兒墜】淨。合‧【前腔】眾。合前	正場	重要
	二十八折証	口敘念唱	外 生（王魁） 鬼 旦（敫桂英魂） 末（家院）	外扮大王上。旦上【正宮端正好】‧【滾繡球】‧【叨叨令】‧【脫布衫】‧【小梁州】困介入夢，外上下。旦醒於殿門外東廊下‧【滿庭芳】‧【朝天子】‧【步步嬌】外上‧【山坡羊】末念白上‧【前腔】	大場	預示
紫釵記	二十三榮歸	口敘念唱	旦 浣 老旦 生	【喜遷鶯】旦浣上‧【二郎神】‧【玩仙燈】老旦上‧【喜遷鶯】生擁眾上‧【畫眉序】‧【前腔】‧【前腔】‧【滴溜子】‧【鮑老催】‧【尾聲】	正場	預示
	四十九圓夢	口敘念唱	旦 浣 鮑（鮑四娘） 末	旦病浣扶上【一江風】‧【集賢賓】‧【前腔】‧【前腔】‧【前腔】鮑上‧【黃鶯兒】旦念唱述夢‧末扮豪奴持錢上‧【簇御林】‧【前腔】‧【尾聲】	正場	預示
雲臺記	十八	口敘念唱	外（陰大功） 占 旦	【引】外‧【引】占，旦‧【畫眉序】旦‧【又】外‧【又】占‧【又】合前‧【滴溜子】‧【節節高】‧【又】‧【尾聲】外念白述夢	短場	預示
	三十	口敘念唱	小生（劉秀） 外（陰大功） 占 旦	【引】小生念白述夢，外占旦上‧【一封書】小生，合‧【又】外，合前‧【又】占，合前‧【又】旦，合前。眾下科‧【尾犯序】旦‧【又】小生‧【又】旦‧【又】小生‧【相思尾】	正場	重要
雙鳳齊鳴記十六		夢者未演	小外（李全） 貼（仙姑） 小旦（楊姑）	小外【夜游朝】‧【青納襖】‧【紅衲襖】伏桌睡介內吽又醒介‧貼上‧【青納襖】‧【紅衲襖】小外下。小旦上‧【二郎神慢】小生接上（小外）‧【鶯集遇林春】‧【四犯黃鶯兒】貼上‧【前腔】‧【前腔】	正場	交代
義俠記三十一解夢		口敘念唱	老旦 旦 小旦（觀主） 丑（瘸子道姑）	【正宮引子】老旦上【破齊陣】（減字木蘭花）‧小旦【燕喿梁】‧老旦先唱夢境，旦唱夢境；丑唱解夢【正宮引子普天樂】‧【又】‧【應】	正場	重要
綵樓記四拋毬擇婿		口敘念唱	生（呂蒙正） 眾院子 轎夫 梅香	生扮蒙正上唱【中呂過曲駐雲飛】下。眾院子梅香轎夫隨旦扮劉千金上，旦念白述夢。淨扮家財相公丑扮人才相公副扮文才相公上同唱【南呂引子步蟾宮】‧蒙正	羣戲大場	預示

		旦（劉千金） 淨（家財相公） 丑（人才相公） 副（文才相公）	上（應夢）・旦唱南呂引子・轉山子三相公虛白下。蒙正唱【中呂過曲駐雲飛】・旦唱【前腔】・院子引轎夫唱【中呂過曲越恁好】		
蝴蝶夢 二 蝶夢	口敘念唱	生（莊周） 旦（莊妻韓氏） 丑（馴鹿） 旦（忘鷗）	生上【破齊陣引】（鷓鴣天）・【菊花新】旦上唱。丑上小旦上・【集賢賓】・旦【前腔】・生【黃鶯兒】生坐地介，旦丑小旦行介・【前腔】生醒介，述夢・【貓兒墜】・【尾聲】	正場	交代
十一 夢疑	夢者參演	生 丑 末（骷髏）	生丑上【一江風】・【前腔】・【紅衲襖】・【前腔】丑睡介・【前腔】生睡介・末罩頭上自述・【宜春令】・【前腔】・【玉胞肚】生復睡介，末下，生欠伸醒介・【前腔】	同場	重要
題紅記 十六 錦標捷報	口敘念唱	末（于鳳） 淨（于鳳妻） 丑（捷報人）	末上【似娘兒】曲中淨上。合。淨念白述夢・末【啄木兒】・淨【又】・丑扮捷報人上【入賺】・【么篇】・末【掉角兒】・淨【又】	過場	預示
櫻桃記 二 起程	口敘念唱	生（丘奉先） 小生（高憑） 丑	生便服上【恭跪引】・【賽鷓鴣天】・小生上【引】丑念白述夢・生小生【金鳳釵】・【前腔】	短場	預示
靈犀佩 二十三	口敘念唱	外（尤表） 淨（尤效） 末（院子） 小生（鄒娛） 中淨（趙詔）	外扮尤尚書淨扮公子上末院子【瑤臺引】・淨上【引】・小生中淨【引】・【大環着】・【越恁好】・【尾聲】小生中淨下。外念白述夢	短場	重要
二十七	口敘念唱	淨（尤效） 外（尤表） 小旦（梅瓊玉）	淨扮尤公子看錄上【天下樂】・【皀羅袍】念白述夢。外上。淨虛下。小旦上。下。淨上	過場	重要
臙脂記 二十四 傳柬	口敘念唱	生（郭華） 貼（梅香）	生【鴈兒舞】念白述夢・貼【寄生草】・【石竹花】・【又】	過場	交代
第五期					
劇　目	表現形式	腳色人物	宮套分配	分　場	夢　境
一笠菴 人獸關 二十九－ 誼存	口敘念唱	老旦（桂母） 小生 外 雜 淨（桂薪）	老旦【雙調引子夜行船】小生上・外、雜【玉井蓮後】・老旦唱【仙呂入雙調過曲園林好】・小生【嘉慶子】・外【尹令】桂薪上・小生【豆葉黃】・外【玉交枝】・淨【六么令】・淨【江兒水】・合【川撥棹】・【尾聲】	正場	重要
三報恩 十八	夢者參演	生（鮮于同） 雜（鼓吹迎榜） 末（扮京花子持試錄）	【仙呂引子小蓬萊】・【仙呂過曲解三酲】・【前腔】入夢，雜上【仙呂入雙調過曲三棒鼓】末上・【仙呂過曲光光乍】・【長拍】・【短拍】・【尾聲】	正場	預示

二奇緣 六 預兆		夢者參演	淨（道士，廟官） 小旦（劉猛將） 襍（鬼判） 生（楊慧卿） 小生（費懋） 外（老舉人潘得鈔） 小丑（錢可通） 旦（內扮金甲神）	淨扮道士上【仙呂入雙調過曲普賢歌】小旦、襍上場立介（扮神像）．生、小生唱【前腔】小丑、外；神明攝入夢．【北雙調新水令】．【駐馬聽】．【喬牌兒】．【攪箏琶】．【雁兒落】．【得勝令】．【折桂令】旦上．【甜水令】內扮金甲神．【收江南】回魂；外、小丑上．【鴛鴦煞】．【黃鍾過曲出隊子】小旦立起，令鬼判護送。	大場	預示
衣珠記 十四 賞燈		口敘念唱	付（苗秀） 小生（宋帝） 旦（后） 眾	付開場【點絳唇】．小生、旦、眾上【點絳唇】念白述夢解夢．【醉花陰】．【畫眉序】．【出隊子】．【神仗兒】．【鮑老催】．【水仙花】．【尾聲】	短場	預示
療妒羹 四－梨夢		口敘念唱	小旦（小青） 老旦	小旦淚上【引子霜天曉角】．【越調過曲小桃紅】．【下山虎】．【五般宜】．【五韻美】．【羅帳裡坐】．老旦上【憶多嬌】．小旦【前腔】．【尾聲】	短場	交代
西樓楚江情	四于公訓子	口敘念唱	外（于魯） 末（老院子） 丑（文豹） 生（于鵑）	外帶末上【仙呂入雙調引賀聖朝】念白述夢．【仙呂入雙調步步嬌】丑上．【沉醉東風】．生上【雙調海棠春】．【仙呂入雙調園林好】．【江兒水】．【五供養】．【玉交枝】．【玉胞肚】．【川撥棹】．【尾聲】	正場	交代
	二十病中錯夢	夢者未演	生（于鵑） 丑（文豹） 小生（扮夢中于鵑） 丑（老鴇） 貼（丫鬟） 小淨（闞客，夢中穆素徽） 雜（家童）	生上【商調引二郎神慢】．【集賢賓】丑上．【二郎神（換頭）】．【琥珀貓兒墜】．【尾聲】入夢．小生上【北新水令】．丑老鴇上【南步步嬌】．【北折桂令】貼上．【南江兒水】．【北雁兒落帶得勝令】．小淨雜上【南僥僥令】．【北收江南】．【南園林好】．【北沽美酒帶太平令】夢醒．【北清江引】	羣戲大場	交代
兩鬚眉 二十八 歸旅		口敘念唱	副淨 丑 雜 生 外 末 小生 眾	【仙呂入雙調過曲六么令】副淨上．丑上【前腔】念白詎夢，雜上．【前腔】念白詎夢，雜上．【南呂紅衲襖】．生外末小生領眾上【仙呂醉扶歸】．【皀羅袍】	大場	交代
春燈謎	十八傷繫	口敘念唱	生（宇文彥） 末（豆盧吏）	生【遶地遊】．【金甌線解酲（金絡索＋東甌令＋針線廂＋解三酲）】．【前腔】末上口敘夢境．生唱【憶多嬌】．末唱【前腔】	短場	預示

	二十六籲觸	夢者參演	生 旦 假面（白面秀才） 鬼卒 末	生囚服上【金蕉葉】·【小桃紅】·【下山虎】入夢，驚醒【蠻牌令】豆盧吏上，敘說夢境·前腔	短場	預示
眉山秀 二十六 點悟		夢者未演	副淨（佛印） 小生 雜 旦（朝雲） 小旦（琴操） 外（五戒） 丑 小旦（紅蓮）	副淨開場。小生雜上【仙呂過曲甘州歌（八聲甘州＋排歌）】旦、小旦上；副淨再上·【前腔】生入夢·【餘文】外扮老僧從小生睡處跳出丑上·【北雙調過曲新水令】·丑同小旦青衣上【南仙呂入雙調過曲步步嬌】·【北折桂令】·丑再上【南江兒水】·【北雁兒落帶得勝令】副淨上·【南僥僥令】·【北收江南】·【南園林好】·【北沽美酒帶太平令】夢醒·【北清江引】	大場	重要
酒家傭 三十三 梁冀伏誅		口敘念唱	淨（梁冀） 貼（孫壽） 末（郭亮） 丑（左常侍） 生 小淨 外	淨貼上【正宮刬鍬令】唱念述夢。末上圓夢而去·【其二】淨·【其三】貼·【其四】·【中呂山花子】淨·【其二】貼·【其三】·【其四】·【尾聲】·【仙呂望吾鄉】	正場	重要
望湖亭 十一 作伐		口敘念唱	外（高贊） 老旦	外上【大勝樂】老旦上，念白述夢；小生上·【瑣窓寒】·【前腔】·【前腔】	過場	預示
清忠譜 八 忠夢		夢者參演	生（周順昌） 末 外 末 丑老 旦 貼雜 小生（皇帝） 淨（魏忠賢）	生巾服上【金菊對芙蓉前】·【駐馬聽】入夢，生魂出走介·【粉孩兒】末扮內監上，下·【福馬郎】下。外末扮將士執旗淨付扮內監執爪槌丑老扮女侍執畫槳旦貼扮宮女執羽扇一雜撐黃蓋擁小生沖天冠蟒玉同行上紅芍藥·生【耍孩兒】·【會河陽】淨蟒玉扮太監急行上【縷縷金】·【越恁好】·【紅綉鞋】作跌在舊處坐介夢醒·【尾聲】	大場	預示
萬事足 七 巧計進妾		口敘念唱	老旦（梅氏） 旦（竇玉兒） 淨（竇母） 丑（采雲） 生（陳循）	老旦旦同上【南呂引一剪梅】淨扮竇母上·【仙呂入雙調普賢歌】淨旦同下。生上·【南呂生查子】丑上進酒，丑念白述夢·【大石調念奴嬌】老旦，合·【其二】生，合前·【中呂古輪臺】丑暗叫竇母·【其二】生旦攜手·【尾聲】生旦老旦丑同下·【仙呂掉角兒】淨暫下。丑上，打諢交代生、旦閨房之事·其二淨上，丑淨狎俗打諢	正場	預示
鴛鴦縧 十四 餘驚		夢者未演	生 眾（睡魔／強盜） 末（邦老）	生上，睡介。眾上【香柳娘】遶場轉下。生起介·【北般涉調墻頭花】急下介。老旦趕上·【香柳娘】·生【北急曲子】末扮邦老撞下。生遲疑介。	過場	交代

<table>
<tr><td rowspan="2">雙金榜</td><td>九
摸珠</td><td>口敘念唱</td><td>襍（襍／醉吏）
副淨（莫飲飛）
淨（藍廷璋）</td><td>官【字字雙】襍扮醉吏上．【前腔】吏扯官手道三道般滑拳介。吏扯住不放介。官慌介。着實推介。吏又隨官進介。着實一推吏跌地睡介。官下介。副淨儒扮上介。看笑介。副淨【桂枝香】潛行至前看聽吏打呼介。做搖吏頭不醒介。作扭鎖開門介．【前腔】上下四面覷介。仰看高掉上介。開匣折封見珠介。笑介。想介。取相介。入袖介。出門聽吹打吆喝介。伸頭望介。想介。將衣巾脫了抛地下取吏頭巾衣服穿戴介。官上介念白述夢。見門開介。看吏介。腳踢介。吏醒起看介。扯住官討介。官發燥介。跌腳介。惱下介。淨帶皀隸吏隨上介。官進庫點介。淨躊躕介。雜取衣抖脫下書介。細想介。襍應下介。官呌冤介。官撞吏頭介。都笑下介．【大迓鼓】。襍拿齋夫齋夫慌上介。背跪介。稟介。淨與衣巾書子看介。大呌介。看書子介。齋又背跪介。轉身介．齋【前腔】作批手介。同下介．【尾聲】皀隸請稟封介</td><td>短場</td><td>交代</td></tr>
<tr><td>十二
散花</td><td>夢者參演</td><td>旦（盧弱玉）
小旦（天女）
老旦（天女）
小旦（梅香）</td><td>旦【西地錦】（詞：攤破浣溪紗）．【絳都春序】起立介。作出房門行花下介．【前腔】。做風吹裙小退數步介．【下小樓】做隱几介。內細吹打介。小旦老旦扮天女二人綵衣舞上介。花飛介．【侍香金童】做抛一枝牡丹花落在旦髩上驚醒不語起看天女介。下介。旦帶笑仰面看看過又睡介。內又細吹打介。旦醒介．【傳言玉女】取花細看介。嗅花介。梅香上介。小旦接花看介。想介。旦抛花害羞介。小旦又取花送在旦手介．【尾聲】</td><td>正場</td><td>預示</td></tr>
<tr><td colspan="2">淩雲記
十二
送別題橋</td><td>口敘念唱</td><td>旦（卓文君）
生（司馬相如）
丑
童</td><td>旦上【鬬鵪鶉】．【紫花序】．生上【金蕉葉】．【調笑令】．【小桃紅】念白敘夢．【鬼三台】．【聖藥王】．【么篇】旦．【么篇】旦．【么篇】旦．【么篇】旦．【床郎兒】．【絡絲娘】．【東原樂】．【么篇】旦．【青山口】．【黃薔薇】．【尾聲】</td><td>正場</td><td>重要</td></tr>
<tr><td colspan="2">麒麟閣
二本下卷
三出
投軍</td><td>口敘念唱</td><td>范君章
劉伯紀
張萬年
宋金剛
劉武周
四卒
尉遲恭</td><td>四將上唱【點絳唇】．劉武周眾引上唱【風入松】念白述夢．尉遲恭上【引】．【鎖南枝】．【前腔】．【前腔】．【尾】</td><td>羣戲過場</td><td>預示</td></tr>
<tr><td colspan="2">金鎖記
二十二
借冰</td><td>口敘念唱</td><td>雜旦（侍兒）
小旦（東海龍女）
丑（龍宮把宮）
末（天曹使者）</td><td>雜旦扮侍女隨小旦上唱【引】念白述夢．末上唱【引】丑上．【駐馬聽】</td><td>短場</td><td>預示</td></tr>
</table>

未　知					
劇　目	表現形式	腳色人物	宮套分配	分　場	夢　境
三社記 六 舉子	口敘念唱	外（孫員外） 夫 生 小外 淨（星士） 丑（瞎子）	外、夫合【戀芳卿】（詞牌臨江仙）・生、小外，生唱【破陣子】・淨【水底魚】・丑【前腔】・【玉芙蓉】・【前腔】	短場	預示
四美記 十二 報喜	口敘念唱	外 丑（渡夫） 末 淨 小外 旦 占	外丑唱歌，念白敘夢。末、淨、小外上【縷縷金】・【鎖南枝】・旦、占【柳搖金】・【排歌】・【前腔】・【餘文】・【走馬江兒水】・【前腔】・【前腔】	短場	預示
金印記 二十九 焚香保夫	口敘念唱	旦	旦上【似娘兒】・【清江引】・【二犯朝天子】・【清江引】・【二犯朝天子】・【清江引】・【二犯朝天子】・【清江引】・【二犯朝天子】念白敘夢・【尾聲】	短場	預示
筌篌記 二十五 遣主	夢者參演	旦（壽陽公主） 生（韋宓） 外（唐明皇）	旦【西地錦】入夢。生作夢中上・生【皀羅袍】・旦【前腔】生急下介。旦醒介。外上【卜斮筭】・【獅子序】・【東甌令】・【賞宮花】・【降黃龍】・【大聖樂】	正場	重要
古城記 十五 賜馬	口敘念唱	曹 遼 關	曹【出隊子】・遼【前腔】・關【前腔】遼念白解夢・曹、合【畫眉亭】・關【前腔】・遼【前腔】・關【前腔】・【北得勝令】・【滾繡球】・【前腔】	正場	預示
東窗記 十四	口敘念唱	旦 占 末（院子） 淨（先生）	旦上，占【高陽台】・【山坡羊】・淨上【梨花兒】・【柰花子】・【剔銀燈】	短場	預示
五福記　七	口敘念唱	淨（馬扁） 付（貝戎） 小生	淨【水底魚】・付上【前腔】・【憶鶯兒】・【前腔】念白述夢・【尾】	過場	預示
五福記　十四	口敘念唱	生 外 末 老 淨（西皇王） 正占 小生 付	淨【引】念白述夢・【朝元歌】	過場	預示

	十八	口敘念唱	生 淨 付 小生	生【引】念白述夢·【引】·【引】·【錦堂月】·【僥僥令】·【尾】	短場	預示
玉釵記	十三	口敘念唱	小淨 末（何家奴僕） 生（何秀文）	小淨。末。生上【唐多令】念白述夢，丑·生【月中丹桂】·【醉扶歸】·【前腔】·【前腔】生、末述夢·【木了乂】·【么】·【尾聲】	短場	預示
	二十四	口敘念唱	外 占 生	外【高陽臺】·占【少年遊】念白述夢·生上【七娘子】·【前腔】·【黃鶯兒】·【簇玉林】	短場	預示
	三十三	口敘念唱	淨（牧童） 丑 生 旦	淨丑上。生上【水底魚】·【大迓鼓】·【縷縷金】·旦上【唐多令】·【小桃紅】·【下山虎】·【蠻牌令】·【尾聲】·【耍孩兒】	短場	預示
白蛇記 九 賀蛇放生		口敘念唱	生（劉漢卿） 淨（農人） 丑（農人）	生【金錢花】念白述夢·【前腔】念白應兆·【燈火憁】·【前腔】	短場	預示
白袍記		口敘念唱	生（唐帝） 外（秦叔保） 末（胡敬德） 小生（陰陽官徐茂公）	生開場。外唱【混江龍】·末唱【點絳唇】王唱·【梁州序】丑念白·【紅衲襖】王念白述夢，小生解夢·【端正好】·【滾綉球】	正場	預示
全德記 二十八 熊祥		口敘念唱	生 夫 小生（傳聖旨）	生、夫【一翦梅引】·【黃鶯兒】·【前腔】·【滴溜子】·【簇玉林】·【前腔】	短場	預示

本關目的情節應用更爲廣泛，但是由於多以口敘念唱的表演形式演出夢境（描述夢兆），所以夢境的表演成分大爲降低，與關目本身的排場調度較無直接關係。不過在幾齣短場之中的夢關目應用，卻擁有微中灼然、鉅細雋逸的搬演效果，甚至也有躍升爲正場的可能。

從正場應用而言，例如《黃孝子尋親記》十六齣〈祭江〉，樂善攜家小前往福建任官，途中夢見神人指示將有節婦投江，囑令救之，在情節與表演分量來說，當屬正場，但是樂善僅以念白方式述說夢境內容，與排場調度沒有直接的關係。又如《繡襦記》第五齣〈載裝遣試〉，本齣中的要腳鄭儋與鄭元和俱在場上，而且各有唱念，乃是鄭元和準備離家赴京考試時，述說自己夢見的預兆，而這預兆便預言了他之後行乞的情節，以排場而言屬於正場；但是，造成排場配置的考量因素在於腳色與情節的設計——鄭元和赴京而家人爲之送行，所以需要眾腳的安排，而用口敘念唱來表達夢境則是爲了呼應後續情節的發展，並不是爲了夢境本身的表演，夢關目本身的表演成分不高，不會影響到腳色、情節、宮套的均衡，自然不需要排場上特別的著重。再說《紅葉記》第十齣，崔希周應試不成，回返湘潭時，想起自己曾經在這裡撈得紅葉，當晚即夢見有人囑言：你明歲姻緣，就在此紅葉上。本齣情節凸顯了劇作的象徵關鍵「紅葉」，又有生旦主腳的登場，套曲又為文細之曲，當以正場爲應；然而點喻崔希周姻緣的夢境，僅以念白交代，也不是影響排場的主因。《焚香記》第五齣〈允諧〉和《西樓楚江情》第四齣〈于公訓子〉也因爲主要腳色、主線情節發展之故而爲正場，尤其〈于公訓子〉以仙呂入雙調套式三轉排場，〔註39〕曲工甚重而爲正場，與夢兆沒有直接的關連。

然而，像《寶劍記》第十齣，林冲夢見不祥之兆，而請道士圓夢；雖然林沖僅以口致念過夢境，但是一來因爲夢境預示了主要腳色林冲的境遇，二來本齣增加了夢關目的一個要素——圓夢先生參與搬演，三來各個腳色均有唱作，因此堪爲正場。《精忠記》十三齣〈兆夢〉，同樣也因爲淨、丑加入了解夢的表演要素，而且各腳均有唱工分配，而成爲羣戲正場。《趙氏孤兒》十七齣，趙府全家有夢，眾腳並出唱作，以每人一支【普天樂】唱敘夢境，更有圓夢先生與丑腳的表現，表演成分高，可爲全劇之正場。這便是表演要素影響排場的例證。

在大場的應用而言，排場與夢關目的關係同樣受到表演形式的影響。例如：《浣紗記》二十八齣〈見主〉，本齣是范蠡獻西施予吳王夫差的重要高潮，眾腳並出，場面盛大；而夫差夢見的不祥之兆，隱隱預示了後續情節的發展，但是排場之盛與這段「口敘念唱」的夢境念白無關。《綵樓記》第四齣〈拋毬擇婿〉，同樣以眾腳齊演的盛大場面以開張全本的前段情節，引人入勝，卻也與口敘念唱表演的念白沒有關係。因此念白的表演成分與唱、作、打相較之下是比較低的。所以，如果將夢境賦比較高的表演成分，那麼場面自然就會因應調整。例如：《二奇緣》第六齣〈預兆〉，重要腳色以夢者參演的方式實際搬演夢中情節，兼且次門腳色眾多，生、旦、淨、外、丑、襍甚至由後臺暗中表演的內扮全部盡其極用，腳色、表演方式幾乎齊備；在宮套方面，本齣共用仙呂入雙調過曲、北雙調新水令、黃鍾過曲三轉排場，唱工吃重，場面熱鬧已極，當爲全劇最盛大的大場。該劇小引評曰：「今讀是書，關目緊合，

〔註39〕許守白：《曲律易知》，頁133曰：「以曲律言，排場變動，則換宮換韻自無妨。」

則宜扮演；度曲精工，則宜管絃。」〔註 40〕評者給予如此高的評價，道理就在場面的「關目、扮演、度曲」的契合。又如《西樓楚江情》二十齣〈病中錯夢〉，不僅運用兩個演員分飾在場上入睡的主腳于鵑，以及另一個在夢境中敷演的于鵑，達到現實、夢境交替並行的表演效果，而且腳色眾多——生、丑、淨、貼、雜同場排演，更加入了淨丑滑稽諧鬧的成分；至於度曲方面，本齣以斟酌配置後的商調【二郎神】套曲與南北合套雙調【新水令】作兩轉排場，生腳入夢前唱文細之【二郎神】套曲，入夢後則由眾腳分唱歡樂聲情的【新水令】套曲，〔註 41〕並搭配諧趣的表現演出，在腳色表演、聲情度曲都配合無間，是相當允切而妥合的夢關目羣戲大場。

在短場、過場方面則在本關目前半期中較為少見，而多出現在第四期以後，除了劇本數量的影響，由於短場屬於正場、過場之間的性質，在排場上往往需要多計斟酌，然而短場的使用也意謂著傳奇劇作的成熟；王季烈認為：「短劇，俗謂之過脈戲，雖不多，然非此則情節不貫、線索不聯，為傳奇中所決不可少。」〔註 42〕張敬亦曰：「一部戲裏，配搭短場，是十分重要的，因為：（一）大場、正場不可能幕幕都有，為要保持高潮、最高潮的特點，必須以短場來襯托。（二）關目繁複的劇本，勢不能減少承轉的樞紐，所以利用短場，以濟過場重複使用上的困難，而清正場、大場的眉目。（三）正場、大場都能或文或武，或悲或歡，假若全用正場以襯大場，聽眾在連續的欣賞整套戲曲下，必生厭倦，而有目不暇給之感。所以在大場正場之間，搭配短場，以醒沉悶的空氣。」〔註 43〕亦即在連續排場的調用之下，必須先行以短場平緩急進的節奏，否則觀眾在連續盛大排場的刺激下，難以再起新鮮奇意，同時也可以作為演員搬演的停緩休歇。相對來說，過場的應用亦同此必要，也可以供作滑稽、諧趣的表現，一醒沉悶。如果只論究劇本情節，將很難體會

〔註 40〕（明）許栢：《二奇緣》，林侑蒔編：《全明傳奇》（臺北：天一出版社）48 冊，頁 4。

〔註 41〕曾永義：〈《長生殿》注〉，頁 663 曰：「按二郎神套戲曲家用以組場者甚多。大抵以二郎神、集賢賓、鶯啼序、黃鶯兒、囀林鶯、簇御林、琥珀貓兒墜等斟酌排場之需要以為配搭。其間亦可參入集曲，如鶯簇一金羅、黃鶯皂羅、二犯二郎神、集賢畫眉等以為排場之轉折。以上諸曲例以二郎神與集賢賓居首位，此外次序無一定。其所表現之劇情，皆為文細正場，並無例外。」許守白：《曲律易知》，頁 103 謂南北合套雙調【新水令】套曲曰：「……以上各套數，均屬於普通，亦可作歡樂用。」

〔註 42〕王季烈：《螾廬曲談》，頁 26。

〔註 43〕許守白：《曲律易知》，頁 103。

這一層搬演均衡、冷熱調劑的用意。

短場的運用例如《四美記》十二齣〈報喜〉，奴婢紅香夢見小相公（宋祁）頭被大相公（宋郊）割了，泥金二人分別前來傳報以討賞，但是傳報內容皆有出入，結果大小相公俱登金榜。在情節而言，雖然足以交代兩位主腳在情節的發展，但是卻特地加綴一齣的分量，還加入旦、外、丑、末、淨、占眾腳一齊敷演一段，看似爲情節贅餘，實毋須以如此排場來表現這一簡短的情節，但是加添了末、淨二人對立譟鬧的諧趣，卻有助於場面的熱絡；本齣套式又以【縷縷金】領起成套，本身即具過場性質，〔註44〕但是在情節上與表演上又有一定的分量，因此歸屬爲短場。《雙金榜》第九齣〈摸珠〉，情節爲莫歆飛偷偷潛入官庫盜珠，但通場鋪以庫官的滑稽諧謔貫串，而莫歆飛又是導致皇甫敦被冤枉的反面第一副主腳，情節自與主線情節相關，而且從劇中詳細的科介指示——例如莫歆飛「潛行至前看聽吏打呼介」、「做搖吏頭不醒介」、「上下四面覷介」，而醉吏「吏扯官手道三道般滑拳介」、「官撞吏頭介」、「將衣巾脫了拋地下取吏頭巾衣服穿戴介」等等，可知表演分量亦不甚輕；本齣宮套又數輕短，僅雙調快板【字字雙】、仙呂過曲【桂枝香】疊用、南呂【大迓鼓】、【尾聲】，唱工不重，然從情節聯貫、腳色表演上而言，以短場爲宜。《櫻桃記》第二齣〈起程〉，家樸來報，夢見主人高憑與其友丘奉先俱科考高中，宮套簡短，情節僅用作補綴；而且本齣宮套有兩支引子，就音樂規範而論，乃爲短場之屬。〔註45〕《金印記》二十九齣〈焚香保夫〉，乃是蘇秦之妻焚香禱告，夢見丈夫衣錦榮歸，相敘夫妻離別之情；就情節而言，並無實質推動用意，但是從旦腳一人獨唱【清江引】、【二犯朝天子】的轉踏形式疊用情形來看，自情節、腳色重要性與音樂分量三方面審視，應以短場爲宜。〔註46〕

〔註44〕許守白：《曲律易知》，頁 118 曰：「【縷縷金】除入【粉孩兒】一套之外（見前行動類者），其餘無論與何曲相聯，均含有過場性質者，亦可當引子用。……凡以【縷縷金】領起之曲，均含有過場性質。」

〔註45〕汪志勇：《明傳奇聯套研究》，頁 33 曰：「過場不用引，偶用引曲，亦多爲過曲，如香柳娘、出隊子、金錢花等。」又頁 34 曰：「傳奇於一齣之內，用引次數，並無拘束，須視排場而定。可以二人、眾人同念一引，但是一場之內不可一人而用兩引。」

〔註46〕吳梅：《南北詞簡譜》，王衛民校注：《吳梅全集》第 5 冊，頁 141 謂【清江引】：「此調又名【江兒水】，南北合套中往往用代尾聲。……蓋此曲止用在鐃戲中，大套內輒不聯入，試觀明曲，常有淨丑登場，歌此曲一二支後，方唱大套者，實以代引子用耳。」就本齣的聯套形式來看，並不用作引子，因此不屬過場。

過場之例有：《紅蕖記》十二齣，古遺民與丑腳俱得一夢，古遺民之夢爲後續情節伏線，丑腳之夢則爲打諢；宮套則以雙調引子【夜行船末】、雙調過曲【雁兒舞】，以及【風入松】與【急三鎗】的子母調，用於急遽過場，〔註47〕因此本齣施予過場之屬。《題紅記》十六齣〈錦標捷報〉，作用在於聯繫情節，又以淨、末、丑三腳登場，故屬過場。至於《五福記》十四齣，情節爲西夏王李元昊夢見異人送明珠二顆，乃是預示下一齣情節中將得郭獻琛、奚懷璧二人；本齣位於上本末齣的小收煞之位，應有收攝前半情節、預開下半情節之效，在情節上本齣達到作用，但是本齣腳色排場極爲浩大，計有生、外、末、老、淨、正占、小生、付諸腳，通齣以念白爲主，僅有李元昊一人唱【朝元歌】一支，雖然在音樂上達成了過場的用意，可是卻用八種腳色來進行過場情節意義的場面，在腳色表演的情節、宮套搭配之排場上，實爲失調。

由上述諸例可知：由於夢關目在情節的輕重、表演形式的差異，將會影響到單齣排場的調度；如果通齣或是關目本身以表演成分較低的口敘念唱表演，那麼腳色、宮套自然毋需過重，倘若以夢者參演／未演這類表演成分較高的表現，排場自然也得需要配合情節的進行、聯絡、輕重，而以短場、正場甚至是大場相應。

第四節　神靈入夢關目之分場

神靈入夢關目的使用頻率也很高，神靈人物往往扮演劇中人物的主要助力，成爲劇情推展的關鍵，常居全劇情節之重要地位；而且神靈人物於夢中登場時，常以夢者參演的表演形式進行表演，表演性亦高，在情節、排場方面可謂兩擅其長。其運用劇目與排場如下表整理列述：

第一期					
劇　目	表現形式	腳色人物	宮套分配	分　場	夢　境
周羽教子尋親記 十五 託夢	夢者未演	小生（金山大王） 鬼判 末（解子） 生（周羽）	小生【掛眞兒】念白鬼判上・末【前腔】・生上【水紅花】・末合【梧葉兒】・生【水紅花】・末【梧葉兒】・生【五更轉】・生【前腔】・小生【玉胞肚】・小生【前腔】夢中預示・生合	正場	重要

〔註47〕許守白：《曲律易知》，頁111曰：「此套兼普通（行動），動作急遽者，亦可用之。」頁123曰：「此套繁急者用之甚妙。」曾永義：〈《長生殿》注〉，其謂【風入松】、【急三鎗】子母調供作普通過場與行動急遽之過場，見頁600。

			【畫眉序】．末合前【前腔】．生、末【滴溜子】		
原本王狀元荊釵記二十八	口敘念唱	官外（錢安撫） 丑 旦（錢玉蓮）	官外上【五供養】念白述夢．【梧葉兒】．旦唱【香羅帶】．【弓落五更】．【七娘子】．【長相思】．【玉交枝】．【黃鶯兒】	正場	重要
琵琶記格墳	夢者未演	旦（五娘） 外（土地山神） 丑（白猿使者） 淨（黑虎將軍） 末（張大公） 丑	旦上唱【掛眞兒】（菩薩蠻詞）．【五更轉】．【卜筭先】作睡介，外扮山神上唱【粉蝶兒】丑扮猿、淨扮虎上。外唱【好姐姐】淨丑合唱。外淨丑並下．旦醒介唱【卜筭後】．【五更傳】．末丑帶鉏器上【鏵鍬兒】．【好姐姐】	大場	重要
黃孝子尋親記二十二	口敘	末 丑 生 外（姜半仙） 付	末丑隨上念白開場．生上【齊天樂】．生【天燈照芙蓉（普天樂＋剔銀燈＋玉芙蓉＋普天樂）】．生【普天樂】外念白爲生解夢．生外合【一撮棹】	正場	重要
第二期					
劇　目	表現形式	腳色人物	宮套分配	分　場	夢　境
玉玦記 二十五夢神	夢者參演	旦（秦慶娘） 丑 外（癸靈廟神） 淨（鯨波使者）	旦【憶秦娥】（丑白：醉太平）．旦【山坡羊】．丑，合前【前腔】．旦【二郎神】．旦【囀林鶯】．旦【啼鶯兒】．旦【御林鶯】外、淨念白，預示．丑、旦【憶秦娥】．旦，合【黃鶯兒】．合前【前腔】	正場	重要
玉玦記 三十一	夢者參演	小旦（李娟奴） 淨（鬼） 丑（鬼使） 占	小旦病上【月雲高】（南柯子詞牌）入夢．淨上唱【五方鬼】．丑上【前腔】．【月雲高】醒，占上（西江月詞牌）．丑唱【一盆花】．占唱【前腔】．淨唱【前腔】	短場	重要
玉玦記 三十四	夢者參演	外（癸靈神） 睡魔 生 鬼卒 淨 小旦	外【北沉醉東風】睡魔引生上．生唱【南海棠春】．鬼卒押淨小旦上【哭虔婆】．【玉交枝】．淨唱【前腔】．生唱【前腔】．【月上海棠】．外唱【前腔】	正場	重要
舉鼎記三夢助	夢者參演	生（伍員） 老（老君） 大力（大力神）	【引】生上．【太師引】入夢。大力神隨老君上．【前腔】．【三學士】．【前腔】老同大力神下。生醒介．【尾】	短場	重要
寶劍記三十七	夢者未演	生（林冲） 淨（伽藍）	生上唱【點絳唇】．生作睡介。淨扮神上。生醒．【新水令】．【駐馬聽】．【水仙子】．【折桂令】．【鴈兒落】．【得勝令】．【沽美酒】．【收江南】	短場	交代

第三期					
劇　目	表現形式	腳色人物	宮套分配	分　場	夢　境
綵毫記 三十八 仙官列奏	口敘念唱	旦（直殿仙官） 貼（直殿仙官） 外（司馬子微） 小外（葉眞人） 末（清虛道人） 老旦（李騰空）	旦貼扮太上直殿仙官上【窣地錦鐺】外司馬子微上・外上。小外上。末上。老旦上。外述李白母親夢境・【宜春令】・【前腔】小外。合前・【前腔】末。合前・【前腔】老旦。合前	大場	交代
曇花記 五十二 菩薩降凡	口敘念唱	旦（衛氏） 貼 小旦 靈照	旦【似娘兒】述說夢境，貼小旦諾下・【桂枝香】・【前腔】貼小旦上，驚介。玉女從室西下科。靈照上・【神仗兒】靈照菩薩侍金童玉女幢蓋從室西下相見科・【中呂粉蝶兒】・【泣顏回】・【上小樓】・【泣顏回】・【黃龍滾犯】・【撲燈娥犯】・【小樓犯】・【疊字兒】・【尾聲】靈照下	大場	重要
第四期					
劇　目	表現形式	腳色人物	宮套分配	分　場	夢　境
三祝記 九 晝錦	夢者未演	旦 末 小生 生（范仲淹） 淨（威靈大王）	旦【南呂過曲一江風】・末小生合【前腔】・【前腔】・生【三學士】・旦【前腔】・末【前腔】・小生【前腔】・生【大聖樂】・【前腔】淨念白上・【前腔】	正場	交代
牡丹亭 十 驚夢	夢者參演	旦（杜麗娘） 貼 生（柳夢梅） 末（花神） 老旦	【遶地遊】旦上（烏夜啼）貼・【步步嬌】・【醉扶歸】・【皂羅袍】・【好姐姐】・【隔尾】・【山坡羊】入夢，生上・【山桃花】末上・【鮑老催】・【山桃花】夢醒，老旦上・【綿搭絮】・【尾聲】	大場	重要
長命縷 十七 導師	夢者參演	貼（觀音） 小生（善才童子） 小旦（龍女） 淨（氤氳大使） 旦（邢春娘） 貼（女弟子）	眾神靈上【北雙調新水令】・旦上【南步步嬌】貼上・【北折桂令】・【南江兒水】・【北原兒落帶過得勝令】・【南僥僥令】・【北沽美酒帶過太平令】・【南尾聲】	大場	重要
春蕪記 十四 宸遊	夢者未演	小生 淨 外 末 眾 小旦（神女） 二旦（仙女） 三旦（女使）	小生淨外末隨眾扮官監上【出隊子】・眾【普天樂】・小生【北朝天子】・【普天樂】・【北朝天子】入夢，小旦扮神女，二旦扮仙女隨上【普天樂】生醒介・【北朝天子】・【普天樂】	正場	預示

桃符記	七包公謁廟	夢者未演	外（城隍） 生（劉天儀） 淨（包公） 道士	外、鬼判上【新水令】·【步步嬌】生上。入夢·【折桂令】夢醒·【江兒水】淨上·【鴈兒落】疊·淨【僥僥令】·外【收江南】·淨【園林好】·外【沽美酒】·【尾聲】	正場	預示
	二十七城隍賜丹	口敘念唱	外（城隍） 老旦（曾氏）	外開場念白述夢。【三學士】老旦上·【前腔】	過場	重要
彩舟記	二十六悔罪	夢者參演	生（江情） 淨（龍王）	生上【引子夜遊湖】念白述夢·【過前江頭金桂】生入夢·淨扮龍王角巾野服扶仗上【風入松】·【前腔】淨·【前腔】生·【前腔】淨忽然下，夢醒·【玉山供】	短場	重要
	二十八奪解	夢者參演	小生（試官） 小旦（門子） 淨（龍神）	小生試官忠靖官補褶，小旦扮門子隨上【過曲風檢才】·【單調風雲會】·【前腔】入夢，淨扮龍神上將取卷放開，易敗卷置小生面前，並有一番滑稽演出。小生唱【瑣窓寒】念白間龍神預示。淨下·【三學士】·【前腔】	短場	重要
異夢記 八 夢圓		夢者參演	生（王奇俊） 小生（主婚使者） 鬼 旦 外	生上【夜行船】·【步步嬌】生睡介，小生扮神鬼上；生起介·【忒忒令】鬼引旦上·【尹令】生旦合唱·【品令】·旦唱【荳葉黃】·生唱【玉交枝】·小生唱【月上海棠】·生旦合唱【江兒水】生旦互換定物·【川撥棹】·【尾】外上，生做睡醒介·生唱【二犯朝天子】	大場	重要
焚香記	二十六陳情	夢者未演	外（海神） 旦（敫桂英） 外（謝德惠） 丑（老媽媽）	外扮大王上。旦上【正宮端正好】·【滾繡球】·【叨叨令】·【脫布衫】·【小梁州】困介入夢，外上下。旦醒於殿門外東廊下·【滿庭芳】·【朝天子】·【步步嬌】外上·【山坡羊】丑念白上·【前腔】	正場	重要
	三十囬生	口敘念唱	外（謝德惠） 丑（老媽媽） 淨（青牛道人）	外丑上【霜天曉角】外念白述夢。淨上、外丑下攙旦上、淨下·【月雲高】外丑·【前腔】旦	短場	交代
橘浦記 十九 夢應		口敘念唱	老旦（柳氏） 小生（白黿）	老旦上【　剪梅前】念白述夢·【　剪梅後】小生扮漁翁上·【玉胞肚】·【前腔】	過場	重要

<table>
<tr><td colspan="2">雙鳳齊鳴記
六</td><td>夢者未演</td><td>關
倉
小外（李全）
末（趙雲）</td><td>扮關聖周倉上。作聖像坐．外扮李全上手提鎗并衣髮【菩薩蠻】．【四邊靜】就地睡介，作神人語．末扮趙雲飛跑提鎗上【前腔】。小外作驚半醒介．關倉【排歌】關倉仍登坐。小外作醒介，起云．【前腔】</td><td>短場</td><td>交代</td></tr>
<tr><td colspan="2">靈寶刀
二十七
窘迫投山</td><td>夢者未演</td><td>生（林冲）
淨（伽藍）</td><td>生【點絳唇】生作睡科。淨扮神上。生醒科．【雙調新水令】．【駐馬聽】．【折桂令】．【雁兒落】．【得勝令】．【沽美酒】．【太平令】．【收江南】</td><td>短場</td><td>交代</td></tr>
<tr><td colspan="7">第五期</td></tr>
<tr><td colspan="2">劇　目</td><td>表現形式</td><td>腳色人物</td><td>宮套分配</td><td>分　場</td><td>夢　境</td></tr>
<tr><td rowspan="2">一笠菴人獸關</td><td>二十六冥誓</td><td>夢者參演</td><td>淨（桂薪）
付淨（睡魔）
外（閻羅天子）
鬼判
生（施濟）
旦</td><td>淨持刀上，睡介。付淨扮睡魔上，將拂子拂淨介。淨作夢中驚起介。付淨作引淨行介，淨看介。張介。付淨潛下，淨挺刀直趕進介。內敲金鑼，牛頭馬面將鋼叉叉出淨介，淨在地亂滾，鬼叉住在一邊介。外扮閻羅天子，鬼判隨上。外【北雙調新水令】．淨【南仙呂入雙調過曲步步嬌】．外【北折桂令】．生金樸頭袍帶執笏上，生【南江兒水】．外【北雁兒落帶得勝令】．押旦丑枷杻上，旦【南僥僥令】．外【北收江南】．淨【南園林好】．淨身在原睡處作夢醒介，淨【北沽美酒帶太平令】．淨【北青江引】</td><td>大場</td><td>重要</td></tr>
<tr><td>二十七獸訣</td><td>口敘念唱</td><td>旦（桂妻／施濟）
小旦
淨（桂薪）</td><td>小旦上【南呂引子生查子】扶旦病粧上隱几睡介．淨上【南呂過曲香柳娘】．小旦【前腔】．旦【前腔】．淨【前腔】．淨【尾聲】</td><td>短場</td><td>交代</td></tr>
<tr><td>墨憨齋人獸關</td><td>二十九冥中證誓</td><td>夢者參演</td><td>淨（桂薪）
小淨（睡魔）
外（閻羅大王）
生（蘇州府都土地．施濟）
旦（桂妻）
丑（桂喜）</td><td>淨持刀急上，睡介。小淨扮睡魔持鏡上，將鏡引淨介，淨作夢中驚起介，小淨作引淨急行介。看介。張介。小淨潛下，淨挺刀趕進介。內敲金鑼，牛頭馬面將鋼叉叉出淨介。淨在地亂攪，鬼叉住在一邊介。外扮閻王，鬼判隨上。外【北雙調新水令】．淨【南步步嬌】．外【北折桂令】．生金樸頭袍帶執笏上，生【南江兒水】．外【北鴈兒落帶得勝令】．鬼押旦丑枷杻上，旦【南僥僥令】．外【北收江南】．淨【南園林好】．內亂敲金鑼介，外同鬼判俱下，小淨復上，將鏡引淨介。淨在原睡處作夢醒介，淨【北沽美酒帶太平令】．淨【清江引】</td><td>大場</td><td>重要</td></tr>
</table>

	三十犬報驚心	口敘念唱	貼 旦（桂妻／施濟） 淨（桂薪）	貼扶旦病粧上，旦【南呂引生查子】．淨上【南呂香柳娘】．貼【其二】．旦【其三】．淨【其四】	短場	交代
一種情 二十三		口敘念唱	淨（何家蒼頭）	淨【縷縷金】	過場	預示
女丈夫 六 西岳示夢		夢者未演	外（西岳大王） 雜（鬼判） 生（李靖）	外開場【正宮引】生【破陣子】．【正宮玉芙蓉】．【其二】．【其三】	短場	預示
天馬媒 十三 夢讖		夢者參演	小旦（薛瓊瓊） 老旦（織女） 丑（牛郎） 生（黃損）	小旦【十二時】（詞牌鵲橋仙）．【二郎神】．老旦上【集賢賓】．【黃鶯兒】．【前腔】．【貓兒墜】．【尾聲】	正場	交代
太平錢 六		夢者參演	小生（韋固） 淨（赤虬兒） 外（月老）	小生、淨上，小生【一江風】．【三學士】入夢．外上【點絳唇】．【混江龍】．【油葫蘆】．【哪吒令】．【寄生草】．【煞尾】	正場	預示
墨憨齋 永團圓 二十七－都府挜婚		口敘念唱	淨（江納） 外 貼 雜 生	淨。外、貼、雜上【南宮引步蟾宮】．生【生查子】．【南呂瑣牕寒】．【其二】．【解連環】念唱述夢．【其二】	正場	交代
衣珠記	六墜水	夢者參演	小生（龍王） 旦（劉湘雲） 眾水族	小生上【似外兒】．旦【園林好】．【江兒水】．【川撥棹】．【引】．【啄木兒】．【大環着】．【又】．【越恁好】．【尾】	正場	重要
	九相救	口敘念唱	老（王寡婦） 旦（劉湘雲）	【遶池游】念白述夢．【引】．【二郎神】．【前腔】．【集賢賓】．【黃鶯兒】．【貓兒墜】．【尾】	正場	重要
二胥記 二十 投菴		口敘念唱	丑（尼姑） 老旦（尼姑） 貼 旦 末	丑【女冠子】．老旦【前腔】．貼【六么梧葉】．【桂枝香】．旦【六么梧葉】．【桂枝香】．老旦、丑【大迓鼓】．【前腔】	正場	預示
風流夢 七 夢感春情		夢者參演	旦 貼 生 末（花神）	旦引貼上【商調引遶池遊】．【仙呂入雙調步步嬌】．【仙呂醉扶歸】．【皀羅袍】．【一盆花】．【尾】．【商調山坡羊】．【越調引霜天曉角（前二句）】入夢，生上．【越調山桃紅（下山虎頭＋山桃紅中＋下山虎頭）】末上．【五般宜】．【山桃花】夢醒．【蠻牌令】．【尾聲】	大場	重要

明月環 二十二 魂斷	夢者參演	外（氤氳使者） 淨（荊棘） 旦（三仙羅浮） 小旦（青娥） 小生（石鯨）	【北點絳唇】外・【降黃龍】・【前腔】・【前腔】・【北一枝花】	短場	重要
望湖亭 三十四 嗜酒	夢者未演	生（錢萬選） 外（店主人） 丑 旦末（文昌帝君） 小丑（魁星）	生便衣上【七娘子】・【錦芙蓉】外入夢・生下，丑旦扮二仙童引末扮文昌帝君上；小丑扮魁星上舞界，舞畢作引生上介，下；生巾服上，末下【神仗兒】・【滴溜子】丑淨扮內臣持節二旦扮宮人捧紗帽袍笏上【神仗兒】・【滴溜子】外醒	大場	交代
萬事足 三 評文受教	夢者未演	外（周約文） 淨（土地） 副淨（判官） 生（陳循） 小生（高谷） 丑（顧愈）	【仙呂引】外【卜算子】・外【仙呂桂枝香】・淨、副淨入夢控訴【其二】・生、小生、丑俱唱【越調水底魚兒】・外、合眾【中呂剔銀燈】・眾、合前【其二】・生【其三】	正場	伏線
八 旅中佳夢	夢者參演	生（陳循） 丑（顧愈） 旦（嫦娥） 老旦（侍女） 淨（吳剛） 小生（文昌帝君） 貼（侍童） 副淨（雷神） 淨（紅臉鬼）	生上【越調水底魚】・丑上【其二】・【仙呂解落索（懶畫眉＋寄生子）】・旦、老旦、貼上【南呂五更歌（五更轉＋排歌）】・淨引生上【香姐姐（香柳娘＋好姐姐）】・小生、老旦、貼【商調簇御袍（簇御林＋皂羅袍）】・生、眾【黃鍾滴溜仗兒（滴溜子＋神仗兒）】・俱下、丑上【商調貓兒墜桐花（貓兒墜＋梧桐花）】・生上【尾】丑念白告知生此乃吉夢	大場	重要
二十五 貞女拒奸	口敘念唱	小淨（胡謅） 老旦（道姑） 貼（柳新鶯） 雜	小淨上【仙呂入雙調雙勸酒】自報家門及意圖。下。道姑上【越調浪淘沙】念述大要情事。貼抱兒上【其二】貼念白述夢・【引軍旗】・【其二】合前。雜、小淨上・【羅帳裡坐】・【其二】・【其三】	正場	交代
秣陵春 傳奇 十五 思鏡	夢者未演	旦（黃展娘） 貼 老旦 末（鏡神）	貼上【商調引風馬兒】・旦上【前腔】・【商調過曲二郎神】・貼【前腔換頭】・旦【囀林鶯】・貼【前腔】・旦睡介，貼下，末雜上，末【黃鶯兒】・【前腔】假旦隨下，貼急上，外老旦急上・外老旦合【簇御林】・外【前腔】・外老旦【尾】	正場	重要
夢花酣 一 夢瞀	夢者參演	生（蕭斗南） 丑（憨哥） 小旦（花神） 貼旦（花神） 旦（魂）	【南呂引子稱人心】生上・（鷓鴣天）丑上・【南呂過曲宜春令】・【太師醉腰圍（太師引＋醉太平＋太師引）】・【黃鐘過曲賞宮花】生沉睡介・小旦、貼旦上【降黃龍（換頭）】	正場	預示

			旦魂上；生醒介，旦、花神俱下・【商呂過曲大勝樂】		
夢磊記 二 夢授磊字	夢者未演	生（文景昭） 小生（鄺彬） 外（白玉蟾） 末（文景昭） 淨（鄺興）	【正宮引】生衣巾上【瑞鶴仙】・暫下小生【仙呂引卜算子】・生換便服上小生【南呂宜春令】小生同小淨下・【其二】・入夢。外扮道士上。小淨上，外同末急下。生急起【正宮普天樂】	正場	預示
翠屏山 二十五	口敘念唱	正旦（潘巧雲） 占（迎兒） 生（楊雄）	正旦上【引】・占上・【紅衲襖】・生上。念白述夢・【賞宮花】	短場	交代
嬌紅記 五十 仙圓	夢者參演 口敘念唱	生（申純） 旦（王嬌紅） 外 貼老旦 小生 末 外（東華帝君）	生旦仙粧上【糖多令】・【二犯傍粧臺】・【前腔】貼上，上樓見生旦驚倒介。生旦仝閃下。貼痴醒介・末上【玉女步瑞雲】，貼述說奇事。下。外老旦小生從人上【菊花新】。末貼從人上，見介。眾仝悲介【駐馬聽】・末【前腔】合・老旦【前腔】合・小生【前腔】合・貼【前腔】合。見鴛鴦介・【催拍】・【前腔】・【一撮棹】下場詩，眾下・生旦上【一封書】旦先唱，生後唱・【前腔】生先唱，旦後唱。外扮東華帝君上。【紅繡鞋】・【馱環着】・【永團圓】・【尾聲】	大場	重要
磨忠記 二十九 夢激書生	夢者未演	小外（錢嘉徵） 雜（關帝／周倉） 書童	小外【天下樂】把頭巾持放桌上指唱介・【紅衲襖】・【前腔】伸腰介。睡介。雜扮關帝同周倉侍上。下。小外醒介。小外持筆作想介・【三仙橋】・【五更轉】・【前腔】下。書童弔場頓足介・【降黃龍】	正場	重要
墨憨齋 雙雄記 十 幫興計訟	口敘念唱	丑（留幫興） 淨（丹三木）	丑破衣上【越調梨花兒】念白述夢。作燒香念佛介・淨素巾上【正宮小醉太平】・淨【四邊靜】・丑【其二】合前	過場	預示
雙螭璧 十七	夢者參演	付（奚杞） 旦（梅氏） 外（城隍） 淨（土地） 老旦 丑	付上【普吳敞】・【孝順歌】睡介・【又】淨土地上・【醉僥僥】齊下。老旦丑上。付痴下	短場	重要
鸚鵡墓貞文記 三 衷詢	口敘念唱	生（沈佺） 丑（尼僧）	生扮沈佺上【齊破陣】念白述夢・【錦纏道】丑扮尼僧上・【燕歸巢】・【刷子帶芙蓉】・【普天帶芙蓉】・【雙溪鳩】・【前腔】・【尾聲】	短場	預示
鸚鵡墓貞文記 四 家訓	口敘念唱	外（張懋） 淨（劉氏） 旦（玉娘）	外扮張公淨扮張母上【紫蘇丸】（詞：瑞鷓鴣）念白述夢・【解三酲】・【前腔】旦引老旦扮紫娥貼扮霜娥擎鸚鵡上・【黃	短場	預示

			老旦（紫娥） 貼（霜娥）	梅雨】·【天香滿羅袖】·【前腔】·【尾聲】		
	二十三魂離	夢者參演	末（觀音） 生（善才） 旦（龍女） 淨（老僧） 生（沈佺） 丑（夫） 貼（夢中沈佺） 旦（玉娘）	末扮觀音上【浪淘沙】· 生扮善才上【前腔】· 旦扮龍女上【前腔】仝稽手介。仝下 · 淨扮老僧上【光光乍】· 生引丑扮夫趕驢上【杏花天】·【小桃紅】·【下山虎】·【浣沙溪】夫歌介。生嘆介 ·【綉停針】·【蠻牌令】淨夫同下 ·【黃鶯兒】做睡不著介 ·【前腔】·【隔尾】睡介。貼扮生同旦攜手上 ·【憶多嬌】生作驚覷介 ·【前腔】生起唱。旦驚下貼閃下。生驚倒醒介。作痴視介。作痴睡介。夫催生。生漸醒介 ·【香柳娘】·【前腔】·【尾聲】	大場	重要
	二十四夢游	夢者參演	旦（玉娘） 丑（夜叉） 外（龍王） 淨（龍母） 生（沈佺） 老、貼（紫娥、霜娥） 小生（鸚鵡）	旦上【高陽臺】睡介。丑扮夜叉婆上。背旦行介 ·【北粉蝶兒】外扮龍王淨扮龍母上。旦背介 ·【醉春風】·【迎仙客】生冠帶上 · 旦背唱【普天樂】·【鮑老兒】生又扯介，旦怒推介 ·【快活三】老貼上 ·【滿庭芳】·【柳青娘】小生扮白衣童子上。末扮觀音上 ·【紅芍藥】·【十二月】·【堯民歌】眾下。丑背旦到睡介。二旦上。旦驚醒介 · 旦【紅衫兒】·【賣花聲】·【尾聲】	大場	重要
金鎖記二十六魂訴		夢者未演	眾 外（竇天章） 丑（胡圖進，山陽縣知縣） 淨（典告進，山陽縣吏） 丑（土地） 小旦（竇天章亡妻）	眾小軍引外上唱【緱山月】· 眾應介唱【朱奴兒】淨丑上白；丑扮土地上，拂外介，外入夢；丑引小旦上【普天樂】·夢醒前腔	正場	重要
意中人	三遊園	口敘念唱	外（劉章） 小旦（劉夫人） 旦（夢花） 貼（茜紅）	【南呂引子掛眞兒】外忠靖巾隺氅衣上，念白述夢。小旦旦貼同上【前引】·【南呂過曲香羅帶】·【前腔】·【前腔】	短場	交代
	十八驛夢	夢者參演	末（花神） 付 雜 旦（劉夢花） 貼（花仙） 喜娘	末扮花神上。下。付扮太監二梅香三宮姬隨旦各乘車付騎馬。同場 ·【仙呂過曲六么令】雜扮馹丞上 ·【鬪鵪鶉】·【紫花兒】旦睡介。貼扮花仙上 ·【金蕉葉】·【調笑令】喜娘上 ·【禿廝兒】·【拙魯肅】· 仍跌睡處漸起介。夢醒 ·【煞尾】	大場	重要

未　知					
劇　目	表現形式	腳色人物	宮套分配	分　場	夢　境
三社記 四 入夢	夢者未演	丑（賣字帖） 小丑（賣畫） 生（孫子眞） 小生 末（鄭虔）	丑上【水底魚】·小丑【水底魚】·生、小生上，生【窣地錦襠】·丑、小丑【駐雲飛】·生【前腔】·【解三醒】·【前腔】合·末上【南呂一枝花】·【梁州】·【尾聲】生醒	正場	預示
金花記 二十	口敘念唱	小生（鈕耿） 末 生（周雲） 外 淨	【引】小生上、末官隨上·【引】生上·【集賢賓】·【貓兒墜】·【尾】念白述夢·【桼子花】	短場	交代
金貂記 三十七	夢者未演	小生（薛丁山） 末（土地）	【夜遊朝】小生上·【馬蹄花】·【一江風】入夢，末上。醒·【前腔】念白，另言一番夢中獲劍典故·【北耍孩兒】·【北收江南】·【尾文】	短場	重要
香山記 六 花園受難	夢者未演	旦（妙善） 外（世尊）	旦【上引】·【新水令】入夢，世尊上囑咐，外下·【旦引】·【駐雲飛】	短場	重要
喜逢春 三十二 夢勘	夢者參演	生（毛士龍） 小生（楊漣） 淨（魏忠賢） 丑（崔呈秀） 老旦（客氏）	生冠帶上。作睡介入夢。小生金冠蟒衣，鬼判隨上【南呂一枝花】淨丑老旦上·小生【梁州第七】·【四塊玉】·【哭皇天】·【烏夜啼】·【尾】內鑼鼓小生下，生醒介	正場	重要
粧樓記　三 燒香	口敘念唱	貼（春梅） 旦（周意娘） 生（陳宜中）	貼上□□□貼述旦之夢，旦上【掛眞兒】·念白述夢·【忒忒令】·生衣巾上【園林好】·【江兒水】占虛下。旦吊場·生【伍供養】·占【玉交枝】旦占並下·生吊場【川撥棹】·【尾聲】	正場	重要
粧樓記　三十五 投水	口敘念唱	老旦（觀音） 外（土地） 生（判官） 淨（鬼） 小淨（吳元） 小生末（金兵） 旦（意娘） 老旦（尼僧） 占（春梅） 丑（白蓮）	老旦【浪淘沙】·老旦【寄生草】·外【前腔】，小淨扮吳元上·【風入松】·【前腔】·【急三鎗】同下·旦上【入賺】老旦、占上·【前腔】丑扮白蓮大肚病形上·【普門經】·【大迓鼓】·【前腔】占老旦丑並下。旦吊場，念白述夢·【小桃紅】·【下山虎】·外判扮女使上·【□□西風】抱旦下。占上跳水介。鬼判抱占下。丑作睡介、小淨、小生末上【□□鼓】·【前腔】外淨神靈上，下。老旦、丑吊場，老旦喚丑醒來（丑作夢事乃打諢而無干情節）	大場	重要
玉釵記　十三	口敘念唱	小淨 末（何家奴僕） 生（何秀文）	小淨。末。生上【唐多令】念白述夢，丑·生【月中丹桂】·【醉扶歸】·【前腔】·【前腔】生、末述夢·【木了乂】·【么】·【尾聲】	短場	預示

	十四	夢者未演	旦（王瓊珍） 丑 末（土地）	旦【夜行船】（詞：浣溪沙）丑上・【一江風】末念白上・【西江月】・【前腔】・【懶畫眉】・【前腔】・【尾聲】	短場	重要

神靈入夢關目擁有第二種、第三種情節的性質，而且表演形式以夢者參演／未演居多，在情節上、表演上都具有比較高的表演成分，因此常見的排場多在短場以上；但是在過場的調度上，也有相應相成的例子。

以正場爲例，例如《三祝記》第九齣〈晝錦〉，乃是威靈大王預示范仲淹不可拆廟改建書院，主要腳色與神靈人物俱在一場，情節隱含預示與衝突的作用，宮套則主要以【三學士】疊用成套，〔註 48〕在分量與性質而言應歸爲正場。《桃符記》第七齣〈包公謁廟〉，在情節上屬於主要情節之一環，主腳劉天儀的夢境又以夢者未演之形式演出，兼且預示後續情節的重要部分；在套式而言，則是例常使用的雙調【新水令】套曲，腳色、情節、套曲都具備相當的程度與意義，自爲正場無疑。又如《天馬媒》十三齣〈夢讖〉，女主腳薛瓊瓊七夕拜禱織女牛郎，並且以夢者參演的方式敷演與男主腳黃損的情緣冤歡，此齣主要突顯男女主腳的情感表現，而宮套以【二郎神】套曲作適度的斟酌精簡，應於正場，並且配合情節，以黃損先後在夢中對待薛瓊瓊的熱情和冷淡對比，讓薛瓊瓊以爲黃損負心，而應以該套曲的訴情，尤其適合旦腳詠訴悲情，〔註 49〕屬於適切的正場運用。至於《雙螭璧》十七齣，乃是土地攝來奚屺魂，與冤死的梅氏對理被奚屺殺害情事，在情節上屬於重要的高潮關節，並且重要腳色如梅氏、神靈人物的土地與城隍、反面主腳奚屺都在場上，雖然宮套體製並不甚長，但以情節、腳色的重要性來說，仍以正場爲宜。

但凡有神靈人物率眾列場上的關目情節，往往爲大場。例如：《曇花記》五十二齣〈菩薩降凡〉，雖然木清泰所敘夢境僅是口敘交代補添，但本齣乃大收煞之結尾，主要腳色全數齊聚一場，兼且轉入中呂【粉蝶兒】宮套，該

〔註 48〕曾永義：〈《長生殿》注〉，頁 811 曰：「按【懶畫眉】、【宜春令】、【三學士】均疊數支即可自成套數。其各疊二、三支以聯套者，傳奇中亦屢屢見之，如玉合〈參成〉、雙烈〈訪道〉、燕子箋〈拒挑〉……要皆視排場之需要而定聯用或疊用曲牌之多寡。其所表現者，皆爲文靜之場面。」

〔註 49〕許守白：《曲律易知》，頁 111～112 曰【二郎神】套曲謂：「此套曲或短或長，任人配搭，套數之式甚多，舉一長一短者以爲例。凡【二郎神】套曲，最宜旦唱訴情，而帶悲情者尤妙。」曾永義：〈《長生殿》注〉，則謂【二郎神】套曲必以【二郎神】、【集賢賓】爲首，用於文細正場，詳頁 663。

套式例以文細大場應之，聲情則恰好用於本齣結局的歡樂氛圍，〔註 50〕自爲大場。《嬌紅記》五十齣〈仙圓〉亦同此例，位於全劇末齣大收煞，宮套例常應以歡樂大套，而爲大場。《萬事足》第八齣〈旅中佳夢〉，腳色眾出，表演分量極重，情節亦是全本至關緊要的預示關鍵，宮套分別以越調、仙呂、南呂、商調、黃鐘轉場綴成，腳色、情節、音樂三者繁複，是不折不扣的大場。

短場的應用劇例，例如《寶劍記》三十七齣與《靈寶刀》二十七齣〈窘迫投山〉，情節同爲林冲於奔逃途中，夢見伽藍示警，表演方式同爲夢者未演；在情節上並沒有實質的推動意義，而且腳色只有生淨兩位，但是生爲主腳，宮套以【點絳唇】爲引，當屬武劇而有相當程度的表演，〔註 51〕並且轉以完整的雙調【新水令】入套，應以悲哀聲情，主要用意在於讓充任主腳林冲的演員擁有充分的表演。所以在情節、腳色表演與音樂度曲而言，自屬短場爲佳。又如前述夢見兆象關目中的《彩舟記》二十六齣〈悔罪〉，以主要腳色的江情與龍王上場，以短促的【風入松】疊用成套，當爲短場。《女丈夫》第六齣〈西岳示夢〉，李靖於西岳廟中夢見西岳大王爲他暗示後續前程，在情節上有一定的作用，以正宮【玉芙蓉】疊用成套，亦爲短場。《金花記》二十齣，以口敘念唱方式表現，雖有主要腳色，但是所用【二郎神】套式因排場而斟酌縮減，僅屬短場之應。一笠菴《人獸關》二十七齣〈獸訣〉，與墨憨齋《人獸關》三十齣〈犬報驚心〉，同樣以【香柳娘】疊用成套，是相當明顯的短場。〔註 52〕

〔註 50〕曾永義：〈《長生殿》注〉，頁 673～674 曰：「按此合套蓋始於貫雲石〈西湖游賞〉套。其套式爲北粉蝶兒、南好事近、北石榴花、南料峭東風、北門鵪鶉、南撲燈蛾、北上小樓、南撲燈蛾、尾聲。其中【好事近】即【泣顏回】之異名，【料峭東風】一曲，後此諸家皆代以【泣顏回】，其餘皆無變異。至於邯鄲〈極欲〉、憐香伴〈請封〉、元寶媒〈奏聖〉、秣陵春〈仙婚〉等之易【鬥鵪鶉】以下四曲牌名爲【黃龍袞犯】、【撲燈蛾犯】、【上小樓犯】、【疊字犯】者，則是湯若士始開其例，殊不足據。此合套大抵以組文細大場，有表歡樂者，如金雀〈玩燈〉、揚州夢〈驚座〉，以及上述邯鄲、秣陵春等，其內容以宴賞爲多。亦有表幽怨者，如繡襦〈逼娃逢迎〉、帝女花〈觴叔〉等。杏花村〈破妖〉竟以之演爲武劇大場，則幾不明排場爲何物。」

〔註 51〕許守白：《曲律易知》，頁 131 曰：「凡武劇均可用【北點絳唇】，作引子用，【北點絳唇】之下可接南曲。」

〔註 52〕許守白：《曲律易知》，謂【香柳娘】四支曲子成套用於急遽短劇類，見頁 125。

神靈入夢關目的表演性多有相當的程度，但是若以口敘念唱方式表現，而述說夢境之事爲該齣情節中心者，則常見於過場。例如：《橘浦記》十九齣〈夢應〉，乃是柳氏敘說受神靈託夢之助，而赴京解救柳毅，雖然夢境內容爲情節的關鍵衝突點，但是本齣僅以【一剪梅】和【玉胞肚】爲套，夢境又只用口敘念唱方式帶過，從表演、腳色和音樂場面的輕重來說，僅爲過場矣。同樣地，《桃符記》二十七齣〈城隍賜丹〉，也是神靈人物將解救關鍵人物的丹藥設計予老旦，夢境雖與衝突高潮直接關連，但是表演程度與單齣情節分量並不高，又僅用【三學士】疊用一次成套，當爲過場。《一種情》二十二齣，何家蒼頭先是敘說二小姐慶娘在周王廟中夢見已故的大姐興娘，又自言夢見神道囑咐言語，僅用過場性質的【縷縷金】一支敷演，〔註 53〕是相當明顯的過場實例。《雙雄記》第十齣〈幫興計頌〉，上場腳色爲淨、丑二人，從腳色、表演來看，也屬於過場。

本類關目中的《寶劍記》三十七齣，即爲後來的崑曲名劇「夜奔」，雖然從情節部分來看，並不佔全劇之關鍵、主線；但是以其表演之吃重、突出，讓演員擁有相當大的表現，而被擇爲折子戲之一，是夢關目演變爲折子戲的例子之一。此點將於下一章繼續論述。

第五節　祈夢關目之分場

祈夢關目融入了其他四種夢關目的表演內涵，兼且祈夢一節即屬於全劇之中重要腳色與關鍵情節預示之處，又有神靈人物的排場登演，從場面的安排設計而言，往往爲大場，表演分量極重。其劇目與排場整理如下表所述：

第一期					
劇　目	表現形式	腳色人物	宮套分配	分　場	夢　境
黃孝子尋親記十九祈夢	夢者未演	旦（聖妃娘娘） 淨（提典） 生（黃覺經） 小生（周昌） 眾	眾神將引旦上，旦唱【縷縷金】·淨上【秋夜月】淨下·生、小生上，俱唱【五供養】·【梧蓼弄金風（梧叫兒＋小紅花＋柳搖金）】念白淨上，告知兩人各睡東西二廊以祈各自之夢；旦夢中向兩人預示·生、淨合【四邊靜】·生、淨合【前腔】	大場	預示

〔註 53〕許守白：《曲律易知》，頁 118 曰：「凡以【縷縷金】領起之曲，均含有過場性質。」

第二期					
劇　目	表現形式	腳色人物	宮套分配	分　場	夢　境
無					
第三期					
劇　目	表現形式	腳色人物	宮套分配	分　場	夢　境
鳴鳳記 八	夢者未演	副末（鄒家小童） 丑（船家） 生（鄒應龍） 小生（林潤） 末（孫丕揚） 旦（廟主） 淨（金甲神人）	副末、丑念白上。生、小生俱上【鵲橋仙】・末上【霜天曉角】・末【朝元歌】・生【前腔】・小生【前腔】旦念白上・眾，合【皀羅袍】念白淨上，各自預示・眾【如夢令】	大場	預示
第四期					
劇　目	表現形式	腳色人物	宮套分配	分　場	夢　境
無					
第五期					
劇　目	表現形式	腳色人物	宮套分配	分　場	夢　境
二奇緣 六 預兆	夢者參演	淨（道士，廟官） 小旦（劉猛將） 襍（鬼判） 生（楊慧卿） 小生（費懋） 外（老舉人潘得鈔） 小丑（錢可通） 旦（內扮金甲神）	【仙呂入雙調過曲普賢歌】淨扮道士上。小旦、襍上場立介（扮神像）・生、小生唱【前腔】小丑、外；神明攝入夢・【北雙調新水令】・【駐馬聽】・【喬牌兒】・【攪箏琶】・【雁兒落】・【得勝令】・【折桂令】旦上・【甜水令】內扮金甲神・【收江南】回魂；外、小丑上・【鴛鴦煞】・【黃鍾過曲出隊子】小旦立起，令鬼判護送	大場	預示
灑雪堂 九 伍祠祈夢	夢者未演	生（魏鵬） 末（伍員） 丑（巫先生）	【仙呂】生唱上【月雲高（月兒高＋駐雲飛）】・末【北混江龍】・生上【月雲高】・生【桂枝香】・末【其二】念白預示末下，生醒介・生【其三】・丑【光光乍】・生重述夢境【解三酲】丑念白圓夢・丑【其二】	正場	預示
末　知					
劇　目	表現形式	腳色人物	宮套分配	分　場	夢　境
無					

從《黃孝子尋親記》十九齣〈祈夢〉與《鳴鳳記》第八齣而論，祈夢都是兩劇主要情節的啓示之處，情節頗見分量；從人物腳色來看，除了劇中大

部分的主要腳色以外，像《黃孝子尋親記》中「眾神將引旦上」，《鳴鳳記》又是生旦淨末丑諸腳齊全，場面盛大；從宮套分配來看，雖然兩齣戲碼中都各以六、七支曲子成套，《黃孝子尋親記》甚至用急遽過場的【縷縷金】領套，但是兩齣戲的祈夢表現主軸在於大幅的念白與人物動作，在念與身段已經有很大的表演著力，如果再用成套大曲安排分唱，表演時間勢必延宕，擔任主要腳色的演員在心力上也難以負擔往後幾場的演出。為了表演上的實際考量，劇作家不得不在宮套上進行縮減。因此，從場面、腳色來看，這兩齣戲碼都堪為大場，但是為了後續的演出，在宮套度曲上不得不作出適度的調配。〔註 54〕

《二奇緣》第六齣〈預兆〉則是不折不扣的大場，主要腳色與情節場面的表演都可說是全劇中最最吃重的部分。在夢境的敷演中，劇作家設計以夢者參演的方式讓生、小生二人實地演說，不似其他祈夢情節多以表演分量稍減一分的夢者未演（爾後再以念白敘說夢境遭遇）表現，更加入了淨丑人物的詼諧成分；同時，也因為主腳的實地參演，所以宮套又施以北雙調【新水令】套曲，讓唱工圍繞於主腳的表現上。所以，從本齣大場在場面、情節、音樂、表演的設計上來說，對於擔綱主腳的演員來說擁有充分聚焦表現的機會，但就表演分量而言也是一個重大的挑戰。相較之下，《灑雪堂》第九齣〈伍祠祈夢〉的腳色場面便遜簡許多，可說是主腳、神靈、丑腳的三腳戲，但是在情節、宮套上仍有一定的意義與程度，因此歸列為正場。

祈夢關目除了預示情節，同時也具備著表演上的用意，皆以大場、正場調度，而且運用了許多夢關目中常用的表演手法，也有調劑場面、增添表演性的意味。

第六節　小　結

經過前一章節夢關目情節作用以及本章節對其分場的整理，可以發現：關目的設計經已隱涵了排場的基礎，〔註 55〕也就是在情節、腳色、音樂套式上的互相配合，以完成一個場面的演出。情節的作用僅是基礎，腳色和音樂的調度還必須考量到全本劇作情節的結構與起伏的安排，亦即大場正場、過

〔註 54〕前述以【縷縷金】領套者，應為急遽過場，但本齣情節、腳色與表演均佔重要地位，茲列入大場討論。

〔註 55〕許子漢：《明傳奇排場三要素發展歷程之研究》，頁 28。

場短場的布置穿插，以及群戲、鬧場等等的運用。好比大場，如張敬所說：各場的場面必須與故事關目的分量扣接緊密，不是重大情節、不是強調熱鬧場面、沒有特別的唱詞章曲的設計，不宜濫組大場，既占大場，自然須是情節至關緊要的部分，或著具備曲辭、音樂兩者上佳的優點，或是唱做俱重的條件；此外還有顧慮到腳色的分量，才能達到組成大場或是安排場面的用意。〔註 56〕又如短場的分配，許之衡曰其為「作傳奇最不可少者」，因為：「蓋短劇者，於搬演所以均勞逸，於章法所以聯線索，繁簡相間，乃為當行也。」〔註 57〕短場所應達成的理想效果，必須有穿插聯絡、承接轉合全劇情節的作用，亦即李漁所說的「密針線」，在重要的場面之間補綴、緩衝，而不是一味賣弄長套、逞才炫筆的加重關目演出，而使得情節冗長、表演繁雜，反讓觀眾、演員適無其所。

在單一關目的夢關目類型之中，如果夢境的設計能夠達到製造主要情節衝突的效果，並且配合生、旦等主要腳色的演出，那麼場面必然為正場；倘若腳色眾多、場面必須達到熱鬧的效果，就必須以大場應之，那麼，套式必然需要以完整且符合聲情的曲套相應，才能充分承載正場、大場的演出內容與表演效果。例如前述提及的中呂【粉蝶兒】套曲，乃是用於文細大場，表訴歡樂、幽怨兩種場面情感，但是如果用於武劇大場，便是不明排場的謬誤；〔註 58〕又如【風入松】、【急三鎗】子母調乃用於急遽過場，如果將其用於生旦表訴衷情的場面——好比《牡丹亭》第十齣〈驚夢〉或是《異夢記》第八齣〈夢圓〉，急促的音樂更是無法與文靜、纏綿的情節配合，整個場面就會措手不及、紊亂乖違。

夢關目中的神靈入夢與祈夢兩類，在情節和表演上都有相當的作用：在情節上擁有第二種、第三種戲劇衝突的意義——「劇隨人走」，所以生、旦等主要腳色也往往在重要的情節部分登場，在表演方式上又常以夢者參演／未演演出，於是在兩類關目出現的場面必須常常擔綱正場、甚至大場的演出，宮套也必須以完整大套或是精製的曲套組合相搭。而入夢相會與夢見兆象關目，相比之下有了更多運用口敘念唱方式表現夢境的場合，表演性不如神靈入夢與祈夢兩類關目，也因此易於編用在各種情節類型之上，被運用於短場、

〔註 56〕張敬：《明清傳奇導論》，頁 120。

〔註 57〕許守白：《曲律易知》，頁 132。

〔註 58〕見曾永義：〈《長生殿》注〉，頁 673～674。

過場的頻率較高，音樂套式也就隨著場面的需要而縮編。因此，表演的高下、情節的輕重、腳色的分量正是影響分場的關鍵，三者必須互相斟酌配合，以適應於適當的關目場合。

舉例說明：例如《綵毫記》三十八齣〈仙官列奏〉，乃是眾家仙班登場，司馬子微述說李白為何與神佛有緣之事，夢境與情節在作用上僅能視為交代補綴，在情節而言不宜用完整的大套演出；但是由於眾仙齊出、腳色齊聚，場面不能不大，曲套便以【宜春令】疊用成套，並且設計了許多眾腳合前的唱作科介，以襯其神靈大場的恢宏氣派。這便是在情節上並不是絕對必要、但為了調劑場面而組成大場表演的例子。《寶劍記》三十七齣與《靈寶刀》二十七齣〈窘迫投山〉，描述林冲夜奔梁山之經過，這一段情節極其精簡，但是由於上場為主腳林冲，而宮套也為適應場面，將原先完整的北雙調【新水令】套曲縮減——完整的北雙調【新水令】照例為：北雙調【新水令】、南仙呂入雙調【步步嬌】、【北折桂令】、【南江兒水】、【北雁兒落帶得勝】、【南僥僥令】、【北收江南】、【南園林好】、【北沽美酒帶太平令】、【南尾聲】，〔註59〕《寶劍記》與《靈寶刀》同樣更減為【新水令】、【駐馬聽】、【水仙子】、【折桂令】、【鴈兒落】、【得勝令】、【沽美酒】、【收江南】，並以用於武裝短場的【點絳唇】為引，將場面整理為短場，相對地也讓林冲有充分表現的用意。因此，有些場合用於銜接情節，不一定是主要情節所必需，但是顧及到主腳與表演性的發揮，場面便配合更減為短場。相對來說，某些場合的情節、表演性都不甚高，但是加入了諸如圓夢先生的腳色與表演成分，便需要將場面提擢為短場以上，《文公昇仙記》第九齣與《虎符記》二十二齣即是其中二例。至於《黃孝子尋親記》二十二齣，雖然套式唱工不重，但是由於主腳在場，而且運用了大段的念白科介來表現情節，解夢之事又正好相應主要情節的發展，所以仍可成為正場。

除了場面的變化，表演形式與某些特定關目也漸漸地不再固定搭配，而產生了更多的搭用變化，像第四期的《牡丹亭》、《彩舟記》、《異夢記》與第五期的《風流夢》、《夢花酣》、《嬌紅記》，都在同一齣的夢關目當中運用了兩種不同的內容類型或是表演形式，表演的方式與運用漸見突破、愈趨豐富，這種現象在第五期更是顯著；此外，同樣的表演運用也會有不同的調整，例如一笠菴本《人獸關》二十六齣〈冥誓〉，與墨憨齋改本本的《人獸關》二十

〔註59〕許守白：《曲律易知》，頁54。

九齣〈冥中証誓〉，情節、套式相同，人物腳色也大同小異，但是在睡魔的運用便有不同：前者睡魔僅上場一次，將桂薪引入夢中之後即下場，桂薪出夢時僅有作「淨身在原睡處作夢醒介」，〔註 60〕後者則讓睡魔上場兩次，將桂薪引入夢境下場後，在桂薪出夢之際，睡魔作「小淨復上將鏡引淨介」，並且念白「桂薪醒來，桂薪醒來」又下場，桂薪始作「淨在原睡處作夢醒介」，〔註 61〕讓睡魔再上場一次。同樣的腳色、情節、套式，也會隨著劇作家不同的匠心筆意而產生不同的變動和表現方式。總的來說，從年代分期來看，夢關目傳奇劇作在第四期以後大量出現，表演的分量、手法也隨之愈趨變化，可見關目的發展與變化會確實地反映在創作數量之上。繼續延襲創作下去的清傳奇，其後勢也極其可待。

場面運用不均便會造成情節上的滯礙。例如，大場在一部傳奇中不宜排置過多，也不宜重複連用，更不宜多於正場；而且文武、靜鬧、唱做、長短的場面不可以連場不變，否則觀眾難以承受一連數場的文細唱工、或是武粗做打的重複刺激。〔註 62〕譬如《鸚鵡墓貞文記》，該劇第三齣〈哀詢〉與第四齣〈家訓〉皆爲短場，在傳奇劇作一開始極待出盡重要腳色、搬演重要場面來推展情節並且吸引觀眾的要求而言，並不適合——短場屬於關目的連綴，連用短場容易拖滯情節、重心失偏；又該劇二十三齣〈魂遊〉與二十四齣〈夢離〉爲大場連演，雖然可以達到情節集中推展、表演場面熱鬧豐富的效果，但是過量而集中的情節段落便不容易輕重分明、節奏也難有起伏的韻致，對於演員和觀眾的負荷也過於繁重，可謂食不下嚥。此外，腳色的分配也是相當重要的考量，腳色與場面若是無法相襯，也會影響到表演與情節的契合。例如：《金印記》二十九齣〈焚香保夫〉，在情節上沒有太大的實質作用，但是本齣僅以旦腳一人上場，獨唱【清江引】、【二犯朝天子】之轉踏疊用，音

〔註 60〕（明、清）李玉：《人獸關》，林侑蒔編：《全明傳奇》45 冊，頁 41。

〔註 61〕（明）馮夢龍：《人獸關》，林侑蒔編：《全明傳奇》57 冊，頁 35。

〔註 62〕張敬：《明清傳奇導論》，頁 120 曰：「第一：各場面目，不可重複。正場與大場必須相間配用，但正場次數必多於大場。第二：全部傳奇，衹規定幾個大場，插用的位置或隔幾個正場插一個大場，或在最後結束全戲階段中連用兩三個大場，以抓緊觀眾的注意力，凡此都看故事發展的關鍵而定，未可拘於一格。第三：無論大場和正場，或文或武，或鬧或靜，或唱或做的特色，都不可以連場不變。譬如《琵琶記》，廿齣〈吃糠〉與廿二齣〈荷池〉皆屬文細場面，以唱工爲勝，廿七齣〈賞月〉，廿八〈尋夫〉，廿九齣〈盤夫〉介重唱工，未免沉悶，聽眾實難支持了。」

樂上並沒有特別的特計，雖然有讓演員專場表現之用意，然而情節沒有實質上的推動，就情節與腳色唱工的布置調度而言並不妥善。又如《五福記》十四齣，整場只有淨腳【朝元歌】一支，而安排了生、外、末、老、正占、小生、付眾腳同場表演卻沒有唱工分配，情節也僅是爲了口敘交代夢境的內容，如此浩大的排場卻沒有推展情節的實質作用，也沒有相應分量的表演，就排場而言有失衡之誤。

所以就關目的設置用意而言，情節、腳色、度曲以及分場所需的表演分量，必須拿捏恰當，不宜過分繁重，也不宜過度輕短，更不宜單場之中的分配失調。以夢關目來說，神靈入夢與祈夢關目在表演形式與情節衝突易有表現，所以適於配合情節以大場、正場相應，而可以有更多應用場合的入夢相會與夢見兆象關目，更需要配合表演衣式與情節內容，而審慎因應各種場面的設置。

第六章　結論：夢關目的發展

在經過情節作用與腳色科介的整理，以及分場的解析之後，明傳奇當中夢關目的運用及其內容已可見出輪廓，包含夢關目在情節上與表演上的實質作用，而劇作家又是如何將「夢」編寫入傳奇劇作當中，產生各種不同的表演效果，與各式各樣的情節起伏轉折。在明傳奇逐步發展、邁向鼎盛、而又繼續創作延生的過程當中，屬於單一關目的夢關目也呼應著劇種體製的生態，也隨著產生了沿用的定制，在相關的情節當中被劇作家漸漸的完成了它的面貌，與傳奇全本情節的關係也越來越明確。

一、夢關目之萌芽與發展

夢關目依其內容類型可分五種：入夢相會、夢見兆象、全境皆夢、神靈入夢、祈夢，依表演又可分爲三種演出形式，分別是：夢者參演、夢者未演、口敘念唱，而每種內容類型有各自的表演運用手法，在情節上達到的意義也不同。夢關目的內含要素（例如：圓夢先生）早在南戲時期即已存在，而相應的情節內容（例如：祈夢），也已存在於元雜劇當中，可知夢關目元素的萌芽極早；直到傳奇興起之初，才整合出一個場上演出的雛型，漸漸地被其他作品沿用——在其他劇作家不斷地使用，而形成襲用關目。達成襲用關目的標準，許子漢謂：

1. 演出情節是否相同是其基本判別依據，有時並兼顧演出形式及特色。
2. 有常用的套式，但並非同一關目的必要條件。
3. 「襲用」以三本爲最少之標準。〔註 1〕

〔註 1〕詳見許子漢：〈論關目〉一章，《明傳奇排場三要素發展歷程之研究》（臺北：

從這三個標準來看五種夢關目是否達到關目襲用之成立，列述如下：

第一、入夢相會關目應用的情節場合眾多，可用於生旦主腳的重要情節發展，也可用於淨丑副腳的插科打諢，視情節與場面之不同，而定以不同的演出形式；夢見兆象關目常有圓夢先生的出現，往往是預示情節的重心，多以正場應之；全境皆夢關目多用於度脫劇，全本情節和劇作主旨就在夢境當中，最耐人尋味的表演便在於主腳入夢與出夢之際，藉以表現夢境的虛實轉移；神靈入夢關目的表演內容較爲豐富，適用於正場、大場演出，而且隨著神靈人物的登場，在舞臺上也塑造了許多特色有別的腳色；祈夢關目則總合了前述四項關目的表演要素，但凡祈夢關目應用之處，多爲腳色眾多的大場，其情節也多有預示重要後續發展的作用，兼且運用了占夢、入夢出夢、插科打諢等等各種表演要素。可見夢關目各自依其夢境情節而有判別之準則，甚至也包含表演形式與特色。

第二、在這五種夢關目內容當中各自有其固定的套式與表演程式，但是也可應用在其他四種夢關目之中，例如入夢與出夢便可用於以夢者參演形式演出的各個夢關目之中而不拘內容類型，圓夢先生或占夢可見於夢見兆象、入夢相會與祈夢關目，神靈人物亦見於神靈入夢與祈夢關目之中。至於音樂宮套，則各依情節、場設計而定。因此，五種夢關目彼此之間不但各有各的固定表演形式，但是也不限定於同一關目之中。

第三、五種關目類型至少依《全明傳奇》所見，都在最低限度的三本以上，夢境情節的運用在當時曲家眼中甚至已是成式的俗套。〔註2〕

由此可鑒夢關目成爲襲用關目的意義及其成立。

從《全明傳奇》的可見作品，依照年代分期分析夢關目出現的時期，便可發現其發展主要有兩大階段：

（一）前期的萌芽：第一、二、三期

在宋元明初以迄萬曆中葉爲止，尚屬於夢關目萌芽、成長而尚待襲定的時期，在這三個時期，每期都不超過十個劇作，最常見的內容類型是夢見兆象與神靈入夢兩種，表演形式最常見者爲口敘念唱，可見此時期夢關目的場

國立臺灣大學出版委員會，西元1999年6月初版），頁25～64。

〔註2〕例如：（明）路迪：《鴛鴦縧》十四齣〈餘驚〉，折末評謂：「夢似俗套，然從投羅折一氣趕下，非此莫能截斷急流，且得此一轉，便覺上叚生姿。」林侑蒔編：《全明傳奇》（臺北：天一出版社）70冊，頁42。

上表演成分還不到舉足輕重的程度，或者，也可說是關於夢關目的表演程式尚未襲定，表演方式也尚未完成，而以最利於運用的方法口敘念唱來表現。這段時期歷經明傳奇正式完成體製、經過「崑曲化」（亦即《浣紗記》的完成）的階段，有待文人曲家們大量的創作與摸索，以確立明傳奇的內容與藝術表現。夢關目也是如此。

（二）後期的興盛：第四、五期

湯沈以後直至清初，正好是明傳奇發展鼎盛的時期——湯顯祖《牡丹亭》的完成象徵著眾多新關目的創立之始，〔註3〕同時，因爲音律曲詞的計較而造就的湯沈之爭，使得明傳奇創作產生了不同的風格與訴求，這也代表明傳奇完成體製之後本質的成熟化與精緻化。運用夢關目的劇作也在這個時期大量出現，雖然表演形式仍以表演成分較低的口敘念唱最爲常見，但是夢者參演／未演的運用劇作數量也漸漸提高，到第五期夢者參演的使用頻率甚至直追口敘念唱的次數，可見夢關目在明傳奇興盛之際，其表演內容的發展也隨之提升而完成，漸漸地增加各種舞臺的表現手法，也意謂著夢關目運用的成熟。

二、新舊關目的調整與創生

在夢關目的舊關目之調整而言，依《全明傳奇》所見劇作來看，舊有關目之調整最明顯者在於表演成分的加重與變化——亦即夢者參演／未演的表現形式在第四期以後才有明顯的增加，例如：重視表演、常用於大場正場的神靈入夢關目在第一期即已有 4 部劇作，但是該期尚未出現夢者參演的形式；第二期時，神靈入夢關目的 5 齣劇作即有 3 齣以夢者參演的形式表演，此後，雖然神靈入夢關目不乏有夢者參演的形式，但是配合另外兩種表演形式運用的機會也因而增加。然而，表演形式的運用又會影響場面的調度，場面調度視情節比重、表演分量而定，於是，在場面斟酌與表演運用的兩相考究之下，隨著創作量越來越高，夢關目的表演內容與搭配也就越來越豐富——表演形式不再與某些特定的關目固定搭配，夢關目的內容類型與表演形式也有更多的搭用變化，像是在同一齣夢關目中可以看到兩種不同的內容類型或表演形式，或是同樣的表演內容在方式上會有所差異，可見夢關目表演的運用實有突破侷限、愈趨豐富的現象，這種變化的現象在第四、五期以後尤其顯著。

在夢關目的新關目之創生而言，除了因爲劇作大量增加、使得各關目出

〔註3〕許子漢：《明傳奇排場三要素發展歷程之研究》，頁 61～62。

現頻率也提高、表演手法也漸漸豐富以外，只有全境皆夢關目至第四期以後才開始出現，可以視爲新關目的創生。鑒此可知，第四期就夢關目的發展而言，是一個相當重要的時期，除了創作的大量增加、關目的新舊更替以外，關目的表演內容和排場調度都有了更多元的運用和表現。

夢關目的萌發、成熟以至完成，表演的成分與內容漸趨豐富，在明傳奇最爲高峰的創作時期，夢關目也隨之達到表現最爲亮眼的時期，運用手法以及場面的各種調度配合也越來越多、效果也越來越好，其至漸漸占有全本排場當中的大場地位，可見夢關目與明傳奇同步發展的關聯性。也因爲夢關目表演的日漸據重，更有成爲折子戲的可能。

三、餘論：夢關目與折子戲

據陸蕚庭所論，折子戲於明傳奇盛行之世——至少在萬曆年間尚未成形，在明末清初開始受到注意，並且流行於乾嘉之世，而在競演全本戲的時期，折子戲是限於廳堂、偶而出現的形式，並且出於少數酷嗜戲劇藝術者「自詡獨創」的炫奇心理。〔註4〕然而，王安祈舉證折子戲當在嘉靖以前即已存在，天啓、崇禎年間已經成爲一種慣常的形式，與全本戲成爲戲曲發展史上兩條並行的途徑；而且折子戲並不限於廳堂演出，在民間賽社、宮廷大內都有折子戲演出的例子。〔註5〕

從全本戲擷選折子戲的一個取決標準，便在於關目的重要性。李惠綿曰：

> 古典戲曲除了通用的「情節」，還有一個「關目」的專稱；意義上類同「情節」一詞，又指涉爲「關鍵重要的情節」。……如《牡丹亭》以五十五齣「情節」（關目）構成一個完整的「故事」；其中〈驚夢〉、〈尋夢〉、〈鬧殤〉、〈拾畫〉、〈玩眞〉皆屬故事中的關鍵情節（關目）。古典劇論中多單用「情節」或「關目」，視上下文而定，有時關目即情節，情節即關目；有時關目指關鍵情節。〔註6〕

在李惠綿「關鍵情節」的定義之下，夢關目已有成爲全劇重要情節的機會與常例，更何況是風行天下、興演不輟的《牡丹亭》；同時，夢境於時經已成爲

〔註4〕陸蕚庭：《崑劇演出史稿》修訂本（臺北：國家出版社，西元2002年12月初版），頁269～270。

〔註5〕詳見王安祈：〈再論明代折子戲〉，《明代戲曲五論》（臺北：大安出版社，西元1990年5月1版），頁1～47。

〔註6〕李惠綿：《戲曲批評概念史考論》（臺北：里仁書局，西元2002年初版），頁201～202。

明清傳奇敘事程式的內涵之一，甚至成爲例定襲用的關目手法。〔註7〕就在夢關目「舉足輕重」以及「例定襲用」的兩種條件之下——因爲情節與表演的重要性，而足以單獨成立一場，加以固定因襲的程式與成例，使演員們有所依循，甚至因此發揮演員們自己的表演特色——夢關目便擁有了成爲以粹選菁華、凸顯腳色應工特長的折子戲之可能。夢關目發展爲折子專場演出更著名的劇例，即是完成於清代的《長生殿》；在元雜劇《梧桐雨》當中，唐明皇入夢之事僅以念白交代，而沒有加以敷演，然而隨著戲曲體製以及夢關目的逐步發展，進而完成了《長生殿》當中聞名的一齣〈雨夢〉，將唐皇貴妃的愛情故事表達得更爲動人、故事內容更加充實，表演內涵也更加的豐富。這一由關目改編、擴充爲折子專場的過程，正符合了折子戲「不同程度地發展和豐富了原作的思想性」，以及「顯示元明傳奇改編的複雜過程」的藝術特質與價值。〔註8〕

然而，除了由關目擴充爲折子專場的完成，更有經過刪減而成爲折子戲的例子。例如著名的武生戲「林冲夜奔」，乃是由《寶劍記》三十七齣脫胎而來，至今所見的演出都僅有林冲上場，反而將原來的神靈入夢關目刪去，不再有神靈伽藍的入夢警示。至如王魁、桂英故事中的「打神告廟」一段，亦由《焚香記》二十六齣〈陳情〉簡省而來，現今舞臺上的搬演揀止於桂英向海神哭訴一段，成爲旦腳專場的重要劇目，原來傳奇當中海神的入夢情節經已時常刪減不演。經過這一層精減關目表演內容的改編，反倒成就了表現演員精湛技藝的專場表演，也正符合折子戲乃是經過適當剪裁、使內容更爲概括緊湊的表演特質之訴求。〔註9〕此論必須與清代傳奇劇目結合審視，也將是筆者往後繼續延伸至清傳奇研究所欲關注之處。

關目包含了情節、腳色、套式的排場三大基礎要素，針對關目進行主題

〔註7〕林鶴宜：《規律與變異：明清戲曲學辨疑》，「神怪或夢境」條謂：戲文《張協狀元》已有「圓夢」和「古廟避難」的情節，前這爲夢境，後者爲神怪；到了明清文人傳奇，神怪變化豐富，夢境也大量增多，而預示前程的夢境更被大量運用，幾成必定的格式，見頁87～88。

〔註8〕王安祈提出折子戲的藝術特質有四：一、不同程度地發展和豐富了原作的思想性；二、適當的剪裁增刪使內容更爲概括緊湊；三、大段加工，在形象化、通俗化上下功夫；四、重視穿插和下場的處理，化板滯爲生動。而折子戲的價值爲：一、保存已失劇本的散齣；二顯示元明傳奇改編的複雜過程。詳見王安祈：〈再論明代折子戲〉，《明代戲曲五論》，頁39～44所述。

〔註9〕王安祈：〈再論明代折子戲〉，《明代戲曲五論》，頁39。

式研究，其實也就是對於傳奇體製與藝術本質的認識與尋索，此點在分場的反映上尤其顯著——傳奇有「專爲登場」〔註 10〕的訴求，並非劇本中的情節一論可以道盡。關目論的建立與成熟，乃是跟隨傳奇的體製完成與創作而達成，明代萬曆中葉以後，明傳奇達到興盛的高峰，夢關目的出現頻率也愈來愈高、表演內容也漸漸豐富了起來，兩者的互動關係相當密切，因此對於以排場基礎爲前提的關目之研究，也就是對傳奇內涵的研究。

〔註 10〕（清）李漁：《閒情偶寄》，《中國古典戲曲論著集成》（北京：中國戲劇出版社，西元 1959 年 7 月初版）第七冊，〈演習部．選劇第一〉，頁 73。

參考書目

一、古籍

1.《萬曆野獲編》，（明）沈德符（臺北：偉文圖書出版社，西元 1976 年 9 月）。

2.《十三經注疏附校勘記》，（清）阮元校注（臺北：大化書局，西元 1989 年 10 月 4 版）。

3.《兩般秋雨盦隨筆》，（清）梁晉竹（臺北，廣文書局，西元 1986 年 10 月初版）。

4.《梁溪漫志》，（宋）費袞，任繼愈、傅璇琮總主編，《文庫閣四庫全書》（北京：商務印書館，西元 2005 年 1 版）286 冊。

二、劇作目錄

1.《六十種曲評注》，（明清）毛晉撰，黄竹三、馮俊杰主編，劉孝嚴校審（長春：吉林人民出版社，西元 2001 年 9 月 1 版）。

2.《曲海總目提要補編》，北嬰（北京：人民文學出版社，西元 1959 年 5 月第 1 版）。

3.《善本戲曲叢刊》第一至第三輯，王秋桂（臺北：臺灣學生書局，西元 1984 年 7 月初版）；第四至第六輯（臺北：臺灣學生書局，西元 1987 年 11 月初版）。

4.《李漁全集》，（清）李漁（浙江：浙江古籍出版社，西元 1992 年 10 月 1 版）。

5.《古本戲曲劇目提要》，李修生（北京：文化藝術出版社，西元 1997 年 12 月 1 版）。

6.《全明傳奇》，林侑蒔（林鋒雄）編（臺北：天一出版社，西元 1983 年）。

7.《新校元刊雜劇三十種》，徐沁君校（北京：中華書局出版，西元 1980 年 12 月 1 版）。

8.《古典戲曲存目彙考》，莊一拂（上海：上海古籍出版社，西元 1982 年 12 月第 1 版）。
9.《審音鑑古錄》，（清）琴隱翁編（臺北：臺灣學生書局，影印清道光十四年東鄉王繼善補讎刊本，西元 1987 年 11 月初版）。
10.《明代傳奇全目》，傅惜華（北京：人民文學出版社，西元 1959 年 12 月第 1 版）。
11.《戲曲選粹》，曾永義等選注（臺北：國家出版社，西元 2003 年 11 月初版）。
12.《元曲選》，（明）臧懋循（北京：中華書局，西元 1958 年 10 月初版）。
13.《曲海總目提要》，董康（北京：人民文學出版社，西元 1959 年）。
14.《永樂大典戲文三種校注．張協狀元》，錢南揚校注（臺北：華正書局，西元 1985 年 3 月初版）。
15.《新校錄鬼簿正續編》，（元）鍾嗣成、賈仲明著，浦漢明校（成都：巴蜀書社，西元 1996 年 10 月 1 版）。
16.《馮夢龍全集》，魏同賢編（上海：上海古籍出版社，西元 1993 年 6 月 1 版）。

三、專論著作

1.《中國古典戲曲論著集成》（北京：中國戲劇出版社，西元 1959 年 7 月初版）。
2.《中國戲曲曲藝辭典》（上海：上海辭書出版社，西元 1981 年 9 月 1 版）。
3.《明代戲曲五論》，王安祈（臺北：大安出版社，西元 1990 年 5 月 1 版）。
4.《明代傳奇之劇場及其藝術》，王安祈（臺北：臺灣學生書局，西元 1986 年 6 月初版）
5.《王國維遺書》，王國維（上海：上海古籍書店，西元 1983 年 9 月 1 版）。
6.《宋元戲曲史》，王國維（上海：上海古籍出版社，西元 2008 年 5 月 1 版）。
7.《螾廬曲談》，王季烈，王雲五編：《人人文庫》（臺北：臺灣商務印書館，西元 1971 年 7 月 1 版）147 冊。
8.《戲曲與演劇圖像及其他》，元鵬飛：（北京：中華書局，2007 年 7 月 1 版）
9.《南北詞簡譜》，吳梅，王衛民校注：《吳梅全集》（石家庄：河北教育出版社，西元 2002 年 7 月 1 版）。
10.《中國古代戲曲序跋集》，吳毓華編（北京：中國戲劇出版社，西元 1990 年 8 月 1 版）。
11.《明傳奇聯套研究》，汪志勇（臺北：嘉新水泥公司文化基金會，西元 1976 年 1 月）。
12.《周貽白小說戲曲論集》，沈燮元編：（山東：齊魯書社，西元 1986 年 11 月 1 版）。

13.《西洋戲劇欣賞（The Enjoyment of Western Drama）》，李慕白（Paul M. Lee）、William Nickerson 譯著，（臺北：幼獅文化，西元 1986 年 4 月 5 版）。

14.《中國古代曲學史》，李昌集（上海：華東師範大學出版社，西元 2007 年 12 月第二版）。

15.《戲曲批評概念史考論》，李惠綿（臺北：里仁書局，西元 2002 年初版）。

16.《戲曲批評概念史考論增訂本》，李惠綿：（臺北：國家出版社，西元 2009 年 11 月初版）。

17.《戲曲本質論》，呂效平（南京：南京大學出版社，西元 2005 年 3 月 1 版二刷）。

18.《元人雜劇序說》，（日）青木正兒著、隋樹森譯（臺北：長安出版社，西元 1981 年 11 月 2 版）。

19.《規律與變異：明清戲曲學辨疑》，林鶴宜（臺北：里仁書局，西元 2003 年 2 月初版）。

20.《崑曲辭典》，洪惟助主編（宜蘭：傳統藝術中心，西元 2002 年 5 月初版）。

21.《夢與生活》，洪丕謨（北京：中國文聯出版社，西元 1993 年 6 月 1 版）

22.《歷代曲話彙編》，俞爲民、孫蓉蓉編（合肥：黄山書社，西元 2009 年 3 月 1 版）。

23.《二十世紀戲曲文獻學述略》，苗懷明（北京：中華書局，西元 2005 年 6 月 1 版）。

24.《戲劇原理》，姚一葦（臺北：書林出版社，西元 2004 年 2 月二版）。

25.《李漁《閒情偶寄》曲論研究》，俞爲民（南京：江蘇教育出版社，西元 1994 年 12 月 1 版）。

26.《中國古代戲曲理論史通論》，俞爲民、孫蓉蓉（臺北：華正出版社，西元 1998 年 5 月版）。

27.《明清傳奇綜錄》，郭英德（石家庄：河北教育出版社，西元 1997 年 7 月 1 版）。

28.《明清文人傳奇研究》，郭英德（臺北：文津出版社，西元 1991 年 1 月初版）。

29.《明清傳奇史》，郭英德（南京：江蘇古籍出版社，西元 2001 年 5 月 1 版 2 刷）。

30.《明傳奇戲劇情節研究》，高禎臨（臺北：文津出版社，西元 2005 年 5 月初版）。

31.《論中國戲劇批評》，夏寫時（濟南：齊魯書社，西元 1988 年 10 月 1 版）。

32.《中國古代歷史劇研究》，孫書磊（南京：南京師範大學出版社，西元 2004 年 7 月 1 版）。

33.《中國古典編劇理論資料匯編》，秦學人、侯作卿編（北京：中國戲劇出版社，西元 1984 年 4 月 1 版）。
34.《明清傳奇導論》，張敬（臺北：臺灣東方書店，西元 1961 年 3 月初版）。
35.《曲律易知》，許守白，《樂府叢書》（臺北：郁氏印獎會，西元 1979 年 7 月初版）之三。
36.《明傳奇排場三要素發展歷程之研究》，許子漢（臺北：國立臺灣大學出版委員會，西元 1999 年 6 月初版）。
37.《梅蘭芳回憶錄：舞臺生活四十年》，許姬傳、許源朱（北京：團結出版社，西元 2006 年 1 月 1 版）。
38.《元代戲劇學研究》，陸林（合肥：安徽文藝，西元 1999 年 9 月 1 版）。
39.《崑劇演出史稿》修訂本，陸萼庭（臺北：國家出版社，西元 2002 年 12 月初版）。
40.《中國古代劇作學史》，陳竹（武漢：武漢出版社，西元 1998 年 9 月 1 版）。
41.《戲曲表演概論》，陳幼韓（北京：文化藝術出版社，西元 1996 年 1 月初版）。
42.《清代戲曲研究五題》，陳芳（臺北：里仁書局，西元 2002 年 3 月初版）。
43.《中國古典戲劇選注》，曾永義（臺北：國家出版社，西元 1980 年 9 月）。
44.《說戲曲》，曾永義（臺北：聯經出版社，西元 1976 年 9 月初版）。
45.《詩歌與戲曲》，曾永義（臺北：聯經出版社，西元 1988 年 4 月初版）。
46.《從腔調說到崑劇》，曾永義（臺北：國家出版社，西元 2002 年 12 月初版）。
47.《戲曲本質與腔調新探》，曾永義（臺北：國家出版社，西元 2007 年 7 月初版）。
48.《曾永義學術論文自選集》，曾永義（北京：中華書局，西元 2007 年 7 月第 1 版）。
49.《戲曲源流新論》，曾永義（北京：中華書局，西元 2008 年 7 月 1 版）。
50.《中國戲劇學史》，葉長海（板橋：駱駝出版社，西元 1993 年 11 月二版）。
51.《明清傳奇編年史稿》，程華平（濟南：齊魯書社，西元 2008 年 1 月 1 版）。
52.《西洋戲劇思想》，鄧綏寧（臺北：正中書局，西元 1982 年 12 月 4 版）。
53.《中國夢戲研究》，廖藤葉（臺北：學思出版社，西元 2000 年 3 月初版）。
54.《馮夢龍傳奇劇本改編藝術》，劉君𤦹（高雄：復文出版社，西元 2006 年初版）。
55.《中國古典戲曲序跋彙編》，蔡毅編（濟南：齊魯書社，西元 1989 年 10 月 1 版）。
56.《傳統文代與古典戲曲》，鄭傳寅：（臺北：揚智文化，西元 1995 年 1 月初版）。

57.《元雜劇八論》，顏天佑（臺北：文史哲出版社，西元 1996 年 8 月初版）。
58.《中國古典戲劇理論史》，譚帆、陸煒（上海：華東師範大學出版社，西元 2005 年 12 月 1 版）。

四、期刊與學位論文

1.〈元明度脫劇異同辨〉，沈敏，《武漢大學學報》第 58 卷第 1 期，2005 年 1 月，頁 58～63。
2.《明清戲劇理論之結構概念研究》，侯雲舒，國立中山大學中國文學研究所碩士論文，1994 年 1 月
3.〈明傳奇愛情劇之「錯認」關目研究〉，施佑佳，《東華中國文學研究》第 3 期，2005 年 6 月，頁 89～133。
4.〈明傳奇中夢的運用（上）〉，陳貞吟，《文學評論》（臺北：巨流圖書，西元 1980 年 5 月 1 版）第六集，頁 219～307
5.〈明傳奇中夢的運用（下）〉，陳貞吟，《文學評論》（臺北，黎明文化，西元 1983 年 4 月初版）第七集，頁 309～342。
6.〈戲曲「關目」義涵之探討〉，許子漢，《東華人文學報》第 2 期，2000 年 7 月，頁 125～142。
7.〈論古代戲曲中的插演——兼釋「打吒」與「吊場」〉，劉曉明，《戲劇藝術》，2005 年 6 月第 3 期，頁 90～97。
8.〈戲劇：幾個基本面向的認知〉，顧乃春，《美育》第 165 期，2008 年 9 月，頁 28～36。